三亚等你来

吴松 著

上海文艺出版社
Shanghai Literature & Art Publishing House

图书在版编目（ＣＩＰ）数据

三亚等你来 / 吴松著. -- 上海：上海文艺出版社，
2024. -- （南海潮 / 彭桐主编）. -- ISBN 978-7-5321-
9072-0

Ⅰ. I267

中国国家版本馆CIP数据核字第2024MK2231号

发 行 人：毕　胜
策 划 人：杨　婷
责任编辑：李　平　程方洁　汤思怡　韩静雯
封面设计：悟阅文化
图文制作：悟阅文化

书　　名：三亚等你来
作　　者：吴　松
出　　版：上海世纪出版集团　上海文艺出版社
地　　址：上海市闵行区号景路159弄A座2楼
发　　行：上海文艺出版社发行中心发行
　　　　　上海市闵行区号景路159弄A座2楼206室　201101　www.ewen.co
印　　刷：成都市兴雅致印务有限责任公司
开　　本：880×1230　1/32
印　　张：80
字　　数：1850千
印　　次：2024年7月第1版　2024年7月第1次印刷
ＩＳＢＮ：978-7-5321-9072-0/I.7139
定　　价：398.00元（全10册）

告读者：如发现本书有质量问题请与印刷厂质量科联系　T：028-83181689

出这本集子的意义在于：

让没有来过三亚的人也能

读懂三亚，了解三亚，爱上三亚。

三亚风情物语的吟唱

——吴松散文集《三亚等你来》序

邢贞乐

　　海南作家协会会员吴松先生的散文集《三亚等你来》不仅让我感到惊讶，更让我感到有些不可思议。前年初，他开始在《三亚日报》发表散文作品，在我的鼓励下加入了市作协。此后便一发而不可收，仅两年时间便陆续在《中国金融文学》《金融文坛》《海南农垦报》《现代青年》《天涯华文》等国内公开出版的报刊发表了四十多篇散文，并先后加入了中国人民银行作协、中国金融作协、海南省作协，成为三亚文坛的一枝奇葩，成为令三亚文友称奇的高产作家新秀。

　　每一个作家都有他（或她）最钟情的创作根据地，作为土生土长的三亚人的吴松先生，三亚这片热土当数他最钟情的了。翻开整本散文集，写的大都是三亚的人事物语，三亚的山水风光，"谁不说俺家乡好"在他的作品中被诠释得淋漓尽致。他把创作的激情全部喷洒在这片热土上，那山那海那城，那风那鸟那树，那纯朴厚道、包容大度、笃志好学、崇尚文化的三亚人，无一不成为他创作的素材与灵感的源头，在他真诚朴实的语言里流露出无尽的深沉，仿佛含着泪水的眼里流露的爱。

在我的感知中，三亚的山是绿的，绿得无法形容；三亚的海是蓝的，蓝得不可名状。在吴松《三亚等你来》中是这般描摹的："夏天雨水多，洗涤后的山越发变得浓绿了，再往上看就是墨绿了。绿油油的，铮亮铮亮的，不掺有一点含糊一尘杂质。""夏天雨后天空变得一尘不染，湛蓝湛蓝的，倒影在海面上，海也变得湛蓝湛蓝的，甚是壮观。"三亚的天与海就这样印入了他的脑海，澎湃着他的灵感。"三亚的山、三亚的水多了灵性，每时每刻地涵养着这座城市，让三亚比起其他城市多了魂魄。"我想这魂魄，应该是沈从文笔下的《边城》净土，是那种让人间值得期待又相见恨晚的感受，这种感受的萌动将冲击着期待来此者的内心。

"一草一木一世界，一花一树一菩提。"当我们拥有佛性时，就能够看到万物内在的佛性，从而体悟到一切生命都有其存在的意义和价值。在吴松心里，每一朵花，每一棵树，每一根草都是一个完美的世界，这也许是他的佛性使然。他在《椰树礼赞》中写道："椰子浑身是宝！椰子水甘甜清凉可以解渴……椰子肉挤出汁后加米煮成椰子饭，香飘十里八乡，让人吃得放不下碗筷""椰树是英雄的树。在琼崖各个历史博物馆，都珍藏着一些用椰子做成的陈列品，有椰子碗、椰子雷，甚至还有椰子炮！看到这些珍贵的历史文物，你一定很惊讶，惊讶于琼崖人民的智慧。"这是吴松笔下赋予椰树的完美世界。《门前的榕树》那是另一番境界，门前的榕树可以成为他骄阳下的阳伞，成为他风雨天的雨伞。"平日里，宽阔的树荫成了人们的休闲处所……人们只需一把椅子就可以借荫纳凉。一到晚上，气温降了下来，人们纷纷来到榕树下的休闲路上散步……让这座城市变得妩媚多姿！"

《韧劲》是以蚂蚁的韧劲生发出的对弱小生命的怜惜，真正体悟到生命的价值与意义，且以佛心相待。吴松从余秋雨先生的散文名篇《中华文化为何长寿？》中得到启发，不无感慨："这些小蚂蚁，让我直观地看到它们身上的那股韧劲，就是这股韧劲让它们在自然界里得以繁衍生息，不管生存环境多么艰难险恶，只要还活着就必须去争取去奋斗！我们需要的不正是这股勇往直前不屈不挠的韧劲吗？"由此使文章的主题得到充分的体现，灵魂得到完美的升华。

父爱如山，高大而深沉；母爱如水，温柔而宽广。吴松出生在一个书香家庭，父亲曾经是一名中学校长，母亲是一位小学教员。由于受到父母的谆谆教诲，特别是受到家庭浓郁文化氛围的陶冶，吴松自幼就笃志好学，崇尚知识，爱好文学。他参加工作后，由于事务繁多，也就耽搁了在文学路上的追求。父母亲相继离世后，他才拿起手中的笔，写起缅怀父母的文章，抒发出一个孝子对父母的深切怀念，也流露出一个孝子不忘父母的"跪乳之恩"。此类文章成为集子的一大读点。即使在困难日子里，父亲也从不放下他的教鞭，经常敦促孩子们读书上进，教育孩子们哪怕月黑风高，也要"凿壁偷光"；哪怕寒风凛冽，也要"程门立雪"。在交友上父亲给出的信条是"阿飞客里空，来去无白丁"，须结知书达理之辈，不交流氓阿飞之徒。

母亲也曾插秧割稻、挑肥种薯，靠自己勤劳的双手挣工分艰难度日。同时，还拾稻穗、挖薯笋、晒薯头，以做成薯头汤、地瓜饭、糠糊糊为四个六龄以下的孩子果腹充饥。以至有一回，母亲带着他们到红光农场去探望外公外婆，在外婆家吃一顿清蒸海鱼佐灯笼辣椒酱油，几兄妹竟吃得汗流浃背，小嘴虽辣得猛吹气喷喷作响，然感觉"天底下最大的幸福也不过如此了"。这些绵绵情思的片段都糅合在第三辑《寸草春晖》里，读来悲喜交集，令人感动之至。特别是《母亲的摇摇椅》，在母亲生命的最后一段日子，孩子们为了救护母亲奔走在医院，把母亲从死神手里夺了回来，让母亲躺回到了属于她的摇摇椅上。这或许是父亲留给母亲最后的遗物，他们是感情笃深的老夫妻，母亲对这张"脚腿虽已铁锈斑斑"的摇摇椅情有独钟。"在这张摇椅上，我时常看见母亲面带伤感暗自流泪，我在想她是在回忆着她一生中历经的种种坎坷品尝的世间种种辛酸苦楚；在这张摇椅上，我时常看到母亲淡泊宁静心若清流，我想她一定是将曾经的过往曾经的荣辱看淡了。"作者细腻的情感流露，让人为之动容！

文如其人。吴松为人豪爽大方，热心公益，2020年获得中国人民银行公德奖，2023年获得中国人民银行海口中心支行"身边的雷锋"称号，同年又获得"三亚好人（助人为乐）"称号。海口中心支行给他的评语是："多年来，吴松同志自觉坚守不忘初心、无私奉献的精神追求，积极践行社会主义核心价值观，以一己之力默默资助着身边亟须帮助的人，累计捐款捐物达十七万余元，多次获评优秀共产党员和优秀行员。"因心性所致与道德使然，吴松的散文作品不乏扶贫济困、助人为乐的篇章。《巷子人生》写的是他在巷子里自家门前给摆地摊讨生活的"老杜"腾地开修鞋补袋档口，使其有生活着落的事情。《新年的第一缕阳光》记述：20世纪80年代初，他参加农垦系统教师招考被录取后到立才农场去报到，天色已晚当地没吃没住的地方，正在万般无奈之时，一个叫林鸿的青年搭救了他们父子俩，给他们吃供他们住，让他感动不已。几十年过去了，为了报答林鸿的搭救之恩，他苦苦寻访，终于在天涯海角职工小区找到了他。当时林鸿患了咽喉癌，已做手术化疗。看到林鸿瘦骨嶙峋的样子，他走上前去紧紧拥抱林鸿，"泪水伴陪着几十年的思念奔涌而出"。临走之前，他把身上仅有的三千元悄悄留下。之后，当他又得知林鸿因长期治病家里捉襟见肘时，当即打网约车给他送去五千元，帮助他一家渡难关。吴松就是这样一个人，从《大山的呼唤》里，大老板于富财豪爽的品格塑造上，仿佛也看到了他的影子。

民以食为天。或许大方阔气之人，皆有食的欲望与冲动。在吴松的散文作品中不乏食的篇章，品读中不时搅动着人的味蕾。《三亚的小吃》有清补凉、椰子糯米馍、芝麻糯米馍、地瓜粉馍、猪肠馍、鸡屎藤面汤、粉汤、港门酸粉、港门粽等，极具地方特色。三亚人喜欢吃粉（河粉）食，如炒牛荷、牛腩粉、瘦肉粉汤等。特别是"港门酸粉"，用糯米粉做成，既有粉条也有米糕，配些花生仁、酸菜、虾皮、葱花，兑上一碗用酸梅、杨桃与白糖泡制的汤，吃起来酸酸甜甜，滑嫩可口，读后让人垂涎欲滴。《浓浓粽子情》用猪肉、咸鸭蛋，再配上干鱿鱼干虾仁做馅，这样的粽子哪怕在睡梦中亦闻到浓浓的粽香。《疍家渔排鱼味香》让人感到没有比在渔排上吃海鲜更鲜美的了，带着海的气息，清蒸石斑鱼、清蒸螃蟹、海胆蒸蛋、水煮鸡腿螺、蒜蓉虾、"天下第一粥"气鼓鱼粥。在粥里加入一小撮胡椒粉和葱花，米香鱼香扑鼻而来，一股清香在口腔中蔓延，这种香味让人刻骨铭心。《包子》里的海南的椰肉包在三亚虽不很出名，但出差到异地他乡能吃上一笼热气腾腾的"海南椰子包"，一种思乡的情绪便涌上心头。吃着满口香脆的椰子包，竟吃出"一种情感寄托，一抹渗着酸楚的乡愁！"。这些都是吴松作品的闪光之页。

吴松的《三亚等你来》始于初心臻于匠心，期待他写出更多更好的无愧于时代的作品，为实现自己"做一名有担当、有作为、有理想、有抱负、有博爱、德艺双馨的人民艺术家"的目标而努力！

（邢贞乐，中国金融作家协会会员、海南省作家协会会员）

目 录 CONTENTS

第一辑　三亚等你来

第二辑　巷子百态

第三辑　寸草寸晖

第四辑　天涯碎浪

第五辑　胶林萤火

第一辑　三亚等你来

悠悠流淌的三亚河

三亚河是三亚人的母亲河。她日夜流淌哺育着两岸的人们，承载着一代又一代的三亚人实现梦想，记录着三亚这个小渔村演变成国际旅游城市的前世今生。这条悠悠流淌的三亚河已镌刻在每一个三亚人的那块心碑上。

悠悠流淌的三亚河是儿时的游乐天地，是孩子们玩耍的天然所在。小时候，我们兄妹仨随父母居住在月川附属中学（现月川小学），我家的灶屋就建在三亚河畔高高的岸堤上。每天醒来都会跑到堤上，呆呆地凝视着这条波光潋滟的三亚河，期盼着假期的到来。那时的三亚河因为没有河西的填土工程，河面很宽广，水也不深，望眼过去感觉好邈远，自然成了孩子们的天然娱乐场。终于等来了假期，孩子们三五成群蜂拥着奔向三亚河，他们有的打水仗，有的游泳，有的捉鱼拾贝。因为父亲不许我们下水，因此，我和弟弟只能在河边捉螃蟹、逮跳跳鱼。在欢快的嬉闹中、在欢欣的收获里，这条悠悠流淌的三亚河陪同我们度过了无忧无虑的童年。

十七岁那年，我考到了崖县中学（现三亚市一中）。学校就紧挨着三亚河，通至学校大门的那条红土路简直就是三亚河的大堤，朝夕与河为伴。那时已恢复高考，高考成了同学们实现梦想和人生价值的独木桥。学习是同学们的第一任务。而这条悠悠流淌的三亚河成了莘莘学子的放飞地，承载着学子们走向梦的方向！早晚或者饭后，同学们漫步在校道边、河堤上，大声地背课文背单词，声音抖落在河面上会荡起碎碎的浪花。浪花很美，一朵又一朵，学子们踩踏着这条悠悠流淌的三亚河走向诗与远方！

这条悠悠流淌的三亚河为人们提供了丰盛的海产。在那个物资缺乏的年代，海产品成了三亚人的重要食物。白天渔夫带着渔网一头扎在岸上，另一头扎在有胸口深的水里，然后游水至五十米开外的地方，用竹竿拍打水面。随着声响受惊的鱼儿都争先恐后往前方逃窜去了，很快就撞上了网，有的在网上挣扎着，有的飞越过渔网。远远望去，好似一条上下翻动泛着白光的银线，特别扎眼。半是海水半是鱼，只要一网鱼就把那个大鱼篓装得满满当当了。有一天中午，我和弟弟趁着父亲午休，悄悄地带门出去，拿着饭罐突向河边。一位捕鱼伯伯在拍水赶鱼，我们站在岸上，只见一群群鱼不断往网上撞，有的乱了方向冲向岸上，蹦跳着。鱼很大，有成年人手臂那般粗，我们帮着解鱼，把一条条生猛的鱼丢到岸上。网扯破了，手被鱼刺扎破了也全然不顾，那兴奋的劲儿就甭提了。等收完鱼收好渔具，伯伯笑容可掬地拍拍我们的小肩膀，然后给我们装了满满一饭罐的鱼。我们带着胜利品欢呼雀跃回家啰。晚上也是捕鱼的好时光。晚饭后，待月儿升起，人们就聚到河边，一根根竹竿牵着一个个渔网，上面均挂着一盏煤油灯。把网置入水中，鱼儿就冲着灯光来，不一会儿，提起竹竿，大鱼小鱼螃蟹小虾挤满了网兜，这叫灯光鱼。我有一位谊伯，是月川人，每次去灯光鱼都满载而归。而他经过我家时，都会留下一脸盆的鱼虾。海鲜太多吃不完，只好剁碎喂鸭了。

这条悠悠流淌的三亚河，是一部史书，记录着三亚的变迁和发展。半个世纪前，三亚市区只有一条路，就是现在的解放路，从崖县县委（现三亚市委）门口一直婉转至农垦医院，路宽不过六米，两旁是银白色的沙滩。马路边，都是些低矮的砖瓦房和茅草房，电影院和百货大楼（也就三层）就是响当当的宏伟建筑了。在市区（原三亚镇）半个镇的居民共饮一口井，井址在现今的第一农贸市场。人们生活很是艰辛。桥也只有一座，就是现在的三亚大桥，经过两次扩建和多次装修，才有现在的样子。桥下是一些破旧不堪的小渔船，人们吃喝拉撒都在上面。河两岸是一些支着木桩上面用木板铺盖而成的木屋，很透风，台风一来板屋往往就被吹散了架。那是疍家人的房子，他们与河为伴，以海谋生，这些房屋记录了疍家人闯海的辛酸史。幸得改革开放的政策，击碎了多年的禁锢，让春风吹醒了三亚这块热土，让北纬十八度的阳光变得夺目耀眼！几十年来，在三亚市党委的正确引领下，在三亚市各族人民的共同努力下，人民的伟力创造了今日的三亚！站在鹿回头山顶，三亚尽收眼底，凤凰岛停靠着万吨邮轮，像一座可以游走的山；一个个精品小区散落在花红叶绿中；一座座大厦矗立在万绿丛中，水绕城转，城在水中！城在绿中！每当夜幕降临，随着桥上华灯亮起，两岸楼宇饰灯闪烁，三亚河倒影了另一个多情浪漫的三亚！灯光把三亚河、三亚的市街勾勒得美轮美奂，撼动人心！

四十年的变迁，三亚已不是那个从前的三亚，不再是那个破败不堪的小渔村，她实现了从丑小鸭到白天鹅的华丽转身！而不变的依然是那条悠悠流淌的三亚河！

悠悠流淌的三亚河，我心中的母亲河！

三亚等你来

假如有那么一个地方，处在北纬十八度的阳光下，能够聚河海、沙滩、阳光、绿色、空气、溶洞、森林和稀有动植物为一体，三面环海，两河穿越城市中心，山峦错落在城中城外，形成城在山中，城在水中之美景，我想这地方只能是三亚了！这个城市不大却很美，所以我请你来，在夏天来。

为啥要选择夏天来呢？因为夏天来你不仅可以避暑，更能感受到三亚的那份真实的天生丽质。

夏天刚刚告别春天的细嫩，便急不可待地给山川大海披上浓重的绿装，让这里多了几分隆重的色彩，让一山一水一城变得活泼起来。她们就像一胞三姐妹，乘着暖融融的阳光，把自己打扮成世人仰慕的天竺少女，倾情迎接你的到来。

山，你站在市中心正南面的高处往北眺望，只见一道道山峦排着队向你走来，那气势显得异常磅礴豪迈。其中有两排山走着走着突然离开队伍向东南方向和西北方向突去，其中一排山一直走到有着唯美传说的鹿回头那戛然而止！山已经很细心了，它生怕惊扰了传说中的少男少女，惊恐划破了他们已织千年的梦！往西北方向突进的山又有一支穿插到了乐东县的境内，那就是尖峰山脉了，是国家级热带雨林森林公园，有着非常丰富的动植物种，是国家天然宝库，仙境"天池"就是尖峰岭著名的避暑胜地。另一支则继续往前走，一直走到梅山角头，才收住了脚步，高大的身躯屹立在角头湾上，像一纵战士巍然地守护着祖国的南海！而山的主力队伍则继续往三亚的方向走，逶迤百余公里终于在凤凰路那条五公里的地平线上停下了脚步，这就是临春岭了。几年前，三亚市政府把临春岭打造成市内登山休闲公园，一级级石砖从山麓蜿蜒铺到山顶，在山腰和山顶还分别建有一座瞭望阁，站在高高的楼阁里，三面的山岭一览无余，美丽三亚尽收眼底，秀色可餐约莫就是因此而来的吧！

山的颜色是绿的。夏天雨水多，洗涤后的山越发变得浓绿了，再往上看就是墨绿了。绿油油的，铮亮铮亮的，不掺有一点杂质。风从大海那边吹来，会掀起一阵阵的绿涛，那波波绿涛像赶集似的，前呼后拥颇为壮观。那一道道一梁梁的绿给三亚的山点亮了色彩，如此多娇！

水，三亚的水是柔情的、浪漫的。先说镶嵌在市内的那两条河吧，一条叫临春河，毗邻着临春河路和凤凰路；另一条叫三亚河，一边牵着河东路，一边挨着河西路。两条河边都生长着茂密的红树林。岸边，建有许多个小广场小公园，是人们健步娱乐的好去处。白鹭公园几经升级改造，已成为年轻人谈情说爱互诉衷肠的地方，也是老年人健步养生的天堂胜境！走在两岸的榕树下，一处处的人行道一直延伸到河面上，一条条用木板铺就而成的板路蜿蜒在红树林间，说是亲水路。人们光着脚走在板路上，可以戏水，可以舞蹈，甚至有人会索性坐在板路上把脚探入水中。微风吹来，那一丛丛波澜会不停地轻揉你的脚，让你享受到夏日里的那份清凉和柔情。白天，两河四岸边上高耸靓丽的楼群倒影在河中，画入水中，是那么静美；晚上就是另一番光景了，楼面路上桥上的华灯把三亚的丽姿勾勒得美轮美奂，映照在河面上，美得让人心疼，让人想哭，让人想喊，又让人恬静得如同此刻的三亚河！

再说三亚的海吧。三亚三面濒海，在海边，海与陆地几乎是等高的，一条玉带般的沙滩蜿蜒地把海和城市紧紧地连在一起。夏天雨后天空变得一尘不染，湛蓝湛蓝的，倒影在海面上，海也变得湛蓝湛蓝的，甚是壮观。假如你走在沙滩上，一定记得要光着脚丫，只有这样，才可以体验到细沙带给你的那份触摸的喜悦。你还可以敞开心扉尽情地玩水，走着坐着躺着都行，最好把身子埋入水中，头枕着浅滩，任由碎波细浪拍打，你会随浪悠悠漂动，好似听着渔家姑娘轻轻呢喃着渔歌似的，很快醉入梦乡。如果没睡着也没关系，建议你一定要闭上眼睛，停止所有的思绪，这样你才会切身地感受到三亚海的温情和浪漫！

城，也许你会说城与城有啥区别，不就一扎堆的水泥森林和喧嚣的汽车人群吗？那么我告诉你，你错了。三亚这座城市是有灵性的，缘由是三亚的山、三亚的水多了灵性，每时每刻地涵养着这座城市，让三亚比起其他城市多了魂魄。三亚的建筑大多依山临水而建，有别墅区，有中层建筑群，也有高入云端的楼宇，整个建筑群走向由低到高，呈梯形推进，越靠海建筑越低，所以视野很是开阔。八大建筑流派在三亚尽显风流，出尽风头。在设计上融入本地的人文和民俗元素，并且每个小区在建筑设计上各领风骚，不会出现设计上的重复。从各个小区你完全可以触摸到来自全国各地风格各异的建筑文脉，寻找到它们原本的样子。

从高处俯瞰三亚，你一定会被眼前的光景迷倒，那一座座装扮得风光靓丽的楼宇，伫于绿中，伫于水中，山环城绕，水沿城走，整个城市就像一个多情婉约的三亚姑娘，启齿含珠抑或回眸一笑，丰满纤细的身段让人分不清哪是山、哪是水、哪是城了，你一定会迷醉在这多情浪漫的风光里，也一定会融入这个有灵性的城市里！三亚，这是一座多么有人情味的城市呀！

三亚请你来，请你一定来！

遇见西岛

西岛坐落在三亚市的南面，与"天涯海角"景区隔海相望，距离不过六七海里。因为东边还有一小岛，叫东岛，与其对望，故而在西边的岛就叫西岛了。两座小岛宛如潜伏在南海海面上的"绿毛龟"，守护着这片蓝色的海！西岛在多年前已开发成旅游景区，由于享有得天独厚的旅游资源，而深受游客的喜爱。

今年四月，我在家休年假，长长的假期让我闲得心慌，于是心血来潮生出了去西岛旅游的冲动。于是叫上三个小兄弟一起前往，一睹西岛的风采！

午饭后，我们四人开着车来到桶井游轮码头，只见四艘巨大的游轮一字排开，浩浩荡荡，那阵势令人叹为观止。我们登上了4号船。船有三层船舱，每个船舱有百来个座位，很宽敞，舱内放着冷气，让夏日的酷热立马消失得无影无踪。游客很多，操着天南地北的方言，兴高采烈地指点船舱外那片海。船舱内响起了那首优美欢快的《请到天涯海角来》歌曲，我闭上眼，敲着节奏，让整个身心都沉浸在美妙的旋律中！

随着一声长笛，游轮径直向西岛方向开去。游轮冲破一纵纵的浪涛，各种海鸟纷纷跟随游轮荡起的巨大浪花飞舞。抬头向远处望去，开阔的南海碧波荡漾，鸥影点点，时而冲向云霄，时而又刺向海面。渐渐地前方两只"绿毛龟"变大了，变得清晰了，感觉近在咫尺。在不知不觉中，游轮就抵达了西岛游轮码头。行程用时不过二十分钟。走过那条宽阔的连接着海岸的走廊，迎面扑来的是一派旖旎的岛屿风光：阳光沙滩，椰树袅娜，绿意浓浓，一丛丛一簇簇的仙人掌开着紫色的小花扎堆在荒滩上，羊角树懒懒散散地斜站在远处的沙坡上，半只破败的船沉搁在浅滩里，还披挂着那张缀满沧桑的破网，仿佛要守住最后那点记忆。沙滩上，一对对男女青年驾驶着沙滩摩托车一路狂奔，丢下一串串嬉笑声；海面上，一艘艘摩托艇划破海面，左奔右突留下一片片雪白的浪花；天空中，一架架飞行器载着游客云游，一把把巨大的伞拽着游客随风飘逸，撒下一个个令人迷醉的倩影。

西岛，真美！

按照友人之前提供的他表哥的电话，我把电话打了过去，表哥已经在家等候我们了。我们穿过那座建筑恢宏、设计别致的星级酒店，从后门进入一片宽阔的椰林，只见一块刻着"西岛欢迎你"的巨石，漆着红漆的字体显得异常的醒目，让人情不自禁地从内心大喊一声：西岛，我来了！

穿过椰林，又过一个宽阔的广场，再穿过一条酒店的巡逻道，就到朋友的表哥家了。我打量他家的房子，是一座三层别墅，与周边的房子比起来，显得鹤立鸡群。房子靠路边，边上摆放着许多三轮四轮电动车，房子前面有几个摊点，有卖快餐的、有卖清补凉的，也有卖椰子、卖槟榔的，这些摊点全是朋友表哥一家经营的。由于游客多，所以生意特别好。表哥安顿好我们的住宿后，就提出让我们自驾游岛，我听了有些不解。他看出我的心思，便说那几辆电动游车是他的，我们可以边开边看风景，听完我茅塞顿开。于是我们四人要了一辆可以坐六人的电动游览车，沿着一条窄窄的路出游了。岛上没有汽车，虽然路不宽但车开起来也感觉不出来哪儿不方便。车慢悠悠地走，我们近距离地体验着岛上的独特风光。房子有新有旧，旧房子都用海石灰石或珊瑚石砌成，由于年月太久了，墙面都成了暗灰色，浸染了西岛人曾经的辛酸苦楚，也让人触摸到源远流长的牧海文脉，一排排苍老的石头，就像钢琴的排键，弹唱着古老而又崭新的歌！一些藤蔓植物攀爬了大半个墙体，流露出浓浓的绿意；野蔷薇舒展着纤细的身子，拖着白色的花儿，洒下一路芬芳；种在路边花坛里的美人蕉，像亭亭玉立的西岛姑娘，热情地等候你的到来。而新建的房子大都是两三层的小别墅，红墙绿瓦，华美而精致，让人感觉是在市区的某个高档小区里。车慢悠悠地走着，经常闯入人家的院子，但你不用担心走不出去，因为这里的路是无障碍的，路把家家户户串联了起来，因此游岛特别方便，不存在走入死胡同或者迷路的问题。游岛已成为游客的打卡项目，我们大概用了一个半小时就把西岛游完了。

晚饭后，我们又乘电动游车沿着海边去老码头。这码头是供岛上居民运送货物用的。不一会儿，我们就来到了码头。码头路面很宽，有四五十米的样子，一直伸向大海。只见路的两边，烧烤摊一字排开，餐桌占满了半个路面，烤鱼烤虾的香味弥漫在空气里，让人垂涎三尺。游客们纷纷举杯，尽情享受西岛给他们带来的丰盛美食和美好夜色！

站在晚风吹拂的码头上，往三亚市区的方向眺望，只见各种灯沿着长长的海湾，形成一条弧形的灯带，把三亚湾勾勒得美轮美奂。再往远处看，市区的灯连成一片，璀璨夺目，仿佛人间银河似的。整座城市淹没在灯的海洋里，灯的世界里！

美哉，西岛！

东岸湿地公园的夜色

东岸湿地公园在荔枝沟的西南面，西邻金鸡岭公园，南面靠丹州小区，依东那一大片就是新开发区了。我家到湿地公园并不远，直线距离不过二里地。但平日上下班路线不经公园，晚上散步又因公园周边大兴土木，有诸多不便，故不曾涉足。

一天晚饭后，我决定游看一下湿地公园，于是叫上一个朋友陪同前往。我们经大马路、游乐园、啤酒广场，七拐八弯过几个大工地，又跨过一座大桥，费了不少工夫终于来到了湿地公园。这时，天边已拉上了一层厚厚的夜幕，华灯点亮了公园的每个角落，把游人的身影拉得很长。公园周边的公寓楼都亮起了灯，很是璀璨，远远望去，好似一树树飞溅的银花在闪烁着。那光影散落在湖面上，又衍生出无数个光影来，把湖面都点亮了，引来各种夜行动物飞舞着追逐着掠食着。

月亮终于爬出了远方的山峦，越过了近处高高的楼顶，把柔亮的光轻轻地泻向大地，让楼宇树木湖泊也披上一层柔媚的白纱，显得那样的恬静。我踏着月色，慢悠悠地行走在弯弯曲曲的石板小路上，感受月色下的美景。小路两旁，种着一垄垄的地瓜和甘蔗，蓊郁翠绿，透着生机；一丛丛一簇簇的三角梅无规则地散落着，托着五颜六色的花；一行行修整得齐刷刷的夜来香绽放着雪白的花儿，飘洒着淡淡的清香，弥漫在空气里，让人陶醉不已。偶尔一对情侣相拥着从对面走来，柔声细语地沉醉在爱的蜜罐里。天空中不时掠过几只鹭鸟，像白色的精灵在飞舞着戏耍着，有节奏地撒下一个个音谱，像是从空中飘来的一曲轻音乐那么优美动听。湖里的青蛙地里的蝈蝈也不甘落后争相地鸣叫起来，"哇哇哇""嘓嘓嘓"声连成一片，于是，一场来自天空大地的音乐盛宴就这么拉开了序幕，这歌声听起来比任何歌声都要真切动听，更令人感慨动容。

走上桥，这是一条开着叉的水泥桥，以方便人们出入各个景点。桥面宽阔平直，桥边上每隔一小段都布放着长长的木椅，供游人歇脚。一些小男孩在追逐着打闹着，或踢皮球或玩老鹰捉小鸡的游戏，清亮的童音感染了每一个游人，让人想起回不去的快乐时光；几个小女孩在跳绳、踢皮筋，嘴里还念念有词，天真和快乐尽写在他们的脸上。老人们三三两两闲坐着，操着天南地北的口音闲聊着，显得那么的悠然。他们都除去了厚重的冬衣，很惬意地享受着温暖的月色。我站在桥中间，环顾着四周湖面，湖水揣着月亮，泛着银白色的光，湖面漂浮着各种水生植物，扎堆儿聚在一起。莲把根深深地扎在泥里，硕大的叶子平躺在水面上，那是青蛙们放歌的舞台，也是它们寻欢的好去处。田田的叶子上面，偶尔抽出一两朵莲花，那么的雪白芬芳，引来了一些看热闹的小昆虫。看着幽静的景色，心里涌动着一种不可言喻的愉悦！

往桥头走去，又穿过一层层的树木花丛，终于来到有三层楼高的瞭望塔，沿着塔阶拾级而上，拐了几道弯就来到塔顶了。站在高高的观景台上，湿地公园尽收眼底，在朦胧的月色下，整个公园就像在天宫里，琼楼玉宇在四周耸立着，那明晃晃的湖水就像琼浆玉液让人产生了一种大碗喝酒一醉方休的冲动。远处那云卷云舒的动态景象就像仙女穿着轻纱曳着长袖凌空曼舞，看着那么的华美。那场自然音乐盛宴仍在继续，情侣们依然沉醉在花前月下，孩子们快乐的叫喊声搅动了这片静谧的天地，也让公园平添了几分祥和与生机。

美哉，让人销魂的东岸湿地公园的夜色！

三亚人

一方水土养一方人。三亚那两条河和三面面临的南海，不仅养育了三亚人，也孕育了三亚人的精神品质和人格魅力。河海文化悠远流淌，见证了三亚人奋发图强砥砺前行的光辉历程。

三亚是多民族地区，分布着黎、苗、回、汉、蒙古等二十多个民族，极大地丰富了三亚的语言文化。

各个民族聚集在一个狭小的区域生活工作，于是产生了一个有趣的现象：汉族人遇见黎族人或回族人，可以用对方的语言来沟通，苗族人虽然居住得比较偏远，但他们用海南话与汉族人交流也很通畅。还有一个更有意思的现象，即人们隔街而居，这边讲的是一种方言，那边讲的又是另一种方言，若跨过街道，又操起对方的方言交流。比如崖城有一条街，街北人讲的是军话，而街南人讲的是迈话，他们在自己的范围内恪守自己的方言，过了"楚河汉界"得操着人家的方言。在三亚，能讲四五种语言的人比比皆是，有时候真让人搞不懂到底是哪个民族的人了。因此，北方人不用担心来三亚存在语言沟通的问题，现在的年轻人普通话讲得很好了，即便是上了年纪的三亚人，也能操着略带地方口音的普通话与你交流，比内陆一些地方的人讲的"土话"要好得多。

三亚人纯朴厚道，做人方正。

海南岛孤悬海外，较好地保存了朴实纯真的海岛文化。在四五十年前，很少有内陆人踏入海南岛，来的都是军人、屯垦知青和南繁育种的科技人员，由于他们有自己的工作，难得外出，所以平日里也很难见到他们。一些村庄因为地域偏僻人口稀少，大家为了能够生存下去，必须团结一致，互帮互助，谁都缺不了谁，谁也离不开谁，逐渐形成了"人帮人村帮村，一家有事大家帮着推"这一独特的民俗文化。这些方面最具说服力的莫过于作海人了。作海人就是指以牧海为生的渔民。我外公就是一个有着丰富捕鱼经验的渔民，平时出海作业都会看天象观海潮，因为一船几十号人的生死往往就掌握在他一人的手里。所以他讲的每一句话都必须是真实的，不能模棱两可。到了捕鱼点，放网收网要循规蹈矩不能出任何的差错，尤其收网时还得吼着"嘿哟嘿哟"有节奏的号子声，步调一致，力往一处使，不偷懒不怠工才能收到好的工效。这种在海上作业中形成的互信同心、守规忠实的传统也自然地融入了他们的生活日常中，日积月累，代代相传，形成了约定俗成的古风。这些古风也熏陶了其他地域的人们，逐渐形成了为人耿直忠实厚道的好传统。

三亚人性情豪爽，好客大方。

三亚人好客是天然的，也是跟岛屿文化分不开的。在三亚流行着一句俚语：入门就是客。意思是不管你是谁，主人认不认识你，只要你进入人家的门，那么你就会被主人看作尊贵的客人。尤其是节日，若有人进门来，一家人肯定会热情地邀请来者入席，一起享用美酒佳肴，若是平时，也会问来者吃了没有？只要来者愿意，主人便尽可能地拿出好饭菜招待来者。三亚人待客不设防。记得很久很久以前，三亚市区没有几家宾馆，下面乡镇也没有民宿，一些赶路人到了夜晚，无处可食宿，往往就会就近到一户人家讨个食住。主人只要条件允许一般都会答应，给他们安排食宿。这样的情况我家也遇过好几回，虽然当时的生活条件不是很好，但遇到这种情况，母亲通常都会做出几道菜来，让客人吃得心欢，还会腾出床铺让客人睡个好觉。当然现在社会经济发展了，这样的情况已不复存在，但三亚人热情好客耿直为人的遗风依然存在，只是现在待客更豪气了，更让客人有宾至如归的感觉。

三亚人有包容心，海纳百川。

海的宽阔和厚重滋养着一代又一代的三亚人，凝炼了三亚人的宽大胸怀，既容得下可容之事，也容得下不可容之事，崇德尚礼，这些深刻于人们脑际的为人处事方式，也铸造了三亚人的包容心态，拓展了三亚人的气量。比如，在菜市场很难见到三亚人为一块几毛钱讨价还价的场景，也很难见到三亚人因一点小事大打出手的状况，大家通常都秉持着息事宁人的态度，大事化小，小事化了。在其他方面也一样，俱具包容心。三亚人深深懂得，作为一个偏远的旅游城市，自身发展潜力有限，可持续性发展也有限，必须要学会吃亏，容得别人赚钱。这种舍得吃亏的心态让外地人感到三亚人特别容易融入，特别容易交往。三亚是一座有博爱有温暖有商机的城市，这也是三亚人口输入逐年增加的重要因素。

三亚人笃志好学，崇尚文化，笃信文化立身立业。

在古时，崖州（今三亚）是一个荒蛮之地，是流放朝廷官员的地方。唐代杨炎被贬琼州时写下一首诗："一去一万里，千知千不还。崖州何处在？生度鬼门关。"足见诗人对被贬崖州后的绝望。但莽荒并不能湮没天涯的文明火种，这颗火种照亮了天涯的蛮荒和混沌。

在历史上，知军毛奎在城西南方位（今崖州区）创办了崖州学宫。崖州学子得到了文化教育，并且人才辈出，不仅南宋出了第一个进士陈国华，而且此后两百年内崖州"科甲蝉联，人才鹊起"。声名最广为流传的要数钟家父子进士了。钟芳乃水南村人，自幼聪颖好学，考中进士后官拜户部右侍郎，卒赠都察院右都御史。其子钟允谦，嘉靖八年（1529 年）科考中进士，官至福州知府，莱州知府。他们功德千秋荫泽后人，锻造了崖州田野的华夏之魂，激励着一代又一代崖州学子，通过勤奋读书走向更广阔的天地，创造出一番番令世人敬仰的伟业！

在那个黑暗的年代，中国人民深受帝国主义、封建主义、官僚资本主义三座大山的压迫，人们流离失所，生灵涂炭，哀鸿遍野。为追求民族独立，让老百姓过上好日子，许许多多有志气的崖州学子加入救国救亡的运动中，不少人为追求主义和真理而病逝而牺牲，他们的丰功伟业彪炳史册传颂千古！崖州学子麦宏恩、陈英才、黎茂萱、陈世训四人利用读书假期在 1926 年建立了中共崖县东南支部，开展革命运动，组织学生和革命青年加入抗击国民党反动派的队伍中。他们都是在广州读大学，并且加入了中国共产党，是崖县早期中共党员。他们英勇无畏与敌人做最坚决的斗争。1927 年春，麦宏恩在广州读书时被国民党反动派逮捕，在狱中，他坚持共产主义坚持真理，大义凛然面对敌人的严刑拷打，不久在狱中壮烈牺牲。而陈英才在执行任务时不幸染疾病逝。他们用鲜血乃至生命孕育了崖州精神，这种大无畏的崖州精神就是一面旗帜，带领崖州人民奋勇向前！向前！向前！

如今的崖州学子，每年都有几千人通过高考走进他们心仪的大学校园，勤奋刻苦，在知识的海洋里吸取养料，学成后又返回家乡建设家乡。我相信在自贸港宏伟蓝图的建设中，崖州学子将不负时代不辱使命，逐浪前行，用最美的青春年华映照崖州大地！

荔枝沟的蜕变

　　虽然老家在乐东，但荔枝沟这一方水土养育了我，我深爱着这片土地和这里的一草一木，眷恋着这里厚道朴实的民风。"此心安处便是吾乡"，荔枝沟就是我亲爱的家乡！

　　荔枝沟位于三亚市东北面，原来是三亚市的一个镇，现已并入吉阳区。荔枝沟是三亚市重要的交通枢纽，动车始发站和高速出入口均在此，迎来送往八方宾客；是三亚市的文化体育中心，上抱坡规模宏伟的体育中心已初露端倪，辖内分布着七八所高校，是个大学城，驻足在校园看着学生们在足球场篮球场奔突的情景，仿佛又回到了青春岁月，会让人产生一种去搏一搏的冲动；是三亚市高档住宅、商务、旅旅、演出汇聚地，闻名遐迩的"三亚千古情"景区就处在荔枝沟的东南面，"一生必看的节目"场景逼真，震撼人心，演绎着三亚人与天斗与地斗的不畏精神和鹿回头那页不老的传说。远古三亚人的发祥地——落笔洞矗立在荔枝沟的东北边，远古的文明悠远的文化，邃幽的洞穴，独特的黎苗寨风情让世人神往！

　　可是，你认识曾经的荔枝沟吗？我家就在荔枝沟路的边上，与海旅免税店、"三亚千古情"景区直线距离不过千米。但这块纵约千米横不出两千米的土地，在五十年前，除了安生着一个小村落——东岸村，其余地方则都是森林。有风的时候，森林会涌动着绿色的涛，夹杂着飞禽走兽的鸣叫声，往往会让人心里产生一种惊悚感。由于野猪经常出没，当地村民称之为"山猪园"。我家的后面就是"山猪园"，莽莽的森林树木都很粗壮，大的一般都有成人的大腿那般粗。当地居民村民盖房子往往就地取材，不用走进大山便可找到所需的木料，我家也是。有时会从森林中传来一两声枪响，那是村民在打猎。在这片森林里，繁衍着野猪、黄猄、野兔等山物，为肌瘦的村民提供了营养丰富的蛋白质，这片森林母亲般地把自己的一切奉献给了她的子民。

当时人们出入荔枝沟只有一条路，就是荔枝沟路。记忆中，这条路是沙子铺的，公路段的工人一大早就给那头老黄牛套上平路耙，牛慢悠悠地走，牛车"吱呀吱呀"地一路叫个不停，左路右路各走一回。南国的日头太辣，不一会儿，老黄牛就大口喘气，人也被晒得大汗淋漓。后来这条路铺上了柏油，一层薄薄的柏油。由于来往车辆较多，加上质量问题，没过多久这路面就变得坑坑洼洼的了，一眼望去千疮百孔。晴天漫天尘，雨天一路泥，于是，人们把荔枝沟戏称为"垃圾沟"。荔枝沟人们是有畏途心理的，这条泥泞不堪的路会让人从梦魇中惊醒。

家乡的路一定会改变模样！我坚信着，如同那条日夜流淌的荔枝河，承载着我无数个日夜的期盼……

终于等来了机会，按照市政规划，荔枝沟片区将会被建成文化体育、高端住宅、娱乐商务区。改造升级荔枝沟路也在规划当中。很快，市政府拆除了公路两旁二十米内所有的建筑物，建起了六条车道两条非机动车道和人行道肓人道各两条的标准大公路，大路两边还种植了三排的风景树，高处望去，宽敞的公路犹如一条巨龙盘踞在绿树花丛中！多美的画图呀！

人常道：路通财通。最先受益的拆房居民按照规划纷纷盖起了楼房，都是五六层高的大楼，之前那些低矮的瓦房茅草房不见了踪影。时至今日，当地居民都盖起了大楼，有做宾馆的，有做铺面的，有做出租房的。一派生机勃勃的景象！

随着城市的扩展，从东岸湿地公园到同心家园一期那几千亩的土地，只用了不过四年的时间，风格独特、设计新颖的各种建筑群拔地而起，都是三十层左右的高端建筑。那块曾经的"山猪园"成了三亚的新地标！那条泥水路已变成聚财路！

如今，荔枝沟人富了，但荔枝沟人那颗朴实的心不变，勤奋向上的劲头不减！

务实笃执的信念不变！

我爱这片土地，养我育我的土地！

三亚的台风

台风由于威力大破坏力大，来时地动山摇似神嚎鬼泣，令人们往往谈"风"色变。三亚是台风多发地，每年进入六月至十月，大大小小的台风便从南海扑面而来。每次台风过后，留下的景象惨不忍睹，令人心有余悸。

每个台风都有一个漂亮的名字，如达维、蝴蝶、玛莉亚、海燕等，目前的命名表中共有140个名字，那是世界气象组织台风委员会在1997年11月25日—12月1日在香港举行的第30次会议上决定的命名方式。给台风起的名字必须有优雅和和平之意，每个会员国和地区可以提供10个名字。中国大陆为该组织提供的10个台风名字是：龙王、悟空、玉兔、海燕、风神、海神、杜鹃、电母、海马和海棠。这140个台风名字循环使用。若某个台风破坏力太大，造成的损失巨大，世界气象组织可直接将其名字剔除。如在我国沿海登陆的台风利奇马、威马逊、莫兰等因造成巨大经济损失和人员伤亡而为人们深恶痛绝，世界气象组织做出了剔除它们名字的决定，并重选了新的名字代替它们。

台风是从一个原先存在的热带低压扰动发展而成的。在西太平洋上空或南海上空的热带低压气旋经过一定时间的能量聚集后往往会形成台风。台风的行进路线有的很清晰，就是一条直线或是一条弧线，这种台风登陆后一般滞留的时间不会很久；有的行走路线却很诡异，走走停停七拐八拐令人琢磨不透，这种台风登陆后往往滞留的时间较长，其破坏力也大。

经历过的台风太多了，但记忆最深的莫过于超级台风玛琪了。

1969年秋，家父到月川附中任职，我也在那里生活了4年，并经历了一生中最强大的台风——玛琪。1973年9月14日凌晨，超强台风"玛琪"在琼海博鳌登陆。在台风登陆的前一天，三亚的天空如同一个倒扣的黑锅，在漆黑中泛着殷红的血光，像一只巨兽张着血盆大口吐着的巨舌，随时吞噬着沉闷的大地。燕子蜻蜓飞得很低，在低空飞旋，与平时的飞行姿态不大一样；空中不挟带一丝风，树木耷拉着脑袋直愣愣地站着，小狗儿来回地跑，焦躁不安地呼着热气。这些怪异的现象仿佛在向人们昭示着某种特殊的信息。

到了深夜，随着一股大风把木门推开，滂沱的大雨便随之而来。雨把瓦片敲得叮当响，雨点从门缝、窗缝钻进来，打得面部生疼。风逐渐大了，明显听得到外面物体的击打声和一些破盆废锅的滚动声。小狗儿抖着身子静静地趴在床底下，不敢入睡。风速迅速增大了，并挟着一阵阵凄厉的怪异声，如入鬼屋，甚是吓人。

我提着胆，从晃动的门缝往外看，只见雨蒙蒙的天空飞舞着各种杂物，瓦片、茅草在呼呼的狂风中像羽毛般被吹得横着飞，高大的木麻黄树一棵棵被拦腰折断，坚韧的椰树也被连根拔出，滚到另一个地方。在强降雨的纠集下，强劲的阵风一阵胜过一阵地掀倒一间间泥瓦房、茅草房，房屋轰然倒塌的声音令人不寒而栗。砖房在阵风中摇晃着，全家人都惶恐不安地不敢入睡，时刻做好外逃的准备。幸得我们住的是砖瓦房，并且父亲早做好了防风措施，用木料加固了瓦路，最终让一家人平安度过了这个惊心动魄的夜晚。

第二天中午，台风渐渐减弱了，我们才小心翼翼地打开门，顿时被眼前的惨景惊呆了：茅草房一间一间都朝着同一个方向倾倒，茅草已不见了踪影，那些学校里的教学人体模具被吹得七零八落，一只只"手"和"脚"，一副副"肝脏"，一件件"躯体"横躺在学校的各个角落。校道上横卧着各种树木，瓦砾一堆挨着一堆，场面一片狼藉。再加上浸水深，人一时根本无法通行。

我家的灶屋也在劫难逃，茅草被吹走了，泥墙也坍塌了，厨房里的东西全被压在里面。走到厨房后面往三亚河一看，令人惊心动魄的一幕映入眼帘：橘红色的洪水巨浪滚滚，淹没了河堤，一个个漩涡像噬人野兽，吞噬着洪水中的一切物体，从上游冲下来的死猪死牛都逃不出它的巨嘴，一些鸭鹅却幸免于难。

当时，从月川渡口到现在的正南路有座木桥，桥面不宽，但桥体稳固，极大地方便了两岸人们的往来，但这座桥也未能逃过这场劫难。先是一个个洪峰不断冲击着桥面，然后洪水像拆架工似的把一条条横梁、一根根柱子摧毁，最后整个桥面在一瞬间轰然湮没于洪水之中，没有留下一丁点踪影……

现在，又在木桥原址建起了一座宽敞靓丽的水泥大桥，更方便了人们的出行。但那座木桥已深刻于我的脑海，成为我永远的记忆。

这场超级台风共造成全岛 903 人死亡，5759 人受伤，经济损失无法统计。它的名字直接被世界气象委员会踢出台风名录，永不录用！

自从在南山建了南海观音，在三亚登陆的台风好像少了许多。很多人开玩笑说是观音菩萨镇住了南海。可是，既然观音菩萨镇住了南海，为啥陵水到文昌一带登陆的台风，还是那么频繁、威力还是那么大呢？难道这些县市面临的海不是南海？

其实，从地理位置上看，三亚不在南海低压气压形成涌动的区位。历史上几次袭击海南的超级台风如玛琪、威马逊和达维都不在三亚登陆，三亚只是受到台风的影响而已，不过，遭受的破坏也很大。

还有大家容易疏忽的一种情况——之前的三亚一马平川，没几栋高楼，而现在呢，万丈高楼四处起，密集的高楼层层阻挡台风，极大地削弱了台风的威力，到了最后就是再大的台风也减弱为普通级别的风了。

台风虽然极具严重的破坏性和危害性，但它可以调节炎热的气温，并带来充足的降雨，对人们生活以及对补充冬春季农业生产的水利不足，都有着非常重要的意义！

三亚的小吃

小吃是餐饮业的重要组成部分。不同地域因食材、人们的口味迥异，制作出了具有地方特色的小吃，这些小吃种类名目繁多，成为中华饮食文化的一枝奇葩。今天就来说说三亚小吃，让大家领略一下三亚小吃的独特风采。

三亚的小吃有清补凉、椰子糯米馍、芝麻糯米馍、地瓜粉馍、猪肠馍、鸡屎藤面汤、粉汤、港门粉、港门酸粉、港门粽等，林林总总不下二三十种，并且各地做法不同，又衍生出许多种类来。并且随着物质的丰富，一些小吃又增添了新的内容，让风味小吃更具地方特色。

三亚人喜欢吃粉食，这是一种非常清爽的米粉类小吃。制作这种米粉特费时，先是选出上乘的新米泡浸一两个时辰，然后捞干碾磨，在碾磨的过程中要不断往磨中央的小圆孔注水，让磨出的米粉成为粉浆，又一勺勺地把粉浆沿着蒸笼轻轻洒一圈，可以同时蒸许多个蒸笼。刚出笼的粉皮呈白色，很有弹性，散发着郁郁的米香。把粉皮切条后便可以制作成各种小吃了，如炒牛河、牛腩粉、瘦肉粉汤等。许多小食店早餐店都有这些粉食，人们来到食店点上一份炒粉或一份粉汤，添入一小撮灯笼辣椒酱，其味道妙不可言，能让人吃出满头大汗来，待碗见底后又打两个饱嗝才心满意足忙事去了。

在粉类小吃中，最知名的要数港门酸粉了，其制作原料也极为丰富，有米糕、地瓜粉、米粉、炸虾皮、腌制的黄花菜、炒花生米等，还有专门配粉的酸豆水。在大热天来一碗，一定让你肠胃通畅，食欲大开，大呼过瘾！在港门新三角土（地名），一家港门酸粉姐妹店，其制作的酸粉声名在外，人们只要吃上一次就会念念不忘，市区的人们往往驱车几十公里前去品尝，只为过把嘴瘾。我有一次路经那里，看见十几辆车排成一队，人们也排成队抢购酸粉，十几二十包地往车里送，场景蔚为壮观！

三亚还有一种小吃也颇有名气，并且历史悠久，据说这种食品已经有六七百年的历史，但具体年历没有考究，也无从考证。它就是鸡屎藤（雷公藤）面汤。它的面料制作比较简单，就是把鸡屎藤的嫩茎和叶子碾压成汁，用水调和后加入一定比例的面粉或糯米粉再揉搓，由于汁水是绿色的，揉出来的面团自然也是绿色的了。食用时，把面团揉成小条状或小团，当水煮开后往锅里倒入面条或面团，加入荀子、红枣，依个人口味做成咸品或甜品，既可热食也可凉食，若加入鲜榨椰奶，则香飘四溢，刺激着人的味蕾。鸡屎藤是一味中药，有清热解毒去湿的功效。三亚雨水多，湿气重，在多雨的夏季不妨去尝尝这种风味小食，既可以解馋又能去病，多美的事呢！

在各类小吃中，清补凉是我的最爱。这种小食配料比较多，有红豆、绿豆、薏米、红枣、银耳、通粉、水晶粉、西瓜块、椰奶等，可热食也可冰食。三亚长年酷热，这种小吃也就应运而生了。大热天，躲到小店里点上一碗冰冰的清补凉，清纯的奶香果香扑面而来，稀里哗啦地灌入口中，那感觉就如沙漠中口干舌燥的行者发现了一泓清泉，咕嘟咕嘟大口畅饮那样痛爽！

记得我刚参加工作时，每到傍晚，单位门前就有人把几张长桌子一字摆开，上面摆着清补凉配料，还有各种馅的糯米馍。凳子是长凳子，可以坐几个人。摊主是一位年轻的女孩，年龄与我们一起入行的几个年轻人相仿。她的腰身长得纤细，模样可人，眼睛特别会说话，遇上好笑的事儿总能把清脆的声音笑出一串来，很是迷人。

每天晚饭后，我们几个年轻人便大呼小叫地结伴去轧马路。20世纪80年代中叶，年轻人的穿戴打扮都模仿着香港明星，当时流行微型喇叭裤花格衫和三接头的皮鞋，我是模仿得比较到位的一个了。几个人沐浴着夕阳，在不宽的马路上漫无目的闲逛，鞋钉把马路敲得叮当响，时尚的衣衫在晚风中飘动，淡淡的玫瑰香水在空中飘逸，招来了一些目光。于是，心中漾起了一种自豪和惬意！逛完一大圈，感觉累了也饿了，便来到清补凉摊口，各自点上喜欢的东西。年轻人在一起总有聊不完的话题，清补凉吃了一碗又一碗，糯米馍吃了一个又一个，总感觉吃不够。直到月挂西了，也收摊了，我们几个才慢悠悠地回去，可感觉目光总泻在她的身上，心里流淌着一股青春的气息。

一些小吃还用在节日的祭祀上。三亚南部地区有这么一个风俗，凡家里有女儿出嫁，每年的大年初二，女儿要牵着丈夫和孩子挑着两盘年糕回外家拜年。年糕有团团圆圆甜甜蜜蜜之意，置放在神龛上供奉先人，也有不忘根不忘本的意思。回去时，亲娘会割下一块压担，有一年到头过上甜美日子的含义。每逢清明节，家家户户都要订购粽子，买一些尖堆包子馒头，提到坟前祭祀先人，是给先人的见面礼，类似广东人的"手信"海南人的"迎路"。每年过元宵节，家家户户都煮汤圆，一家人围坐在一起吃汤圆。这时家里的男丁一定要盛上三碗汤圆毕恭毕敬放在神龛上，让先人也分享节日的欢乐。

三亚小吃文化具有包容性和开放性，本地小吃文化和外地小吃文化在这里相碰撞，兼收并蓄相得益彰，进一步丰富了三亚的小吃文化。随着三亚旅游业的发展，外地的人们来三亚居住工作的多了起来，同时也带来了他们的小吃文化，如河南的烩面、东北的麻花，西北的羊肉馍馍，新疆的馕等。这些外地小吃既可让三亚人足不远涉就可以品尝到外地小吃，也让这些地域的人们身在他乡也能吃上家乡的传统美食，稀释去窝于心中的乡愁。

三亚的小吃文化源远流长，其文脉已深植于每个人的躯体内，拨动着传承千年的琴弦，书写着天涯小吃那页最美的诗意和灵魂。

椰树礼赞

在琼崖大地，椰树是再平凡不过的树种。城镇乡村、山沟野岭、河畔海滩，可以说只要有土壤的地方，她就可以扎根开花结果，是一种生命力极强的树！

最近去文昌办事，路经东郊镇，只见一排排一纵纵望不到边的椰林浩浩荡荡生长在那片广袤的土地上。树冠连着树冠形成绿色的海，有风吹来便掀起一层层一纵纵绿色的涛，无风的时候，那一棵棵椰树就像椰乡挺拔结实的汉子，高举粗壮有力的臂膀，开荒拓野，创造美好生活；又像婀娜多姿热情好客的渔家姑娘，撑着绿伞迎接远客的到来，一品椰乡那清甜的椰水和奶香的椰子！

椰子浑身是宝！椰子水甘甜清凉可以解渴，还可以加工成罐装椰子汁，海罐厂生产的椰子汁成了国宴饮品，是海南出口创汇的拳头产品；椰子肉挤出汁后加米煮成椰子饭，香飘十里八乡，让人吃得放不下碗筷；椰子壳可以雕刻成工艺品，是游客的抢手货；椰子衣晒干拉丝后是制作床垫坐垫的好材料；椰叶用水煮后会产生一种独特的清香，用来包粽子，煮熟后软糯流香，尝上一只定让人赞不绝口。可以说，琼崖人的生活离不开椰树，椰树是琼崖人的命！

椰树是绝好的防风林。他伟岸的身躯可以抵挡风暴的袭击，减少风暴给人们造成的损害。琼崖地处亚热带和热带季风带，每年七月至十月都有十几个乃至二十几个风暴登陆。每每风暴登陆，地动山摇，这时那排排那纵纵的椰树以宽大的树冠阻击狂风骤雨，尽管身腰压弯了，树丫掠飞了，但始终无所畏惧，用尽所能保护深情哺育他的人民！

椰树是英雄的树。在琼崖各个历史博物馆，都珍藏着一些用椰子做成的陈列品，有椰子碗、椰子雷，甚至还有椰子炮！看到这些珍贵的历史文物，你一定很惊讶，惊讶于琼崖人民的智慧！

在那个战火纷飞的年月，琼崖纵队身置孤岛，四面无援，但这些都动摇不了战士们保家卫国的决心。他们在琼崖纵队司令员冯白驹同志的率领下，在极度恶劣的环境中，以共产党人强大的革命意志，与日本侵略者、与国民党反动派进行了殊死搏斗！没有吃的，战士们以椰水椰肉充饥解渴；没有住的，战士们以椰叶搭橑遮风挡雨；没有地雷，战士们用椰子造雷；没有火炮，战士们用椰子树干造炮。这些土雷土炮在战场上大显身手，炸得敌人屁滚尿流喊爹叫娘，最后都滚回老家去了！让二十三年不倒的这面琼崖红军旗帜，高高飘扬在五指山的山顶上！高高飘扬在琼崖人民的心坎上！

椰树是平凡的树，又是参天伟岸的树！她是琼崖人力拔山河的魂魄，是琼崖人永不放弃的韧劲，是琼崖人不屈不挠的品质！不论在过去还是未来，勤劳智慧笃信奋发的琼崖人民都似朴实向上的椰树，栉风沐雨，勇担使命，争当时代的弄潮儿！

我爱椰树，琼崖人民自己的树！

浓浓粽子情

每年进入农历五月，家家户户便劈柴支灶煮粽子，以此纪念爱国主义诗人——屈原。在民俗节日中，能够以国家名义来纪念一个人的节日也只有端午节了，可见其意义非凡，影响之大。各地域的人们制作粽子的方法和对粽子的口味要求是不尽相同的，北方人喜欢甜粽，北方人以面粉为主食，甜粽也只能是饭后的点心了，而南方人以大米为主食，咸粽自然就可以作为主食了。但这些都不妨碍人们对粽文化的共鸣，因为厚重的延续千年的粽文化已深深融入粽子中，刻入了人们的骨子里面。

悠悠粽叶香，浓浓粽子情。在我的生命中，粽子给我留下了太多的记忆和思念，已不是单纯的食物或单纯的文化意义上的东西了，而成了一种割舍不去的亲情和友情，是一种博爱。

在我六岁那年，我和二弟在外婆家生活了近一个年头。外公以牧海为生，家里总有一些干鱼货，如干鱿鱼干虾仁之类的。那年端午节，外婆砍来一树椰子叶，把叶子修边斩平后放锅里煮开，青色的叶子变成褐色，待叶子放凉后，把两片椰叶叠加成两指宽三寸长的长方体，再把泡好的糯米、肉、干鱿鱼、干虾仁填入其中，包成粽子后置入一个大铝锅中。晚饭后才开始煮粽子。火塘里只有一根粗长的干木头，但火势很旺，待锅水煮开后又用文火慢煮。我和二弟蹲在炉边，火光映红了我们充满期待的脸庞。看着袅袅炊烟嗅着阵阵粽香口水一直流，恨不得立马从锅里掏出粽子来解馋。可是，外婆只是不急不慢地往火塘里推木头，偶尔揭开锅翻动一下粽子，根本没有拿出粽子的意思。兄弟俩一直坚守着，哪怕眼皮儿打架了，也要守候着那锅香味四溢的粽子。外婆看出我们的心思，摸着我的小脑袋说："粽子今晚还熟不了，去睡吧，明天醒来就能吃上了。"可我们执意不睡，宁可守着那塘火那锅粽。但幼小的年纪怎么斗得过瞌睡虫？阵阵睡意袭来，疲倦的眼皮再也抬不起来，于是不知不觉就在一股股粽香中睡着了。睡梦中还闻到了浓浓的粽香，那是多美的梦呀！

第二天我醒来，立马催醒二弟，一骨碌翻下床四处找粽子。咦，怎么只闻粽香不见粽子呢？哥俩这边闻闻那边嗅嗅，终于发现了粽子，只见粽子用一个竹篮高高地挂在屋梁下，任我们怎么跳想尽什么法子也够不着篮子，真是懊恼极了。这时外公从外面进来，见我俩急不可待的样子便说："不急不急，先去刷牙洗脸。"哥俩一番洗漱后急冲冲地跑到外公跟前要粽子吃。外公又说："不急不急，把茶喝了再吃粽子。"说完从公桌上提起陶瓷瓶倒了两碗满满的茶水递给我们，说是鹧鸪茶，喝了再吃粽子就不会伤胃挫胃，并告戒我们一天只能吃一只粽子，吃多了不好消化，会伤了肠胃。然后拿下粽子剥去椰叶放在碗里给我们吃。啃上一口一股糯米香肉香和鱿鱼虾仁的香味一涌而出，油油的肉汁涂满了小嘴，挥之不去。外公边抚搓着我们小小的后背边说："慢慢吃，别噎着。"外公的慈爱汇集在他的目光中，深深融入了那碗茶那只粽子里。这浓浓的粽香是我一生的记忆，是无法割舍的深深情结。

在海南南部地区，有这么一个风俗，家里若有长辈去世，那么这家人在三年内的端午节是不能包粽子的，以此来纪念和缅怀先人。那么过节吃不上粽子怎么办呢？这时左邻右舍亲朋好友会多包一些粽子，煮好后送上门来。记得我父亲去世的那几年，邻居们和附近亲戚少的三只五只多的十只八只地往我家里送，一位好友连续几年往我家里送粽子，一送就是二三十只，送来的粽子装得锅满钵满，比往年包的粽子还多得多。剥开粽子，飘来阵阵清香，这清香浸透了亲人和朋友的深情厚谊。送来的粽子太多，吃不完，我们就送了一些给外来务工人员，让他们身在他乡也能感受到节日的温暖，少了一抔乡愁。

粽文化与龙文化历来是相辅相成的。在我国许多地方，在端阳节期间要搞龙舟比赛（龙舟竞渡有争夺救起伟大诗人的含义）。我们三亚在端阳节期间，各区均会成立龙舟赛队，在三亚河举办龙舟大赛，吸引了邻县市的人们前来观摩。龙舟竞渡在锣鼓喧天中开赛，又在高呼呐喊中结束，这种民间的体育运动既增添了节日的文化氛围，又带动了地方旅游业。其间，因为一些人仍遵循古时抛粽祭祀的传统，往往在活动场地向河内向人群抛粽子，以祈求平安消难，而人们在争抢粽子中也找到了不一样的祥和。

社会发展至今，粽子已不再是节日才能享受到的食物了，而是作为一种美食成为百姓家餐桌上的日常食品。在许多小食店早餐店每天都有粽子供应，也有挑粽沿街串巷叫卖的流动小贩，他们已经把包粽卖粽当作一种谋生手段。现今人们包粽子过端午已仅仅是出于迎合民俗的需要，赓续千年粽文化的需要，加深亲情友情的需要，但那片粽叶的清香，浓浓的粽子情将永世飘香和流淌！

做清明

"清明时节雨纷纷，路上行人欲断魂。"诗人杜牧用诗的形式，真实生动地表述了人们在清明时节去给亲人上坟时的悲伤情景。但也有人把清明时节当作出门踏青游园的好时光，是喜庆的日子。这时候，富家公子小姐会在书童丫鬟的陪同下，到野外到花园去踏青，借着清朗的光景舒悦心情，把压抑郁结的心挂在手中的风筝上乘着东风飞向远方。每年我家过清明都是以快乐愉悦的心境与逝去的双亲一起团聚的。清明节是故去之人的"年"，陪亲人过"年"怎么可以是哭哭啼啼的呢？

随着清明日的临近，一家人便忙开了。女人们忙着去备香烛纸钱和各种祭祀品，如给父母的新衣新鞋新帽。市场上祭祀品很丰富，除了以上这些还有电视机电冰箱甚至还有手机轿车，总之，应有尽有。虽然这些祭祀品是手工纸糊的，但做工精致，形态惟妙惟肖，大小形状就跟真品一样。清理坟地也是做清明的要务。山上荆棘长得快，离上坟还有一段日子，二弟三弟就带孩子们上坟地劈山清理垃圾了，为清明上坟做好准备。

鲜花是我家清明上坟的必备品。每年做清明的前夕，我就会到南新鲜花店订制花篮，所选的花有白菊黄菊、有康乃馨、有红白玫瑰、有天堂鸟和满天星等。这时鲜花店的生意特别好，花架上摆满花篮花束，这些花都是人家预订的，根本买不到现货。到了晚上花店会依着购花者的地址送货上门，服务非常贴心。

我们这儿管清明上坟叫作清明，在清明节的这几天，熟人相见会问：你家做清明了吗？啥时做？里面含有一种关切之意，也是对逝者的缅怀。本地有一个风俗，父母一方或双方去世后，母亲那边的亲人会在清明时送来一些纸钱等祭祀品，以表示对逝去亲人的孝心和缅怀之情。我父母都去世了，因此几天下来收到的祭祀品不计其数，都堆成了一座小山。礼尚往来，我们也得挨家挨户去送祭祀品。而近年来我们觉得这样来来往往地送很麻烦，干脆把送祭祀品改为送红包，这样做既方便又省事。

到了做清明的那天，天还是一片漆黑，弟媳们就起来烧水杀鸡宰鹅了。给两只鹅几只阉鸡褪毛开膛也得花上两个小时。等鸡鹅煮好了还得炒三个菜：茄子、生菜、红菜椒，寓意为行得好顺、生生不息、红红火火。这时天放亮了，男人小孩都醒来了，大家围在一起吃包子油条粽子，然后准备上坟的事宜去了。我们家是大家族，我们哥仨的堂兄弟就有十个，且个个已成家立业，晚辈也有二十来个，差不多都来给我父母做清明了，光车子就要十辆八辆。约早上九点钟，家里人把上坟的东西全搬到车的后备箱，然后浩浩荡荡地上路了。因母亲出生在鹿回头村，依照当地风俗，我父母就安葬在鹿回头村的西鼓岭，这里是鹿回头公墓，占地约八十亩。这里风水很好，站在坟地，远处的三亚湾尽收眼底，一览无余。凤凰岛那七幢高入云端的贝壳建筑仿佛近在眼前，一点也不缥缈。海面上，风帆点点，鸥影掠过蓝天，留下一串串美妙的歌声，让人的心情豁然开朗。

到了父母的坟地，大家各就各位，有挂利是的，有擦碑洗桌的，有摆菜摆酒的，我则毕恭毕敬地把花篮安放在墓碑前，然后来到父母的墓边坐下来，与他们掏心窝地说说话，毕竟一年了，家里发生了一些事情，如三弟的大儿子吴元通在父亲走时才六个月大，是父亲当时最疼爱的小孙子，现今已考上大学了，还是本科的。我也想知道父母那边的情况，生活有无保障？还缺些啥？父亲觉得我可以赓续他文学方面的才识，在文学方面对我寄予厚望，为此，我趁着做清明的机会把我加入三亚市作协、人行作协、中国金融作协和海南省作协及去年今年在各级报刊发表的几十篇散文及获得《中国金融文化》优秀文化奖等一五一十地告诉他。依稀中，我仿佛听到了父亲开怀的笑声，父亲还告诫我要戒骄戒躁，保持劲头创作更优更美更多的好作品。

点上香烛，给父母带去了光明，请来他们和我们一起分享丰盛的菜肴。酒过三巡后，我们起身与老父亲老母亲挥手告别了。我心里默念：爸妈，你们保重，明年清明节我们再见！

门前的榕树

2008年，荔枝沟路进行了一次革命性的扩建，路两旁拆除了许多房子，给路面腾出了许多土地，建成后的公路由之前的两车道扩展成四车道，还增加了机动车道、盲人道和休闲道，并且在公路两旁建起了两条绿化带，也就是现在的模样。路刚修好，绿化带就种上了三角梅、九里香等一些小型景观植物，其中每间距四五米又种上一棵榕树，休闲路面上同时种植一排榕树，和绿化带里的榕树也间距四五米。刚种下的榕树就像一条木棍插在泥土里，光溜溜的，有的木棍吐着几片绿叶，才让人感觉到它是有生命的，是个活体。榕树分大叶榕和小叶榕，属速生树，长得很快，有时一场雨后或者一个夏季，它就变成另一种模样，一年比一年粗壮。

我家邻街，可以说我是看着路上那几排榕树长大的。它们刚种下时不过手臂粗，现在树腰都有水桶般粗了，当时身高不过两米，现在都有十米高的样子了，光溜的木棍已长成参天大树，树冠茂密，一枝枝碗口粗的树杈斜插向天空，像无数只手撑起一把巨大的伞。大大小小的气根有的深扎于泥土里，长成一棵棵盘根错节的"小树"，有的悬挂在路上空，由于受行人的干扰，往往长不大，变得细细长长的，放眼望去有些像西北人晾挂面，整齐有序。休闲道和绿化带的榕树枝已交会在一起，架起一道拱形屏障，形成一条天然的绿色走廊，既为行人遮阳挡雨，又能美化环境，作用真不小。

我出门没有带伞的习惯，晴天大太阳把人的肌肤晒得灼痛，这时，门前的榕树成了我的阳伞，让我的肌肤免受毒晒；雨天，榕树又成了我的雨伞，一点也不用担心衣服被淋透。平日里，宽阔的树荫成了人们的休闲处所，哪怕是炎热的夏日，人们只需一把椅子就可以借荫纳凉，也可以眯眼小憩，一副悠然自得的样子。一到晚上，气温降了下来，人们纷纷来到榕树下的休闲路上散步，或者来到榕树边的小公园小广场开心地跳舞唱歌，让这座城市变得妩媚多姿！

开春的第一场雨，把枯竭的榕树浸润得像一个跋涉在沙漠中唇干舌燥的行者发现泉眼那么欣喜，榕叶哗啦啦地响，似是喜极而泣！大叶榕枯黄的叶子顺着雨水纷纷掉下来，像是向冬天作最后的告别，又纷纷长出嫩绿的芽儿，仿佛在向人们昭示春天来了！夏日，雨水变得多了起来，榕树们更开心了，赶紧趁着难得的天赐把自己好好梳妆一遍，洗洗头让叶儿变得铮亮起来，刷刷身子让肌肤变得光滑起来，多吸收一些水分让身体长大起来，然后挺起粗壮的身躯向行人展示出一副健康向上的精神风貌。入秋了，大叶榕结满了果子，金黄金黄的，惹来了一群群八哥和一些不知名的鸟，它们尽情地分享着榕树妈妈的馈赠。鸟儿似乎懂得感恩，边吃边叫，声声绵柔，说一些充满感激的话语。冬天来了，一股寒风把榕树吹得瑟瑟响，榕树不禁打了一个寒噤，抖动了一下身子，浑身的凉意。人们出行已添衣戴帽，双手插在裤兜里。榕树已意识到行人在萧萧寒风中的苦楚，于是，顽强地舒展着它那宽厚的身躯为人们挡住猎猎寒风、绵绵冻雨，把自己所能不遗余力地奉献给呵护它的人们！

榕树是一种精神，一种无私奉献的精神！榕树是一种力量，一种奋勇向上的力量！榕树是一种境界，一种厚德载物的境界！

我与花的情结

自幼就喜欢花花草草。那时没有人工种植的大片大片的花田，也没有那么多花的品种，花是纯天然的。开春的第一场雨后，那块块刚刚翻过的土地，便扎堆儿冒出成片的鹅黄叶子。这些苗儿在温暖的阳春里长得飞快，不用几天就把大地染成了青绿。紧接着各种花儿竞相绽放了，有粉红色的太阳花，有黄色的油菜花，有成串儿红黄相间的狗尾花，还有许多说不出名字的花儿。风儿吹来，各种花香夹杂着泥土味儿拂面而来，惹来了采蜜的蜜蜂和蝴蝶，不一会儿工夫，花蜜花粉便沾满了它们的脚，于是它们兴高采烈把收获送回巢去了。我和一帮小朋友则小心地把一棵棵太阳花油菜花移植到破碗破罐破筒子里，然后欢呼雀跃跑回家，把花儿置在院子里太阳能照得到的地方，每天清晨给它们浇些水。等太阳一出来，它们就托举出红红的黄黄的花蕾，煞是好看。海南四季有花，不管哪个季节，坡地草地野地田地都有花，那些特诱人的花我都会小心翼翼把它们移回家来，让小院子里四季都有花的色彩，四季都飘着花香。

长大了，工作了，甚至成家了，对花仍爱不释手。感觉无花这世界便暗淡许多，因此生活中总离不开花。母亲在世时，每年做寿，我定会去鲜花店订制一束鲜花献给母亲，母亲接过鲜花满脸的笑容如同鲜花一样绽放。问母亲喜不喜欢，老人家会眯笑着一个劲儿地点头说：喜欢！如今父母都已不在世了，每年清明我仍会去鲜花店购买一束鲜花，有康乃馨、天堂鸟、蓝玫瑰、菊花、月季等，把它置于父母的碑前，这既是一种精神寄托，也是对父母的亲切缅怀。每年过春节，我都会联系种植兰花的同学，拿上几盆蝴蝶兰置于厅门两侧，再买来两盆齐眉高的年橘放在飘台下两根罗马柱的边上，走到院子大门外回头一看，只见一群彩蝶在微风中飞舞着，亮出迷人的色彩，煞是美丽动人；那橘子金灿灿的溜圆溜圆的，把叶子都覆盖住了，那是一树的橘子呀，让人情不自禁摘下一个，塞进嘴里一咬，唉呀呀，那个酸味直酸透人心！都忘了它可是景橘呢！

对于花的喜爱已是到了痴迷的程度，只要听说哪儿有花景，必定亲临品赏不留遗憾。多年前听朋友说林旺凤凰花海很美，是三亚一个新景点。为此我专门去了一趟林旺，打算亲身感受一下这片"花海"。到了地方，我真的被眼前那片望不到边际的花海震撼住了，那千亩地的红玫瑰、格桑花、熏衣草，红的黄的紫的在晚春的暖阳下争奇斗艳，吐着鲜花特有的芳香，阵阵的花香把人整个身子熏得里外透香。情不自禁冲向那条长长的花径，如同真的畅游在花之海洋中，有风吹来便掀起一丛丛的花浪，把地表都遮盖住了，完全找不到"陆地"了，一簇簇一丛丛的鲜花让人忘乎了人世间的美！时而遇上一对对恋人，只见他们相拥在花海，拿出手机不断拍照，记录着美妙的浪漫的爱情故事，也通过他们传递了花海的美丽与浪漫，让世人欣赏！

其实，三亚就是一个大花园！任何一条路、一个大小公园、一处绿地，甚至小巷胡同，都种植着各种各样的花，并且四季盛开，给美丽的三亚添加了浓重的色彩。由于上下班的关系，我走得最多的路就是落笔洞路、凤凰路和迎宾大道了。这几条路是三亚的主干道，路两旁的花坛都种有具有南国特色的花卉，有大小龙泉、三角梅、蔷薇、九里香、鸡蛋花、白玉兰和一些不知名的花木。许多地方，园丁们把花制作成各种造型，如美丽之冠边上用三角梅制作而成的大象、大公鸡等造型，栩栩如生，可谓巧夺天工！甚至那些因开路被开凿的山岭形成的露壁，也通过加架修巢，加入土壤植入三角梅芽条，不用多时，那灿烂的三角梅就把整个岩壁覆盖得严严实实，你根本找不出开凿的痕迹来。智慧勤劳的园丁们把三亚打扮得如此多娇！

徜徉在三亚的大街小巷，目染着花的艳丽娇美，闻着沁人心腑的花香，你一定会产生一种情结，与鲜花结下的不了情结！

故乡巨变

  故乡在乐东县槐脚村，虽然父亲年轻时就来三亚任教，母亲是三亚人，本人也出生在三亚，但我念念不忘故乡，那块父亲曾经生活过的土地——浸满乡音乡情乡愁的土地！三亚到故乡不过八九十公里，也就个把小时的车程。但我由于工作性质特殊，已有近十个年头未回故乡了。最近老家的几个堂兄弟都在盖房，有的刚入伙，我就趁着年假只身坐动车回了趟老家。动车仅用四十分钟就抵达了黄流站，杯中的咖啡还未喝完便下车了。堂哥来接我，刚出车站便见他伸着脖子晃着身子往车站的方向张望。我大声朝他喊："别晃了，晃得我头都晕！"他也看到了我便小跑着奔我而来，嘴里咕哝着说天太冷，晃晃身子可以驱寒。一番寒暄后就坐上他的车子回家了。

  一路上农村的面貌一览无余。路是水泥路，有六七米宽，两边是庄稼，有刚刚插上的禾苗，也有大片的玉米地，玉米长得好，蓊蓊郁郁的，有一人高，都结果了，看起来饱满结实。堂哥说再过十几天就可以采摘了。车子过了赤龙村就进入了故乡的地界。放眼望去，首先映入眼帘的是那条笔直宽敞的水泥路一直伸向远方，两旁的电杆上装着华丽的灯饰，白色的表漆在阳光下生辉，路两旁是一块块槟榔园，园中都建着三层高的别墅，红砖绿瓦，有现代格调的也有复古式的，有传统中式造型的也有典雅欧美风格的，设计考究，做工精致，比城市里的别墅华美多了。故乡的巨变令人赞叹不已！停下车来走进一户人家，只见槟榔树在四周生长着，都伸着细细的身子，高高的树干上支起一团绿色的叶盖，像亭亭玉立的村姑撑着一把把绿伞，落落大方地恭候远道而来的宾客。园里散养着一些鸡鸭，它们在树荫下觅食，尽情地享受着土地的馈赠。见有陌生人走进院子，它们都歪着脑袋朝你看个究竟，然后发出"咕咕""嘎嘎"的叫声，好似在问：客从何来？

为了让我更能了解故乡现代农业的发展状况，堂哥特意把车开到了田野里。下车来站在田埂上放眼望去，这是怎样的场景呢？只见碧绿万顷的农田被划成井井有条的大方格，里面种植着各种各样农作物，有向天椒、秋葵、哈密瓜、红香蕉等经济作物，也有杂交水稻和杂交玉米，作物灌溉实现了自动化供给，并根据作物需要有的是喷灌有的是滴灌。哈密瓜喜干旱高温，所以要用塑料膜盖成一条条一米五高两米宽一百五十米长的长形半圆状的瓜棚，还得拉上电灯做好温控，这样结的果才脆甜。哈密瓜田由上百个瓜棚并挨着，看上去蔚为壮观。堂哥说这些年来农村大力发展高效农业，不论产量产值均逐年提高，农民的收入多了腰包鼓了，底气也硬了，日子过得红红火火，现在全村每户人家都建起了别墅，甚至一户多墅。他的脸上洋溢着当代农民的自豪感，也让我看到了故乡更美好的未来。

车子往村里拐，一个用红色石板砌就的大门巍巍地屹立着，上面镌刻着几个金碧辉煌的大字：槐脚村。字体遒劲有力，彰显了现代农村的蓬勃朝气和积极向上的精神！过了村门，车子就进入回家的路。可我一点也不相信这是回家的路！在我的记忆里，这条回家的路是肮脏的土路，晴天漫天尘，雨天一路泥，尤其是猪牛到处拉屎，一坨坨屎散落在路上，下雨时屎水泥水混杂在一起，让人无法落脚，只能踮起脚跟挑着干净一点的地方跳，像只跳猴似的让人感觉滑稽可笑。路两旁是各家各户的篱笆围墙，松松散散地硬撑着，破落的门口内侧就是牛棚猪窝，一阵阵恶臭从牛棚猪舍里散发出来，让人恶心呕吐，而人们居住的低瓦房就建在牛棚的对面，人畜混杂，人们的生存环境异常恶劣，卫生状况令人触目惊心！而如今眼前的路却是笔直宽敞的水泥路，昔日四处游走的猪牛已不见影踪，路面干净明亮，富丽堂皇的别墅错落在果园里，低矮的瓦房难觅其踪，围墙都换成了美轮美奂的喷漆彩墙，院大门都建得典雅别致，一扇扇铁艺铜艺大门显得气势非凡。院里槟榔参天，果实累累，到处都飘逸着槟榔花香，走在村路上仿佛是徜徉在大花园里，令人浑身愉悦！

　　走进三伯父家，那是一幢现代建筑风格的三层别墅，几年前就建好了。院子场地很大，有一亩地的样子，两棵巨大的美人蕉高高地矗立在大门两旁，艳红的蕉花给院子增添了色彩，七八棵有腿粗的花梨树站成一排，像在看家护院似的，各种小型景观植物散落在院子里，生机勃勃。尤其是那两棵有着几十年树龄的杨桃树和杧果树，虽历经风吹雨打已变得腰躬背驼，但依然叶茂枝繁，到了结果时节，杧果一串串悬挂在树枝树梢下，个头大，皮色清亮；杨桃则沿着沧桑的树干一直到村冠都结满了果，一场雨后，成熟的果子掉了一地，尝上一口酸甜酸甜的，很爽口。有一个用混凝土砌成的大鱼缸，半个人头高，直径有两米，里面种着几株金莲，莲花的叶子几乎铺满水面，一两朵莲花开得正艳，花儿倒影在水中会招来一些鱼儿，把花儿搅得粉碎，也会掀起小小的涟漪来，场景是那样的和美！花园中央建着一处遮阳棚，是用透明的PC材料做的顶，铝塑方条做的柱，样子精致又通透。棚底下安放着成套的红木茶几饭桌，美观大方。平日里在棚下品茶用餐真是一件快乐不过的事情。

今日的故乡今非昔比，已经实现了"一园一墅一车"的美好愿景！故乡，真的变了！

包　子

　　中华饮食文化一直贯穿于五千年中华文明当中，是中华文明的一个重要组成部分。包子文化在饮食文明史上不是太悠久，还不到千年历史，但包子的多样、美味、实用已为世人所喜爱，成为百姓家日常的生活食品。国人把智慧融入包子中，把包子做到精美极致，堪称饮食一绝，有一些包子技艺已被列入非物质文化遗产，如天津的狗不理包子，广州的叉烧包等。

　　包子作为一种文化现象，必定有着它产生演变丰富和发展过程。

　　据史料记载，诸葛亮辅佐刘备打天下时，率军进西南征讨孟获。横渡泸水时，由于夏季过于炎热，造成瘴气滞留，而且水中含有毒物质，士兵们饮用了泸水，死伤严重。诸葛亮经过苦思冥想，下令让士兵们杀猪宰牛，将牛肉猪肉混于一起制成肉泥，和入面内蒸熟食用，结果士兵们的不适症不治自愈。之后，包子便在各地盛行起来。但在当时这种食物并不叫"包子"，而是叫"蛮头"。其实中国人吃馒头的历史可以追溯到战国时期，彼时称之为"蒸饼"，三国时馒头有了自己的正式名称，叫"蛮头"。明代郎瑛在《七修类稿》中记载：馒头本名蛮头，诸葛之征孟获，命以面包肉为人头以祭，谓之"蛮头，今讹而为馒头也"。宋代出现"包子"后，一直与"馒头"相混并称，且行而不衰，到了清朝，逐渐把"包子"与"馒头"区分开来，有馅的叫包子，无馅的叫馒头。

　　包子演化至今，其制作也是丰富多样了，有肉馅的也有素馅的，如牛肉包猪肉包羊肉包芹菜包韭菜包白菜包等。各地域的人们也根据自己的口味和当地传统食物，制作出具有地方特色的包子，如广东的叉烧包奶皇包，四川福建的小笼包，海南的椰肉包，林林总总，无一而足。包子文化已经在华夏大地蔓延开来。

　　包子不仅充斥着丰富的文化内涵，而且也沉淀了浓郁的情结。母亲跟我说过，我一岁时每天就得吃两个包子，想想自己个头那么大一天吃两个包子也在常理之内。在荔枝沟小学上学的那几年，母亲每天早上会给我两毛钱一两粮票，在供销社食堂买一个大肉包子作为早餐。那时候供销社食堂的"三哥包子"可谓久负盛名，十里八乡谁都晓得三哥和他制作的包子。这里我得费些笔墨说下三哥了，因为他实在是一个人物，一个响当当的人物！三哥矮胖，肥头大耳，肤色殷红，浑身滚圆，膨胀的身子让人感觉打个喷嚏也会裂开几道口子来。他是大厨，当地的红白事总离不开他，并以能请他掌厨为荣，的确他制作的菜品色香味皆备，不留瑕疵。不过我最喜爱的还是他制作的叉烧包。他做的馅是选择猪的腰膘肉剁成小方块，加入叉烧酱、酒、糖、味精、酱油、葱花、芹茎等制作而成的。面要经过好几次的揉搓再经过几个小时的发酵后才包馅成为包子。刚出锅的包子热气腾腾，猪油透过了油纸，蓬松的包子开着口儿，溢着稠红色的酱汁，整个食堂弥漫着包子的香味。这种包子好吃不腻，吃在嘴里满口的酱汁，咸甜恰好，漫着淡淡的麦香味儿和芹葱味儿，小块猪肉一嚼即化，浓浓的肉香，让人一吃而不可收，我觉得这应该是天底下最好吃的包子了！十几年前，三哥离开了这个世界，也带走了他精湛的手艺，只给我留下对他的包子的深深念想。所幸，现在荔枝沟又有了一家品牌包子店。一天，我去南新居办事，路经一包子店，名曰：包道。好奇心驱使着我去看看。这一看可不得了，这包道制作的叉烧包技艺竟然荣膺"非物质文化遗产"！我花了三块五毛钱买了一个尝尝，果然皮面松软，汁多肉香，露甘味郁，口感很好，一点也不输给"三哥包子"。从那天起，我只要不上班，一定去包道买上三四个包子，满足味蕾和肚子的欲望。

包子里面往往倾满了人们的乡情乡愁。如同梅州客家人一样，逢年过节，都要给旅居海外的亲人邮递去几斤梅菜，别小看这些梅菜干，里头注满了家乡亲人的浓浓乡情，而远方的亲人吃下的则是思绪万千的乡愁，是对家乡的深深怀恋。包子也一样。有一年，我受分行点差，去广东河源市中支巡查工作。在一次深入龙川县调查工作中，路经一家早餐店，店名叫"海南椰子包"，我心中生奇就叫开车师傅停车。走进小店，见一少妇忙着卖包点，生意异常的好。我操起海南话问："老板娘生意不错啦！"少妇一怔便转过头问："你从海南来？"我说是呀。她连忙请我进店入座，端来一笼热气腾腾的包子，递上一杯清茶。见她一人在外乡谋生，心生好奇，便问其中缘由。她说她是文昌人，嫁来龙川已有十个年头，由于生活所迫已有七八年未回娘家了，因为过于思念家乡也为了谋生，便开了这家椰肉包子店，以此来缓解对家乡的思念。我见她眼眶里一直转着泪花，便安抚着说家乡现在可好了，希望她抽空回来看看。我喝完那杯茶起身与她道别，她则一再挽留我吃饭，但因工作的原因只好婉言谢绝了。她见无法挽留，便拿来一个食品袋装满椰肉包子塞进我的怀里。车开出好远了，她一直站在路边挥手送别。我想她是把我当成亲人了，看着一袋子的包子，感觉到这不仅仅是包子，更是身居异乡的亲人对家乡对亲人的怀念，是一种情感寄托，是一抔渗着酸楚的乡愁！

朋友，关于包子，你有这般的情结吗？

春 雨

人们常说：春雨贵如油。意指有二：一是指来自大自然的，春天降水量小；二是指春耕开拔，农作物需要水，滴水如滴油。三亚气候独特，每年进入冬季，降水量就偏少了，到了春天由于地气上升，遇上冷空气便形成雨，但雨量都不大，因为南下的冷空气在流经海南中部地区时被高高的五指山阿陀岭给挡住了，进入海南南部地区的冷空气被大大削弱了，降水量自然会减少了。

但个别年份也有特别的时候，如今年。由于强冷空气不断补充流向海南，在南部地区上空聚集了较为强盛的冷空气流，遇上升腾的热空气便会出现长时间的降雨。雨挟带着冷空气袭向地表，气温骤然下降，出现了"倒春寒"这一独特的气象。给人的感觉就是湿冷，加上海南的房子没有防冻设施，屋里屋外差不多一样的冰冷，于是来海南过冬的"候鸟"纷纷逃离海南了。抖音里有个调侃段子：冻死在冬天的吉林我认了，冻死在冬天的辽宁我也认了，冻死在春天的海南我真是死不瞑目啊！可见海南的"倒春寒"也是非常"冷酷"的。

尽管"倒春寒"给人身体上带来了一些不适，但带来的雨水却很大程度上缓解了农业生产的灌溉之需。能否确保春季生产的丰收，每一场雨都显得十分的重要，特别是三亚这个靠天蓄水的地区。

　　三亚这段时间一直在下雨，有时是连续几天地下，有时是隔三岔五地下，地面总是湿漉漉的。气温较低，早晚均在十五六度左右。人们出行都穿得厚厚实实的，女人穿起了一年中都难得穿上几回的靴子，还裹上圈着几圈的围巾，头顶着样式各异的毡帽，把自己绷得像只粽子，生怕有一丝冷气钻进体内；有的男人穿上了皮夹，似乎平添了几分精气神，走起路来带着风儿，多了一些帅气；孩子们的穿戴更甭提了，父母们趁着难得的光景把他们装扮得像天使一般，充满着幸福与快乐。

　　然而，寒冷的天气也折磨人，尤其是起早摸黑去劳作的人们。环卫工人凌晨四五点就推着垃圾车拿着大扫把，沿着大马路开始工作了。寒风冻雨冻肿了他们的手指脚丫，甚至还渗出血水来，脸皮儿也被冻得涨红。但这些并没能阻挡他们的脚步，是他们用辛劳换来了城市的干净，方便了人们的出行。还有贩菜的生意人，一大早便开着电动三轮车去组织货源，以保证市场供应，让人们能吃上新鲜的水产和果蔬，他们是用冻僵的双手去创造属于他们的也属于我们的美好生活！

　　这天下午，我闲坐在本家院子里喝茶，忽然院子的挡雨棚传来"嗒嘀嗒"的击打声，朝外望去，只见天空中飘着雨丝，在早春的暖阳里潇潇洒洒，滋润着大地，滋润着万物，演绎着春天的华美，蕴藏着秋天的希望，而绵绵春雨不正是描绘秋景的最美色调吗？

远去的年味

　　我们这儿管过春节叫过年。过年是每家每户在一年中最为重大的事儿，辛辛苦苦忙乎了一年就是为了过个好年，祈愿来年有好兆头好年景。

　　那是很久远的故事了。

　　随着"窜天猴"一声"啪喇"，我知道年关近了。城镇乡村，空气里飘着淡淡的年味儿。大搞卫生是迎年的首要工作，家家户户都忙着清理污物，不留死角地洗刷一遍，直到窗明几净一尘不染。接下来就是洗涤被褥了。当时没有洗衣机，搓衣洗被全靠人工。于是，把用了一年的蚊帐被套全放在一个大水缸里，添入老姜片肥皂片儿，再倒入几大锅开水，让其浸泡一个时辰再冲洗甩干，等晾干后被褥蚊帐就像新的一样了。年画也不能少，年画可以增添节日的气氛。为让家里贴上年画，更有年味儿，我可是煞费苦心，早在两三个月前就四处出击，寻找废铜烂铁，废电线牙膏皮，只要能卖钱的通通拿下，等捡到一定的数量再卖给收购站的老黄伯。买年画的钱有了，心里一阵欢喜，蹦跶着跑到商店里买年画了。门神当然是贴在大门上了，说是可以避邪，客厅里凡有空白的地方都贴上年画，站在厅中央，环视着自己用辛苦钱换来的一幅幅美景，脸上荡漾着开心的笑意。京果是必须的，年上有客人拜年必须得奉上一大碟京果，宾主可以边聊天边享用。母亲对这事儿也很上心，先把糯米浸泡晾干再磨成米粉，再把米粉用水揉成面块，又切成一小段一小段有筷子粗一节指长的面条，然后起灶旺火煮开半锅猪油，再把糯米条儿放入沸腾的油锅里，不一会儿，那些糯米条儿随着"嗞嗞"声变得金黄金黄的，香气四溢，让人看着直吞口水。待京果消去热气再置入一个大大的琉璃瓶中，留得过年享用。猪肉当仁不让是过年至高无上的食物了。那时，食品实行供给制，过年每个居民只有半斤猪肉的肉票，真打不了牙祭。这时候，父亲手中的"特权"便得到充分地发挥了。当时的部队、农场都养猪，年前都会"大开杀戒"，猪肉供应比地方好多了。父亲作为中学校长，受到部队、农场领导的尊重，条子一开就是三斤五斤的，价格也是按照地方食品站的每斤七毛七，便宜呢。一圈下来，他骑着那破旧的二十八寸的"红棉"单车前面挂着后面绑着约莫几十斤的猪肉晃悠悠地满面春光地回来了！母亲把年上所需的猪肉留出后，把剩余的肉全都切成条状儿，置于大盆里，加入盐、香料、南乳、五角、陈皮、酱油等配料腌制，等过了一个小时再挂在铁丝上晾，待水汁溜干后再置于土缸里密封。等过了年初三，留出的肉几乎吃完了，于是每顿做菜时就从缸里拿出一两条肉条来，切片后用芹茎爆炒，顿时香味四溢。这些腌肉可以一直吃过元宵，顿顿都浸没在年味里。

　　街上热闹了起来，年味儿浓了，马路两旁人头攒动、熙熙攘攘，人们的脸上都写满了笑容，特别灿烂，仿佛集合了一年的笑都在这一刻绽放。地摊上摆着各种年画、对联，人们精挑细选，唯恐有个污点。有的人手里虽然只是提着两三斤的猪肉，可是从脸上到心里都乐开了花，一副心满意足的样子。百货公司、供销社门口搭起了一个个帐篷，架子上摆放着积压的物品，有各种生活用品和农具。帐篷两头拉起了长长的红幅条儿，上面写着

"××春节商品交流会"，帐篷上面插着各种颜色的旗子，飘扬着浓浓的新春气息。由于商品是打折处理的，所以价格很便宜，购买者也多，人们里外三圈围着抢购。

年味儿愈来愈浓了。串串鞭炮在空中炸响，空气中弥漫着浓浓的硝烟味。家家户户揭去旧联贴上新联，杀鸡宰鸭，琼菜粤菜，荤菜素菜，煎炒烹炸，八仙过海各显神通，让年披上了浓重的色彩！

母亲有一句话很有趣，她说没有木瓜粉丝炖猪脚的年不算过年。因此，我家年三十必须有这道菜。揭开锅，那个香呀只有过年才能体验到的，那是刻骨铭心的香！

随着那锅木瓜粉丝炖猪脚的盖头打开，洋溢着欢心笑语的新年，到了！

而如今的春节，天空碧蓝，没有一丝硝烟味，晚上零时正点，再也听不到以前震耳欲聋的开年炮声，夜空少了璀璨的烟花，街头巷尾也没有孩子们追逐着放"窜天猴"的热闹，大街小巷少见人影，变得异常冷清。一大家子人吃完年夜饭就各回各家，年味如同断了线的风筝销声匿迹了。

也许，新时代人的观念变了，环保意识大幅提升，对年味也有了新的理解。同时当今物质丰富，人们生活水平提高，天天如过年，从这个角度去审视，就不难理解现今的年味为何薄了淡了。这应该是人们物质文明精神文明进步的一种体现吧！

忙忙碌碌热热闹闹的年味已经远去，只留在记忆里。

新年的第一缕阳光

今天是2022年元旦。早晨起来和往常一样，踱到窗口，呼吸早晨的清新空气，顺便沐浴一下和煦温暖的阳光，但没有阳光，兴许太早了。去化妆间洗漱，然后拿起一根烟来到院子，坐在围椅上，给烟点上火然后悠然地吞云吐雾。一边吸烟一边观察着院子的变化，昨天妹妹种下的苗儿是否活着，那几只青蛙还冬眠没，池塘里的小鱼儿挺过几天来的低温吗？总之，目光尽可能打量着有关家里的东西，希望一切安好。巷子依然是行色匆匆的行人，在新年的第一天照样去讨生活忙工作，不敢有一丝一毫的懈怠，往日怎么干今天也怎么去干，他们好似忘记了日历，忘记了年的轮回。

我和他们一样，元旦也上班，我的工作很重要，不能有半点差池。和往日一样，七点二十分便叫上网约车。我是约网车的资深人士了，不管是滴滴车还是"花小猪"，我都是乌金客户。有时碰上一些特殊日子，如节日、雨天，约网车者众，为能求得一车往往使尽浑身解数，同时呼叫拼车、快车、专车，看着约车人的排位，真会让人生无所恋，不得不去等摩的。这时的摩的也不好找，并且摩的师傅也一改往日的卑微，高仰头颅开口要价三十五十，爱走不走！明知不合理，但心想他们生活也不易，大多数情况下我是欣然应允的。今天还好，只一会儿就叫上了网车，且只等了八分钟车就来到跟前。

车行驶在宽阔的公路上，感觉一切都是新的，包括太阳。太阳洗了把脸，从远处的山峦冒出头儿，挺鲜艳的，把阳光毫不吝啬地洒向大地，于是山谷河海城镇乡村都披上一层金色，颇有生机。每天早晨，我都能感受到阳光，但今天感觉不一样，感觉那缕阳光是我等候多时的阳光，也比其他时候更温暖。车继续行驶在金色的大路上，打开车窗，一股凉爽的风从耳边穿过，很是惬意，和着透过车挡玻璃的阳光，感觉更惬意了，有一种新年新气象的样子。

车来到单位门口，也是七点五十五分了，行车耗时十几分钟，算正常。走到大堂打完卡，回过头与行长打了个照面，他乐呵呵地操着一口浓重的湖南话向我问好，我也祝福他新年好。今早他是来检查值班情况的。进入值班室他首先向坚守在一线的同志们致以新年的问候，又和大家亲切攀谈起来，认真倾听同志们的工作生活诉求。

班中，接到林鸿大哥的电话，他在电话里一再感谢我给他雪中送炭，感谢我对他一家的帮助。我和林大哥是有缘分的。这得从 39 年前说起。我 1981 年参加全州农垦系统教师招聘考试，化学考得全州第一名，被录取到立才中学教高三化学课。那时交通不便，只得骑自行车前往，我和父亲走了几十公里的山路直到太阳落西才到学校，找到校长了解一些情况后因为父亲不甚满意，便辞去教师一职。当时天色已晚，找吃的没吃的，找住的没住的。正在万般无奈之时，一个青年从他低矮的瓦房里走了出来，当他了解我们的窘境后立刻把我们父子俩迎入屋，招呼我们同他几个朋友一起吃饭，饭后他又让出床位给我们过夜。虽然只有一条清蒸福寿鱼，一张简陋的床铺，却让我感动不已，让我的内心感受到了阳光般的温暖，是他教会我知善、学善、行善。我参加银行工作后，曾利用到立才检查工作的空余，去寻访林大哥，可是因企业体制改革和其他一些原因，已不知其下落了。几十年过去了，寻找林大哥的心愿不曾放弃。在和好友的一次交谈中，我把林大哥过去的工作单位、人貌特征、说话方言告诉他，我朋友立刻说他叫林鸿，是多年的朋友了。我喜出望外，便要求我朋友和林大哥联系，通过各方比对后就确定是林鸿大哥了，真是踏破铁鞋无觅处，得来全不费功夫呀！当即，我便拉着朋友买了些见面礼去拜访林大哥。

按相约地点，我们来到天涯海角职工小区，见林嫂已在小区门口等候我们，我们边走边了解林大哥的情况。得知林大哥几年前患了咽喉癌，已做手术化疗，情况还算稳定。进屋看到林大哥瘦骨嶙峋，脖子那长着一个硕大的殷红色的疱，但他那炯炯有神的眼神还在。我走上前紧紧地拥抱着他，他也紧紧地拥抱着我，几十年的思念随着泪水奔涌而出！坐下来聊家常，但林大哥不能过多说话，为不影响他的休息，我们小坐一会儿便告辞了。走之前我把身上的三千元悄悄留下了。之后我经常电询林大哥的病情，也上门探望过他，感觉他的身体越来越好了，那殷红色的肉皮变淡了疱也缩小许多，为此我深感欣慰。前几天我又给林大哥打电话了解他的病情，得知他因长期治病家庭经济已捉襟见肘时，心里就特别的焦虑和不安。当天晚饭后，我便打网约车给他送去五千元，帮助他一家渡难关。林大哥接过钱时，不禁老泪长流，嘴里道不完的感谢。但在我心里，林大哥才是令我景仰的人，他用行为给我注解了爱的定义，也让我去赓续爱的脉动！

下班了，走出办公大楼，新一年的太阳高高地挂在天空，缕缕阳光是那么温暖。就让这温暖的阳光普照大地吧，温暖一切生灵吧！

印象大茅

山岭披绿，春日如新。南国春正浓，三月的春风把山沟野谷的红棉花催吐出鲜红的色彩，把河海湖泊侵染得碧绿深邃。清明真是一个出游踏青的好节气。

听说大茅村在建设美丽乡村和振兴乡村工作中取得了令人瞩目的成果，成为三亚乡村建设的样板。为此，笔者专门探访了大茅村，近距离感知该村取得的累累硕果。

大茅村是三亚市吉阳区的一个自然村，黎族同胞世世代代居住在这里，过着日出而作、日落而息的生活，生存状况曾经异常艰辛，是党的富民政策让这个地处穷乡僻壤的村庄彻底改变了模样！

小车驰骋在通往大茅村的公路上。路两旁密集粗大的树枝交错着架设成一道拱形物，行驶其中仿佛是穿行在一条绿色的隧道里，一路的春光美景让人按捺不住快乐的情绪，感到无比的惬意。驶出绿色隧道，一个偌大的森林公园便展现在眼前。

小车最先经过淌水桥。这座桥平直并且完全沉没在水里，桥面离水面约有十厘米高的距离。澄澈的河水荡漾着微波慢悠悠地流过桥面，汽车经过桥面时，车两旁会荡起两面巨大的水墙，在阳光下折射出两道彩虹，蔚为壮观，感觉就是游艇在海面上驰骋时带来的飘逸体验，非常刺激。我不由从内心赞叹这一匠心独具的设计理念。在淌水桥的一边，还建有一座拱形的混凝土桥，那是供人行走的，站在桥上，可以观赏到水墙彩虹的妙境！

过了桥继续前驶，在公路左侧的不远处，排列着一行行整齐的别墅，全是红墙绿瓦，那是村民的房屋。为更能了解村民的居住状况，我们索性把小车开进村庄。只见一条条宽敞的水泥村道把一排排别墅划分开来，路两旁的三角梅、鸡蛋花红的紫的粉的开得正欢，空气中弥漫着淡淡的花香。村子里没有多少人影，整个村落显得格外幽静。在村后的不远处，散落着几处破败的船形茅草屋，有风吹来的时候，摇晃的门窗会发出"吱呀"的声音，沉重而悠远，好似在低吟着那支千年不变的歌谣。土墙根处摆放着几件沾满泥巴的犁耙和几把锈迹斑斑的砍刀，仿佛在向人们诉说它们的主人曾经的辛酸苦楚。它们是历史的记忆，是不能忘的印记。

我们原路折回，小车继续向公园深处奔去。

右前方是一块巨大的呈坡形的绿草地，周边种植的花卉争芳斗艳。草坪上无规则散放着一顶顶白色的帐篷，在阳光下折射出耀眼的光芒。路的左侧是一个很大的湖，湖水碧波荡漾，几只鸭子在湖面上来回畅游着，沐浴着春日的阳光，时而把头探入水中，时而跃出水面扑打着翅膀，发出"嘎嘎嘎"的叫声，好似在向客人热情地打招呼以示欢迎。

小车泊入停车场。我跨出车门，立马产生置身原始森林的感觉，大榕树体量庞大，硕大的树枝撑起一把巨大的绿伞，把阳光挡得严实，波罗蜜树从树脚到树腰挂着果实，一串串的令人大咽口水，各种奇花异卉挤占了草坪路道，缠成一团互不退让。

大茅村就是一个森林花园式村庄呢。

树荫下，一个黝黑结实的保安在办公桌前正襟危坐，目光向四周扫射。我走到他的身边找个椅子坐下来，然后用海南话黎话与他双语攀谈起来。我问他，村里现在没土地了村民靠什么维持生计呢？听我一说他笑了笑，然后如数家珍给我介绍大茅村的运作方式。

他说村里的土地只租不卖，村委采取"公司＋农民＋土地"的运作方式，保障了村民的长期收益，每个村民一年有五万元的固定收入，像他们一家四口一年就有二十万元的收入，并且公司吸收了所有具有劳动能力的村民，从事公司的安保、保洁、绿化、种植、观光农业和旅业等工作，让村民足不出村就有工作有工资，比如他每月就有三千来块的工资。他又用手指向远处的绿地说，他老婆搞绿化工资比他高，每月有四千来块，二人每月的工资收入有八千多块，他们已经很满足了。

我又问他公司是靠什么赚钱的呢，他又兴致勃勃地给我介绍起公司的经营门道来。

他把手指向湖畔的一个个白色厢房，又指背后依山而建遮掩在森林中的木屋，说由于这里空气好，环境幽静，旅游资源精美，尽管房价高，但游客趋之若鹜，爆棚是常有的事。他又指着那片草地上的帐篷说，那是年轻人的打卡地，一到晚上，他们就涌去那里，租下一顶帐篷，围着篝火踢踏着青春舞步，欢乐的笑声唤醒了沉睡的村庄，欢快的火苗点亮了满天星辰！哈，这位保安兄弟竟然也能说出如此诗意的句子来，着实让我刮目相看了！

为让我更能贴近公司的产业园，近距离体验公司的发展状况，他开来了一辆观光电车，邀我同往。

电车沿着逶迤的公路往山上行驶，来到一个山口，往右方的低洼地鸟瞰，只见一片足有千亩的土地被各种果蔬方阵分割成块块方格，有火龙果，有草莓，有葡萄，有百香果，有各种有机蔬菜，等等，里头有许多人在忙着采摘，不时传来阵阵喜悦的尖叫声。他说这是农业体验园，供游客采摘，尽管外带的果蔬价格不菲，但游人乐意去买，他们就图个果蔬的新鲜和收获带来的快乐。

电车继续往山上行驶，来到停车坪，我把目光投向远处，只见环绕着村落的连绵群山，半山腰以下都垦出一处处果园，种植着杧果、荔枝和龙眼，青翠欲滴，有的正在扬花，有的正在挂果，有的已经收果。在正面的半山腰处，间隔地插着九个硕大的牌子，每个牌子上都写着一个鲜红的大字，串起来就是："幸福都是奋斗发来的。"

大茅人，不正是靠着艰苦奋斗和党的富民政策，才创造出今天的幸福生活吗?!

走近南渡江

"南渡江水流长，海南一派好风光。豪情满怀建宝岛，喜看荒山变粮仓……"这支耳熟能详的歌是1972年纪录片《志在宝岛创新业》的同名主题曲，由张荣仁作词，张雄海作曲，著名歌唱家邝青演唱。词曲优美流畅，加上歌者声情并茂的演唱，一时唱响了大江南北。

这支歌展现了南渡江两岸的大美风光，讴歌了广大知识青年奔赴宝岛屯垦创业的火热生活。许多年轻人刚从学校毕业就冲进梦起的地方——海南，去建设宝岛献身宝岛。

半个世纪过去了，那些青春靓丽的颜容早已没入时光的更迭，但他们壮志满怀献身宝岛建功立业的战斗情景，早已镂刻在人们的心碑上！

东线高速未建时，每每去海口都要经过南渡江，两岸的秀美景色来不及仔细欣赏汽车便一晃而过，作为一个地道的海南人既遗憾又惭愧，遗憾的是没有走近南渡江，惭愧的还是没有走近南渡江。

南渡江亦称南渡河，古称黎母水，是海南最大的河流，发源于海南白沙黎族自治县南开乡南部的南峰山。干流斜贯海南岛中北部，流经白沙、琼中、儋州、澄迈、屯昌、定安、琼山等市县，最后在海口市美兰区的三联社区流入琼州海峡，全长333.8

千米，流域面积 7033 平方千米。

去年岁末，有朋友相邀去澄迈游玩，终得见到南渡江的真容，走近那条流淌在我梦中的河！

澄迈的县城位于金江镇。刚走进金江镇，感觉县城规模和岛内其他内陆县市差不多，但城市规划还不成体系，城市基础设施建设相对滞后。街巷比较宽敞，两旁的居民房以二三层居多。居民聚在庭前树荫下，喝茶聊天，看起来很是安逸。城区没有高星级酒店，我们找了半天也没找到比较体面的酒店，也许是初来乍到不熟悉环境的缘故吧。最后我们就近下榻了"拿铁酒店"，档次类似三亚的连锁酒店。

饭点时分，我们来到从金江镇边上穿过的南渡江畔，只见江水浑黄，金波丛丛，从上游奔涌而来。我就想金江镇应是由此而得名的吧！

从江南往江北望去，目测应有三百米的宽度，河面很宽，视野开阔。一座水泥浇筑的大桥跨越大河，像一道彩虹高挂在天空中。为更真实更全面地观察这条河，我索性爬上高高的河堤走上这座桥。

上了桥引，边上有一块巨碑镌刻着"南渡江大桥"五个金灿灿的大字。我抚摸着石碑，心中升腾起万种情绪，那支优美的催人奋进的歌又在我的耳旁响起；广大知青们战天斗地挥汗如雨建设宝岛的火热情景又在我的眼前展现。啊，南渡江，日夜在我心中流淌的南渡江，你那滔滔不绝的江水，可是广大知青和勤劳智慧的琼崖人民用汗水用鲜血凝聚而成的呀！

走到桥中央，举目向江面两岸望去，映入眼帘的是一派风光旖旎的乡村风光。斜阳映照在村落的果树上、别墅上，折射出片片光芒，家家户户炊烟袅袅，鸡鸣犬吠，在冬日的暖阳下显得格外宁静！

再往江面极目远眺，只见南渡江像一条黄色的巨龙蜿蜒着从远处游来，让人心感它浑然天成的壮美；又像一条黄色丝带把两岸人家紧紧维系，共享国泰民安的幸福日子！

离桥不远，江堤边上有一家农家乐。饭店是用竹子架设而成的，显得质朴而雅致。晚上，我们一行就在此吃饭了。

走到菜品处看看有什么好吃的，没想到水箱里的生物着实把我吓了一大跳，里面游动着两条臂粗的足有十多斤浑身金黄的鳗鱼，几只一身金黄的大甲鱼。我指着这些货物跟老板娘说："这些鳗鱼甲鱼是保护动物，你们怎么能拿来经营？"

老板娘听了哈哈大笑，然后很自豪地说："这些都是网箱养殖的河产。我们河两岸人家不仅利用南渡江箱养了河鳗甲鱼，还养殖了河虾河蟹，这已经成为我们县的特产，许多村民因此发财了，纷纷盖起了别墅，过上了好日子！"

我的心也释然了。为尝个鲜，我点了半条六斤重的河鳗，一只三斤多的甲鱼，价格也不贵。

过了一会儿，老板娘给我们端来一个大土锅放在火炉上。锅里只有几片姜，汤面上漂浮着点点葱花。我又疑惑了，问老板娘汤怎么那么简单。只见她笑笑说："等会儿你吃了便知道了。"她卖起关子来。

汤滚了，我们连忙把甲鱼鳗鱼倒入锅内。不一会儿，刚才还澄澈的水渐渐变成了乳白色，鱼的香味扑面而来，不禁让人食欲大增。把汤打入碗里小口而饮，只感觉一股独特的鲜味从肚里升腾而出，鱼肉清甜滑嫩，简直妙不可言！

晚饭结束了。我又一次回首凝望那条滔滔不息的江水。那是琼崖人民的母亲河，她用纯洁的乳汁滋养了两岸的人们和这片深爱着她的土地！

疍家渔排鱼味香

在琼闽粤大地，有这样一个特殊的群体，他们不是一个民族，却有一个共同的名字——疍家人。相传清代乾隆年间，闽粤两地疍家人划过波涛汹涌的琼州海峡，沿海南岛东岸南下，直至海天的尽头，才收帆停船，在码头停靠下来，三亚和陵水是疍家人主要的聚居地。疍家人世代居于海上，自然而然形成了"海上村庄"。他们以捕鱼为生，以船为家，家就是船，船就是家，被称为"海上吉卜赛人"。

随着社会的发展和进步，如今的疍家人早就迁居陆地，只保留传统的作海方式，并在此基础上，大力发展养殖业，在原先海上的房屋周边扩建了许多个网箱，养殖石斑鱼、海干草等多种名贵鱼种。这些已成规模养殖的鱼类要寻求出路，怎么办呢？这些精明的疍家人依着先人的那句古话——靠海吃海，把产销拧在海上，于是，一个新兴的饮食业——渔排应运而生了，并且生意越做越红火，已成为游客的打卡地。

为了体验渔排海鲜的鲜味，我们几个笔友特地驱车来到陵水新村港。新村港就在新村镇海边。我们到镇上的时候，已经晚上8点多了，穿过新村镇的时候，只见镇上灯火通明，华灯璀璨，路边停满了车，两边的海鲜店、烧烤店人声鼎沸，热闹非凡。我们很奇怪，疫情之下，到处都冷冷清清，怎么新村如此热闹呢？

当地笔友王老师说，整个新村港半岛环抱，海湾内部风平浪静，当地气候温暖水质清澈，海水含盐度适中，加上海湾内水流交换迅速，浮游生物丰富，天时地利造就了世界一流的养殖良港，养殖鱼类繁多，加上新村的渔民天天在海上作业，都会打回无数的渔获，来吃海鲜的人自然就络绎不绝了，新村港因此而人气爆棚，非常热闹，故有"小香港"之美誉。

来新村港当然就要在渔排上大快朵颐了。王老师带着我们直奔渔排。夜晚的渔排，渔灯亮起，绽放着五颜六色的光芒，海风吹过，海面波光粼粼，一艘船连着一艘船，就像绵延着光影的世界，人们在船上吃着、喝着，欢声笑语划破了宁静的夜晚，这是一个夜的集市，一个欢乐的海洋。没有比在渔排上吃的海鲜更鲜的了，许多海鲜是从海里小网箱里直接捞出来的，上了餐桌，还带着海水的气息。

热情好客的王老师为我们点了清蒸石斑鱼、清蒸螃蟹、海胆蒸蛋、水煮鸡腿螺、蒜蓉虾和一大盆的海干草鱼汤，把餐桌挤得满满当当。一番祝酒词后，大家就十指并用大快朵颐起来。我们几个都是三亚人，对海产自不陌生，但感觉新村港海鲜的鲜度甜度要更胜一筹，口感更好。最后，还上了一窝气鼓鱼粥，这鱼粥被誉为"天下第一粥"。打上一碗粥，加入一小撮胡椒粉和葱花，顿时，米香鱼香扑面而来，不禁端起碗，用筷子哗啦哗啦拨入口中，一股清甜清香从口腔中蔓延开来。真是美味啊！

新村港的"公仔鱼"享誉海内外。这里制作的"公仔鱼"有熟"公仔鱼"和生"公仔鱼"。现在是捕捞灯光鱼的季节，港湾里，一艘艘灯光船正趁着夜色捕捞公仔鱼。这种鱼身段短小，只有三四厘米长，偏偏，浑身通透，是群聚性鱼类。这种鱼做成的鱼干经油煎后，鱼香四溢，且软硬适中，是配稀饭的最佳搭配。经过两家鱼干作坊时，我们特意停下车来，近距离体验公仔鱼的制作过程。

　　一家叫"陈记"的制作坊，是一家夫妻坊。只见店里的灶台上置放着一口大锅，炉火正旺。锅里有大半锅的开水，店老板娘一盆盆不断地往灶台送鱼，店老板则往锅里倒鱼，待上几分钟，又用漏铲把鱼儿捞出来，然后均匀地散放在用木头框好的纱网上。老板说待叠至十个纱网，再送进大烤箱，经过半个小时的微烤脱水后，就可包装上市了。而另一家叫"标记"的生鱼干作坊，其制作方法稍有不同，其鱼干制作比较耗费人力，店里有五个工人在操作。其中一男工不断往装着盐水的大盆里倒鱼，待上几分钟又用大纱网把鱼儿倒在用木头框好的钢丝网上，几个妇女不断推鱼，把鱼均匀地摆放在钢丝网上，一个丝网叠着一个丝网，看起来有一人高。问工人怎么焙烤，有人说往大烤炉里送，烤上十分钟就可以出炉了。这些"公仔鱼"大多出口至东南亚国家和香港台湾地区，更成为游客的抢手货。

　　该到道别的时候了，我们与王老师握手道别，碾着月色返回了。一路上，陵水人的热情深深地感染着我，新村港的渔排和公仔鱼香深深地吸引着我，我心里默念着：感谢远方重义的朋友，感谢不畏辛劳的渔民，感谢大海母亲的无私馈赠！

万顷盐滩　百年穿越

　　莺歌海盐场是中国三大盐场之一。因她的辽阔与剔透而获得了"天空之镜"的美誉。从教科书里，我看到一堆堆绽放着光芒的盐山，延绵在3000公顷的盐滩上。看着皑皑的盐山，不由让人联想起童话世界里的万堆白雪，心中充满着奇幻和向往。日前，三亚市作家协会组织开展一次采风活动，实访莺歌海盐场，走进那幅百年沧桑如史诗般壮美的画卷。

　　莺歌海盐场坐落在海南省的南部，在乐东县的境内。其地势平缓，面临南海，北部被尖峰岭山脉环抱，高耸连绵的山峰挡住了北下风雨，使得莺歌海一带多晴少雨，日照时间长，海水蒸发量大，造成海水盐分浓度高。加上南面有宽200米到500米的天然大沙堤，十几公里长的平缓沙滩，犹如天造地设的屏障，挡住了海风海浪，使得莺歌海湾成为一个得天独厚的产盐宝地，从海水纳潮到成盐仅用31天。优越的盐业生产也给莺歌海盐场增添了几分传奇色彩。

　　乐东一带制盐历史悠久，制盐成为当地人谋生的一种手段。据《崖州志》记载：乾元元年，宁远、振州等县有盐，近海百姓煮海水为盐，远近取给。

　　有史料显示，日军侵华时期，对莺歌海虎视眈眈，曾派遣科学家对莺歌海的气象、地理、盐业资源做了仔细的勘察和记录，密谋了开发莺歌海盐业的计划。但日本人开发莺歌海盐业的美梦最终被当地抗日武装击碎。

日本侵略者战败后，这个盐业开发计划又落入国民政府手中，因为我边区军民的一致反对，最终，国民政府的开发计划也胎死腹中。

新中国成立后，在1957年，莺歌海盐场建设被纳入国家重点建设项目。在1958年那个早春，莺歌海盐场迎来了大建设大开发的春天！一时间，部队转业退伍官兵5600人披着战火硝烟来了！从各单位抽调的干部和当地群众2000余人从四面八方来了！从广东机械工程队派出的大量技术人员带着机械设备风尘仆仆来了！他们起早摸黑，发扬"一不怕苦二不怕死"的革命精神，千军万马在那片荒芜的芦苇滩上拓荒劈野，抢时间赶速度，日干三刻夜加一班，硬是在短短的一年时间内把盐场按高标准高要求建设好，并实现了当年产盐！

1987年以后，随着制盐业高科技投入的增加和现代化机械作业的普及，莺歌海盐场制盐步入高峰期，年产盐达27万吨，最高时达30万吨，成为我省肩比天然橡胶和石碌铁矿三大支柱产业之一！当年，郭沫若先生来莺歌海盐场考察时，看到雪般的盐山延绵不绝，情不自禁地挥毫赋诗：盐田万顷莺歌海，四季常春极乐园。驱遣阳光充炭火，烧干海水变银山。充分表达了诗人当时的喜悦心情，讴歌了莺歌海制盐人那股"为有牺牲多壮志，敢叫日月换新天"的革命意志，展示了制盐人敢于与天斗与地斗的精神风貌！

莺歌海盐场并不满足于盐的产量，而是要把盐这个"蛋糕"做精做细，提高盐的附加值。为此，莺歌海盐场采取多管并进的方略，牢牢把住市场导向，做好市场这篇大文章。在盐场博物馆，我看到了二十余种形式各样、功效不一的盐产品，年份盐有五年十年的，更有六十年的，据说这些年份盐有预防心脏病的作用。这些年份盐好似一本笔记本，记录了莺歌海盐场的过往与变革，记录了盐场从始初生产的工业盐食用盐到自然盐精盐生产的风雨旅程。2017 年体制改革后，盐场抓住这一千载难逢的机遇，全面改造升级制盐加工生产线，增置终端产品小包装生产线，及时推出多种形式的小包装盐产品，全面地打开了市场，实现了产销一站式的产销模式，经济效益大为提升。

人们常说：莺歌海盐场的盐是甜的。我为此而纳闷，盐明明是咸的怎么会是甜的呢？这次实访活动，我真正体验了一回甜滋滋的盐。我从博物馆后门走到餐厅，只见许多同仁站着一杯接一杯地喝着柠檬水。虽已入冬，但莺歌海的天气依然是那么炎热，大伙都口干舌燥，那些柠檬水一定能解渴了。我也倒上一杯往嘴里倒，一股冰凉清冽带着淡淡的咸味立即在口腔内滚动，稍后，整个舌头尝到了一股甜滋滋的味儿，莫非是先咸后甜？可我还是不相信，这怎么可能呢？为品个真实，我又一连喝了两杯，始终是那么好喝，还是那个味道，都是"先咸后甜"。我惊讶了，去问服务员，只听她们异口同声地回答："这儿的盐就是甜的！"我冲着她们点点头说："对，莺歌海盐场的盐真是甜的呢！"我想，莺歌海人时常把咸和苦维系在一起，以咸苦来比喻他们曾经生活的酸楚，并以此来烘托他们今天过上的好日子，那么，这杯"先咸后甜"的柠檬水不正是他们如今生活的真实写照吗？

在博物馆的后面，伫立着一座硕大的题为《奋斗》的雕塑，镌刻着军人、盐工、渔工和科技人员，以纪念他们献身国家制盐业的丰功伟绩，是一柱不朽的历史丰碑，是他们孕育了奋斗不止的盐人精神！莺歌海盐场艰苦创业的光辉历程和这座雕塑将写入共和国的史册，为世人景仰！尤其在海南自贸港建设中，坚信莺歌海盐场将不忘初心不辱使命，高扬风帆，破浪前进！

　　莺歌海盐场是一个集体记忆，也是海南一张令世人瞩目的地理名片！

希望的田野

　　早就听说红花村在新农村建设中搞得红红火火成绩斐然，很想亲临该村探个究竟，只是公务繁杂，一直没有成行。昨天刚好有空闲，便拿起电话打给红花村刚卸任的村支书老符。老符是我初中同学，有他牵线，采风就方便多了。

　　一大早，匆匆吃过早餐就叫上网约车，依照老符发来的位置向红花村方向驰去。汽车从家门口出发，行至五百米处左拐就进入了落笔洞路。落笔洞路很宽敞，来往各三车道，中间绿化带有五六米宽，种植着一排整齐而高大的本地棕榈树，树冠下种着一些花木，知名的不知名的，都茂盛地抽着嫩枝舒展着绿叶竞放着五颜六色的花。打开车窗，一股股花香——淡的浓的幽的随着车载播放的歌曲《在希望的田野上》扑面而来，歌声在车内欢快地流淌着，空气中流动着欢畅的气息。我随着歌声轻轻地吟唱着，不知不觉间，车子就拐入了三亚学院外墙接壤红花村的村路。这是一条宽阔的水泥路，从这一刻起，我们就进入红花村的地界了。整个村被绿色所覆盖，一排排一纵纵的槟榔树在村口在屋前院后高高地挺立着，舒展着腰肢，像黎家少女端着香浓的山兰酒迎接我们的到来。车子径直走了五六百米，就来到了红花村委会。村委会大楼是三层布局，简朴大方，一楼外墙悬挂着各种牌子。老符早就在大楼前等候我了。老同学许久未见，手握得紧紧的，寒暄了一会儿，他就提出带我去见新上任的王书记。我尾随他上了三楼。他让我在走廊待一会儿，他去找王书记。乘着这当儿，我走到走廊边角环视四周，因为地势高，整个村尽收眼底，目光投向远处，整个村落被连绵的山峦环抱着，山实在太近了，连山麓上的杧果树都能清晰地看到，杧果园一山连着一山，吐着翠绿。现已晚秋，早就过了收果期，我想若是在三四月份的收果季节，那漫山遍野的杧果一定香飘十里，人们的脸上一定荡漾着丰收的喜悦！突然我的衣角被拉扯了一下，老符知道我被眼前的美景给迷住了，就说了一句："等下让你看个够，先去见王书记。"走进书记办公室，老符就把我介绍给王书记。王书记热情地邀我喝茶，并询问我的来意。在亲切的交流中，当老符提到我是原荔枝沟中学吴校长的长子时，王书记睁大了双眼说："我是他的学生呀，承蒙他教导有方啊！"原来这两位新老书记都是先父的学生呢。加上我二弟之前曾被派驻该村任驻村组长，大家的聊天氛围一下就轻松起来。我一边喝茶一边倾听王书记对红花村基本情况的介绍。

红花村位于吉阳区的北部，东至罗蓬村，西至三亚学院，南至南丁村，北至石牛岭，是一个行政村。村民总户数 721 户，全村常住人口 3211 人。全村现总面积约为 28166 亩。红花村集体经济建设方面主要以农业种植和土地出租为主。集体收入年均 36.5 万元。村民收入主要以槟榔、杧果、橡胶等热带经济作物种植，水稻和冬季瓜菜种植以及小规模养殖家禽为主，全村人均年收入约 18085 元。近几年，红花村结合村庄规划引入旅游项目，2017 年 5 月，海南鲁商联实业投资有限公司的三亚红花生态园项目进驻红花村，项目充分利用翻园组、保引组和保庄组独特自然风光及地域文化，发展生态乡村旅游产业，推动产业结构调整，打造美丽乡村示范点。2019 年 1 月，与海南诺尼产业园开发有限公司签订合作开发意向框架协议，主要开发深岸、南达、新村等3个村小组约10000亩土地，经营不限于产业种植、旅游开发等项目，进而推动产业结构调整，助力美丽乡村建设。2019年3月，与三亚聚元实业有限公司签订合作建设农贸市场合同，切实解决红花村周边村民农副产品集贸交易和购买生活用品等民生问题。

当我问及红花村今后如何推动农村产业发展及增加农民收入时，王书记把坚毅的目光望向窗外，信心百倍地描述红花村未来的发展思路：一是积极推动村集体经济发展商服预留用地14.5亩的审批，该预留用地用于发展壮大村集体经济；二是依托三亚学院、三亚理工学院和周边小区，在大园组规划用地开发小吃一条街产业，鼓励村民自主创业开展配套服务业项目；三是积极开展技能培训，引导鼓励村民就业创业。

从他自信的神情和灼见的目光，让我看到了红花村美好的未来！

王书记叫来村民兵营长小符，让他带我去转转，近距离感受真实的红花村。小符三十岁的模样，长得壮实，粗眉大眼，气宇轩昂。坐上他的车后，他当起我的导游。从交流中得知，老符就是他爸。他在厦门读完大学后，就放弃了在大城市发展的机会，投身到建设家乡振兴家乡的热潮中来。我心想这父子俩为家乡建设也是拼了！车在村道上慢慢地开着，路两旁错落着设计精美的别墅，更多的是四五层高的大楼，四周被槟榔树椰树环绕；偶尔，一两处八角亭坐落在村口村尾，村民们在打牌取乐；有墙的地方总是涂上白漆，画着各种图腾，把黎族文化、黎族民俗风情展现在这些图腾里，让我们更清晰、更直观地了解黎族文化的发展历史。车子经过一户人家，建有四层楼，开了民宿，还有大超市，我要求停车下来看看。超市有二百平方米，高档装修，摆放着两台立式空调，货架上摆放着各种商品，琳琅满目。问售货员老板在不在，她说老板去陵水开店去了。小符说这户主是本村创业致富的典型，并且还带动村民共同致富，是红花新农村建设的排头兵领头羊！我怀着十分敬佩的心情上车继续游看。车子拐进了村外的一片开阔地，只见一块足有千亩的长方形的土地被热带水果植物覆盖，中间建有一条宽敞的通道，通道用钢筋架设成一个半圆走廊，边上种着三角梅，红红的花儿覆盖了整条长廊，长廊门口上挂着"红花村共享农庄"七个金色大字，在阳光下熠熠生辉！我们边开车边观看，两边种着大片的火龙果和百香果等，供游客摘取；接下来是马场，供游客骑马游玩，还有烧烤园、小河划艇、咖啡休闲屋、小火车环游、小动物观摩区等项目。园里有许多工人在劳动，小符说这些工人都是村民，这个项目让许多村民就地就业，解决了留守问题。

从后门走出了共享农庄，展现在眼前的是一片田野，一片金色的田野！啊！这是希望的田野！

又见五一水库

去红花村采风，路经五一水库。见着这个曾经奋战过的水库，不禁心潮澎湃，感慨良多，特示意师傅停下车。走上水库大坝，放眼瞭望水库全貌，只见一泓碧水呈"月"字荡漾在连绵的山峦中，三面山峦把水库紧紧包围起来，看起来好似一个个紧挨着的绿毛龟半浮在绿波上，整个山麓呈坡势，缓缓向上，都种上了杧果，一排排一纵纵地站立着，再往上便是浓密的山林了，都呈着绿意，和着水库的碧绿，感觉山水已浑然一体，蔚为壮观。我努力地寻找当年水库的模样，但一切都如缥缈的山影那样遥远，那样虚无，仅成了一种记忆。行至水库简介牌前，我细细地默读起简介来：五一水库位于吉阳区红花村，于1973年11月动工兴建，1976年5月竣工。集雨面积4.43平方公里，总库容62万方，正常库容40万方……一连串的数字给我的思绪插上翅膀，穿越到那个战天斗地的流金岁月。

水是农业的命脉，筑库蓄水才可确保农业用水，确保农业丰收。因此，水利部门在三亚郊外修筑了许多水库，五一水库就是其中一座。1976年上半年，五一水库工程几近收尾，为加速水库早日落成，公社给荔枝沟中学分配了建库任务，要求全体师生开赴水库第一线支援水库建设。那年我未满15岁，刚读初二，听说要去修水库心里特别高兴，因为可以不用上学了，不用上课写作业了。同学们个个摩拳擦掌跃跃欲试，盼望着早日飞出鸟笼，飞向广阔天地。

不日，全校师生就进驻了水库工地。站在高高的水坝上，只见整个库区人山人海，人们来往穿梭着，在仲夏的烈日下，挥汗如雨地把一担担一筐筐的泥土从远处的库底挑到大坝上；从库底到三面的山腰插满了彩旗，彩旗在风中甩打出"卟叭"的声响，一幅幅红色标语占据了山麓山头，在给人们加油鼓劲；高音喇叭不间断地播放着革命歌曲，营造出一派轰轰烈烈的人定胜天的战斗场景。我们被眼前如火如荼的场面给震撼住了，一股奋不顾身的革命斗志油然而生。于是，大家拿着锄铲、挑着畚箕融入其中。没有机械设备，同学们就靠着人力挖泥铲土，把一筐筐的泥土挑上大坝。由于坝顶与库底有 50 米的落差，形成了一个很陡的坡度，加上泥土湿滑，在上坡的过程中有的同学滑倒了，有的连人带筐滚落到坝底，但他们毫不畏惧，爬起来挑起担子继续冲锋陷阵。我 7 岁就开始挑水了，练就了一副厚实的身板，十三四岁时百斤重的东西挑起来疾走如飞，所以挑担子这活儿于我是轻而易举的，故而每次挑的担子都比别人重一些，上坡也没有摔倒滚落的囧样，一天下来可以挑百余担泥土。在那个比拼命比奉献的年代，人们是不讲酬劳不求回报的，总觉得奉献就是最大的酬劳。少年的我已经把汗水浇灌了这座水库，把美好的愿望寄托于那条长长的沟渠！

晚上收工回到驻地，同学们便迫不及待地端起饭盒打饭，实在太饿了。尽管菜仅有一种，即猪油炒土豆丝，但大家吃得津津有味，所有的疲惫早就抛到九霄云外。但第二天醒来，大家的身子骨像散了架似的，周身酸痛，有个别同学出现了怠工的情况。这时班长召集大家训话，说："干革命不是请客吃饭，与天斗与地斗是要有牺牲精神的，党交给我们的任务无上光荣，难道就因为一点痛楚一些疲惫而当逃兵吗？"班长的话语深深地激励着大家，鼓动着大家。同学们又拿起工具精神抖擞地奔赴工地！几天下来，大家的身体慢慢适应了高烈度的劳动，身体不再出现酸痛难耐的情况，干起活来就更加起劲了。

一天上午，班主任周老师来到我跟前说："学校缺一个通讯员，你来当通讯员，及时把同学们在劳动中的好人好事、典型事迹写成稿件，送指挥部宣传组广播宣传。"这事儿感觉就是个烫手山芋，因为肚子里真没几滴墨水，但既然是学校下的任务就不可推卸，于是硬着头皮把这个爬格活儿给接了下来。在攻坚战的最后几天，我成天拿着笔和日记本穿梭在热火朝天的工地上，这个访访那个问问，这里瞧瞧那里看看，俨然一个阵地记者的模样，然后把采集来的材料搜肠刮肚地叙写出来，竟然也写出了一篇篇通讯。记得第一篇通讯稿叫《轻伤不下火线，尽显英雄本色》，叙述一同学扭伤了脚踝但不言退缩，仍然战斗在第一线的事迹。这篇稿很快被指挥部广播组广播，产生了鼓动人心的效果。短短十几天的攻坚抢建，锻造了我坚强的意志和不轻言败的工作精神，让我在后来漫长的人生路上勇毅前行！

望着这库碧水，看着一条巨流奔向万亩良田，如我所愿的成为现实，我陶醉了，陶醉在一库碧水和万亩良田之中！

金鸡岭遐思

金鸡岭坐落在三亚市区的东北面，呈东西走向，一岭独秀，过去是市区不二的城中岭。金鸡岭顾名思义，其形态像一只昂头亮尾的公鸡，静静地注视着南海，似士兵一般坚守着祖国的南大门。随着城市的建设发展，金鸡岭也得到深度开发和扩展，周边部分地带建成了公园，比之前狭义上的金鸡岭要大许多，在配套上更趋丰富周全，使这颗镶嵌在市区的翡翠更显得光彩照人。

前些日子去农垦医院体检，做了 CT 后来到毗邻三亚河的金鸡岭公园。这个公园占地 8.89 公顷，其中东侧占地 1.45 公顷，西侧占地 7.44 公顷，集休闲娱乐、康体健身、科普教育、生态展示为一体，是市民和游客喜爱涉足的市区公园。走入公园，只见一条条花径通幽。路两旁种植着鸡蛋花、美人蕉、紫薇、蓝花草等多种热带植物，绽放着五颜六色大大小小的花儿，空气中流淌着郁郁的花香，好似天竺少女唱着美妙的歌从天籁深处飘来，那么唯美动听，让游人迷失在花香中歌声中，乐不思归！一排排棕榈像黝黑壮实的运动健儿挺拔着匀称的身躯，仿佛在向世人展示三亚人的矫健和力量！足球场上，年轻人在奔跑着呐喊着，时而龙腾虎跃，时而放马平川，尽情地演绎和泼洒着青春的光芒和色彩！

来到河边，只见一条木桥蜿蜒着跨过河面。河面不宽，两岸都挤满了红树，形成了两条逶迤几千米的红树林带，把河面都染成了浓绿色。在深幽的树林里，时而传来几声鸟鸣声，时而空中又掠过一道鹭影，让整条河道显得那么静谧和安详。走过桥就是金鸡岭了，河东路从山麓边贯穿而过。山脚下错落着一些楼房，不算高，故金鸡岭的真容便活脱脱地展现在人们的眼前了。整个山麓都种着桉树，放眼望去好似被一条浅绿色的围巾缠绕着，与岭上那些深绿墨绿的低矮灌木有着明显的区别。金鸡岭海拔约二三百米，既无雄奇也非名胜，但这座山岭陪伴了一代又一代的三亚人，与三亚人结下了深深的情结，每每看到金鸡岭，人们心中总是涌动着莫名的感慨，而金鸡岭留给我的更多是刻骨铭心的故事。

故事一：探照灯。在20世纪70年代初，我家在月川附中，距金鸡岭不过三里地，往北边看去，金鸡岭便尽收眼底了。那时岭顶上驻扎着某高炮部队，保卫着祖国的海空。每当太阳下山后，岭顶上的部队便会打开探照灯，只见两支粗大的灯柱射到万米高空，不断交错变幻着。雪亮的光把天空照得如同白昼，一些夜行动物被照得无处可藏，也让敌人闻风丧胆，不敢越过雷池半步。随着科技的发展，相控雷达的广泛应用，这些探照灯早已被淘汰了，但它保卫祖国海天的功勋已写入光辉史册！

故事二：看无声电影。那个年代，三亚市区基本是低矮的房子，只要金鸡岭上面的部队放映电影，大半居民都可以看到，不过距离远，大家只能看无声电影。我家距离金鸡岭不算太远，顺风的时候也能听到断断续续的声音，倒是影像看得清晰，不太费眼神。晚饭后，只要看见岭顶上拉起银幕，学校里的小朋友们便搬来凳子，坐成一排静候电影播放了。尽管只见画面，不闻其声，但在那个难得有场电影的年代，我们就很开心很知足了。这种无声电影已成为我们这代三亚人一个永恒的记忆！

故事三：跑海啸。那时，由于地震探测技术落后，人们只能凭经验看天象看海象来判断是否有地震和海啸，故而存在极大的误差。事实证明，1950 年以来，三亚没有一次超过五级的地震，也没有发生过一次海啸，每次地震海啸事件仅是以讹传讹罢了。但在那个信息闭塞的年月，一些人只要听到海啸的传闻，便大肆宣扬，然后举家逃难。由于头羊效应，全市区的人们也跟其脚步逃难去了。在当时，由于金鸡岭是距市区最近且最高的山岭，故而成了人们躲避海啸的好去处。一时人们携老带幼拿着简单的行装从四面八方涌向金鸡岭，小小的山岭居然承载了上万人，可谓人山人海，场面蔚为壮观！人们左等右等，一天天地过去了也未见海啸的半点踪影，于是大家又携老带幼的回家去了。尽管每次传闻都是乌有，但金鸡岭已成为人们避难的首选，是拯救生命的诺亚方舟！

平平凡凡的金鸡岭有着无数个故事，只因为每一个三亚人都能叙述出一两个关于它的故事，岁月已经让它充满了传奇彩色。金鸡岭，你是三亚人心中的灵山，是护佑三亚人的神山！

三亚的冬天

站在巷口，阵阵北风把树枝树叶吹得沙沙响，地面上的落叶不时被风卷成一个个甜筒在半空中旋转着。我用手轻轻地摸摸轻柔的风，感觉凉飕飕的。风仿佛在告诉我，三亚的冬天到了。

你不能用北方的冬天去套三亚的冬天，因为三亚的冬天与三亚的春天秋天是没有多大区别的。山依然是绿的，树木依然是绿的，三角梅依然绽放着花红。水有些凉，但没有北方冬天那种刺骨的冰冷，依然有温度，你可以随心所欲地在江湖河海里畅泳。

三亚的冬天很有意思，你在大街上，随意找出四个人来，从他们的穿戴打扮就可以看到一年四季：有穿T恤的，有穿长袖的，有穿套内装的，也有穿着厚重的羊绒装的，感觉穿啥都可以，很随意随性。

三亚人渴望冬天，尤其是少妇和家庭优渥的中年妇女，一进入秋天，天气依然燥热，就迫不及待地翻开日历查看冬天还有多久到来，屈着指头数着，嘴里叨念着。因为只有冬天，那些不算冷的日子，她们才可以购置最"豪横"的时装，把自己细心装扮起来，一副富贵人家的样子。还得显摆自己，于是穿上精致的靴子，挎上名牌挂包，叫上几个姐妹逛街去了。生怕没人关注，或者只要丢掉行人的几束目光，就大呼小叫起来，笑声盈盈地引来人们的眼球，招来路人的羡慕。要的不是这个效果吗？

　　父母们也趁着这个难得的好时光，好好装扮自己的孩子。于是各种鲜艳的色彩在大街小巷流动起来，欢叫起来。哪怕是躺在手推车里的婴儿，年轻的母亲们也要将他们精心打扮一番，脑袋戴着各式的帽儿，有小猪猪小兔兔什么的，小小的身子要穿上新潮的童装。总之，要想尽一切办法把孩子装扮成格林童话里的小公主或小王子。在三亚，冬日里的色调要比其他季节亮丽许多，不仅仅是冬天的自然景色，更多的是人们追求美好生活的新气象！

　　路上行人渐渐多了起来，熙熙攘攘的，很是热闹。每年进入11月份，北方的"候鸟"们就大量涌入三亚，大多是老人小孩。在街头巷尾，在公园绿地，在海边沙滩，各种公共场所都有"候鸟"的身影，他们尽享南国的阳光海水沙滩，以及各种配套周全的公共设施，由此他们有了归属感，切身体验到三亚人的豪迈热情，体验到三亚独特的文化韵味。在温暖的三亚，他们的身体得到能量的填充，一些顽疾不治自愈。神奇的三亚成了他们的第二个故乡！

　　人们常言：秋天是收获的季节。但在三亚，冬天依然是收获的季节。每年稻谷秋收后，农民又赶着排水翻犁稻田了。这些田园用来种植瓜菜。三亚是反季节瓜菜生产基地，由于日照时间长，瓜菜往往只要生长三个月就能上市了。这时北方正值隆冬，市面瓜菜少，且价格贵，各路收购瓜菜的老板便纷至沓来，大量收购三亚瓜菜。由于市场需求旺盛，让三亚的瓜农菜农既获丰产又获厚利。在深秋时节，你若去崖州区，路经南滨路段，放眼望去那片万顷的瓜田菜园，无不被那茂盛的豆角、黑茄、青椒和瓜果惊呆住了，那望不到边的瓜菜园是那么的壮观！空气里流动着的果香，定会让你驻足深深地吸上几口，一定会有几分的满足感。

　　三亚是有冬天的，是让人欢心的向往的等候多时的丰收季节！

欢迎你，"候鸟"

　　节气进入霜降，海南的气候就开始放凉了，风从巷口吹来，凉飕飕的，让人不禁打个寒战。路上行人有的添衣有的戴帽有的穿上了靴子，让人看到季节的变化，快入冬了。这时，"候鸟"们便不约而同地从祖国各地来到海南，更多的是来三亚越冬了。他们来海南越冬有个特点，就是初冬来来年的春天走，像燕子一样，故而被海南人称为"候鸟"。这些"候鸟"基本上是六七十岁的老人。海南舒适的气候和清新空气深深地吸引着他们，让他们年年恋"巢"而归！

　　在我家墙头边开店的老杜，生意渐渐地好了起来，人们扎堆儿围在他的四周，修靴的、修袋的、修伞、换链子的无一而足。大家都操着东北话，边等边唠嗑，都是一些"候鸟"，沐浴着秋阳，纷纷称赞三亚的好！有的说来到三亚关节炎便好了，有的说来到三亚哮喘病就好了，有的说来到三亚浑身的疼痛就好了。三亚，一个神奇的地方，一个令人神往的养老胜地！

　　街市热闹了起来。"候鸟"在大街上漫不经心没有方向地游走着，这里瞧瞧那边看看，把海南和家乡做个比较，感觉海南的气候真好！于是，希望自己能活出精气神来。

　　来租房的"候鸟"多了起来，几乎每栋楼每间房屋都被询了几回。我家后面的房屋由于地段好，每间月租一千五百元的房屋早早就被预订完了。一个亲戚在港门村有一栋八层楼，拥有四五十个房间，平日里难得有人问津，一间月租五六百元也很难租得出去。但一入冬，房子基本租得所剩无几了。

市场里的肉摊菜摊水果摊挤满了"候鸟"，虽然买不了多少东西，但手里拎着的货物已足够他们的三餐所需。超市里也挤满了"候鸟"，初来乍到，总免不了购买一些日常生活用品。"候鸟"的到来，确确实实拉动了当地经济，给萎靡不振的个体经济注入了一针强心剂！

平日里人头稀散的公交车电轨列车，这时候也有了浓浓的气息，挤满了出门游玩的"候鸟"，他们尽情地领略着窗外的南国风光。

海滩上，随处可以看到"候鸟"们的身影。有步履蹒跚相扶而行的，有带着孙子堆沙寻乐的，有戏水踏浪的，更多的是伫立岸边遥看那片蓝色的海，还有归来的那支桅杆和那片帆影！

"候鸟"已经深深爱上了海南这片热土，这片深蓝色的海！以至把海南当作第二故乡而光荣而骄傲！

然而，由于地域文化观念的差异，宾主在相处的过程中也会产生一些矛盾。尤其是一些不良习惯已引起本地人的极大反感。前些年，来海南越冬的"候鸟"也不全是遵规守纪的，有的还不顾忌当地的风俗，做了一些不太体面的事情，这里我就不一一罗列了。但时至今日，这些不雅行为已大有收敛。

我是土生土长的三亚人，同样有着海南人传统的朴质、忠实、厚道和大海般的胸怀。我想，作为心胸宽阔的海南人应有"容天下不可容之事"的气度，况且事情还远没达到"不可容"的程度。一些鸡毛蒜皮蝇头小事过去了也就算了，不可斤斤计较，也不可得理不饶人，更不可动辄搞地域黑。

我们都是龙的传人，华夏之儿女。地不分南北，人不分岛内岛外，中华民族是一家，生活在九百六十万平方公里这块土地上的人们都是我们的亲人！

有朋自远方来不亦乐乎？"候鸟"，欢迎你的到来！

雨后街景

天空终于放晴了！一连下了十来天的大雨暴雨，把路面，把房屋，把城市狠狠地洗刷了一遍又一遍，外露的皮表着实一尘不染了，像新生儿似的，眼里一切都那么的新鲜。大路两边，大榕树那垂落密集的根系像个老大爷在捋着那把浓密的胡须，老道的肢体托着叶子的浓绿；棕榈树挺拔着身子，努力地让稀疏的树冠闪着嫩绿的光；三角梅一簇簇地竞相开放，红的粉的白的，像T台走秀的模特展示着秋的时装；蔷薇则随意了许多，坐着站着倚着，往身上洒几把花儿，紫的，蓝的，黄的，像个浪漫的牧羊姑娘那么随心随意随性；大路上奔跑着的汽车仿佛都漆了新漆，在秋阳下泛着光亮，没了大雨瓢泼时的声声叹息；路人的步子也变得轻盈起来，往日雨中奔跑的狼狈已不见踪影。

该开工干活了！

大路两边的树荫下，外来务工者扎堆儿地坐着站着，男男女女有的拿铲、有的拿锤、有的拿钎，他们虽然在闲聊着，但眼神却不放过每辆车，若有人来找工，他们便蜂拥着大喊："老板老板，俺行，俺行，给俺多少钱都行！"可是来人只是挑了几个年轻力壮的，其他的人只好眼巴巴地看着他们离去的背影。生活不易，我们应该友好地善待他们，体恤他们，帮助他们，毕竟他们也是我们这座城市的参与者、建设者！

各路的工人来了。园林工人背着割草机仔细地修整大路两旁的树木花丛，有的被修成各种动物造型，如孔雀、大象、大公鸡等，样子栩栩如生，可谓巧夺天工，彰显了劳动者的聪明才智；环卫工人驾着小小环卫电车来了，捡杂物、清污泥、通堵塞清，把整条路打理得干干净净，好似在打扫自家的客厅院子，是他们用辛勤的劳动换来了城市的干净，给我们创造了一个心情愉快的出行环境；修理电线的工人来了，只见他们站在维修车高高托起的平台上，锯掉过高的树枝，避免让树枝挤压电缆，造成损皮漏电，确保城市的通电安全和市民的用电安全，是他们用汗水给千家万户带来光明！

大路两旁的宾馆酒店也忙乎起来，趁着晴朗的天，洗被晒褥，消除湿气浸泡产生的霉气；生意人则沿着街巷排放着一些竹编，晒着搁置已久的货物；市民则在自家的门口拉起长长的铁丝，披挂着被子衣服，像万国旗似的，成了雨后晴空的一道风景线。

孩子们高兴了，纷纷跑到路边，踢皮球，跳起绳，打滚儿，老鹰捉小鸡，一切都停止在孩子们的嬉笑中。老人们也开心了，相伴来到街边小广场小公园，踱步的，徜徉的，晒着日光，其乐融融，一派和谐的样子。年轻人更起劲了，都忙碌起来，开车的骑车的，争分夺秒夺回暴雨天气带来的损失！

也许，这便是生活吧！

绿的记忆

在我家的墙头边，竟然莽生着一块绿地，它不属于城市园丁修整打理的那种，看起来很杂乱，植物种类也多，长得碧绿碧绿的，一派生机盎然的光景。打开窗，那片绿便夹着外面的喧嚣声赴面而来，占满眼帘。它们恬静地生长着，似乎生长在一个与世隔绝的小小的植物王国里。

咦，那扎堆儿长着翅膀的不是飞机草吗？多么熟悉的身影，它让我的思绪也插上了翅膀，穿越到那久远的青涩的岁月。

上初中时，学校响应"学屯昌种甘蔗"的号召，学生们在校操场后面的那片土地上挖了一道道蔗沟，为增加肥力，蔗沟须加入有机肥，而飞机草就是很好的有机肥。于是，我们这些乳臭未干的学生跟着老师到荒山野岭割飞机草，有的同学不小心割伤手指就直接用飞机草捣烂包扎，止血效果很明显。太阳很毒，同学们都晒得满脸通红，但为了及时完成任务，大家都一声不吭地抢着割草。到了傍晚时分，老师说收工了，大家才肩扛手提地把收获扛回学校，再把飞机草一把把地放进蔗沟里，又用薄土掩盖，待日后种蔗。由于养料充足，蔗苗长得可好了，放眼过去，绿油油的一片，风从大海那边吹来，掀起了一丛丛绿色的浪。几个月后，甘蔗长到了七八米高，有大人手臂般粗了，需要拦腰搭木架才能稳实甘蔗的身子。那年学校的甘蔗获得大丰收，每个同学都分得好几斤白糖，在那个物资奇缺的年代，这些宝贝足以让大家乐上七天八夜了，之前那些喉干舌燥皮张肉痛早被丢到大东海去了。

那棵伸着纤细的腰托着一小团的黄花儿的不是兔子草吗？还有一片片叶子长得肥厚，藤蔓到处乱跑一副不修边幅样子的不是猪饲草吗？小时候，家里养着好多的兔子，还养着一头母猪和几头肉猪。平时，我都是用课余时间去湿地去菜园边摘兔子草和猪饲草，这些草儿喜肥土湿地，所以这些地方特别多且鲜嫩，兔儿猪儿特爱吃。兔子长得快，繁殖也快，一年总能生几拨小兔兔。那几头肉猪也是膘肥体壮的，经一年饲养每头就有二百多斤！过了小年，母亲便张罗着杀猪事宜，找来杀猪客，谈好价钱，然后悄悄地把猪杀了（当时不许私杀生猪，否则视为偷杀生猪，弄不好会上纲上线的）。养猪能攒钱，一茬又一茬地饲养，家里就有了一些积蓄，几次盖起了房子。真是"要发财多养猪"啊！

哈哈，这不足二十平方米的小绿地，竟然也长着五六棵木瓜树，靠近我家厨房窗口的那棵就长得特别的好。干粗叶绿的，上面挂着一串串的木瓜，有几个长成拳头大了，不用多久就可以食用。串串儿的木瓜，又勾起我小时满满的记忆。二十世纪六七十年代实行计划经济，食品奇缺，蔬菜供应限量。于是，母亲在灶屋的那片旮旯种了几棵木瓜树，这些木瓜树也很争气，果实一年不断地如你所愿地结满果树，餐桌是炒木瓜炖木瓜轮着上，吃多了看着都想吐。不过有一种炖木瓜平时是吃不上的，只有逢年过节才可以吃，那就是猪蹄炖木瓜，那个肉香啊让人立马感受到满满的年味儿！只有这一刻我才真正地享受到木瓜的清甜和芳香！

冲着这片绿地，我轻轻地露出甜甜的笑，从内心深处感谢这片绿，是你让我重温了美好的终生不忘的那页绿的记忆！

快乐的乡村时光

1968 年的晚秋，父亲被下放至"五七"干校劳动改造，母亲只能带着我们兄妹仨回老家，那年我只有 5 岁。在半年的时间里，虽然农村生活条件异常艰苦，但老家的山山水水伴我度过了一生中最为快乐的时光。

初来乍到，没有一个朋友，但小孩子都有一个天性，就是可以无障碍地交往，不管是否知道对方的名字，只要玩上一会儿就成了"老"朋友。况且我是从"城里"回去的，世面见得多，人又长得皮细肉嫩，白白胖胖，因此，村里许多小朋友纷纷跑来看个究竟。我扬起小脑袋让他们看个够，他们指指点点耍猴似地不时爆出嬉笑声，在友好的气氛中大家就玩上了。从此，我的朋友遍及家家户户。

那么多的小朋友总该有个头吧！谁来当这个头呢？这是个问题。我说我个头大，况且是从"城里"回来的，见多识广，这头儿非我莫属！可他们表现得十二分的一致，都投了反对票。选举一度陷入了僵局。这时人群中有人提出打马跤（单脚着地，一手抓着另一脚，双方互相撞击，摔倒的为败者）来决定，顿时人群里爆发出一片欢呼声，一致同意通过这个建议。我心里暗暗发笑，打马跤这玩意儿早就玩腻了，而且还没失过手呢，这般比试不是拿鸡蛋撞石头吗？看我怎么收拾你！

村里有一个社场，挺大，是供社员晒谷子的。大家一致决定把战场摆在那。

在一个满月的夜晚，月儿像个银盘高挂在树梢上，晚风吹来，凉飕飕的，可我热血沸腾，盼望着决战时刻的到来！不一会儿，小伙伴们都来到社场，围成半圆，我独自与他们对站着。他们从中选出一个最高大威猛的玩伴与我对决，赛制是三盘两胜。决赛开始，只见一个叫镇海的玩伴架起马架气势汹汹如小老虎一跃一跃地向我冲来。这架势我见多了，守株待兔等他逼近时顿然奋力上前，凭我高大的个儿高高一跃，一膝猛击他的马架，他的马架立刻被击散，整个人失去重心一头砸向溜滑的地板，欢呼声顿时一片。第二局开始了，对方显得恼怒了，架起马架恶狠狠地向我扑来。我还是以静制动，沉着应战。他也改变战术，靠近我时把马架高高抬起，然后一个跳跃想把我的马架击溃，我瞅准时机待其一跃的刹那，把马架冲向他的架下，然后一跃一顶，他立即人仰马翻。人群中又爆发出一阵欢呼声。对手不得不俯首称臣，我自然就当上孩子王了。

当上孩子王便可以发号施令了。想骑牛，有人把牛儿直接牵到家门口，然后奔向广阔的田园坡地。牛儿悠悠地吃草，我则躺在草地上看蓝天白云，听秋雁声声，一副得意扬扬的样子。快入冬了，谷子都打场了，听说田里的排水口有很多鱼，于是又下令：摸鱼！一时间小伙伴们有的拿来锄头，有的拿来鱼篓，有的拿来鱼兜，聚到田埂上就忙开了。挖沟排水，挖草垒泥，把基础打实后，大伙儿就开始摸鱼了。别看口子不大，但很深，鱼儿都躲到小洞里去了。鱼类也多，有鲫鱼、鲶鱼、伏昌鱼和一些不知名的鱼儿。大伙儿捉得不亦乐乎，不一会儿，鱼篓就装得满满当当了。然后，大伙儿把鱼放到溪水里冲洗开膛，又捡柴烧火，把鱼儿串成一串串，架到火堆上烤。不一会儿，鱼烤成了金黄色，通体冒着油，顿时空气里弥漫着鱼香味。还没等烤鱼端上来，小伙伴们就在火堆里你争我抢地吃了起来，吃完了还舔着小指头吧唧着嘴，真是带劲极了。村里来了电影放映队，在社场拉起大银幕，那是孩子们最快乐的时光了。我是从"城里"回去的，电影自然比他们看得多，他们就围着我里三圈外三圈的，让我给他们讲述电影故事。当然了这是有回报的，座椅是人家给搬来的，位置是正中的，炒谷子炒玉米他们是早早备好的，真是童年得志啊……

这些还不是主要的，当了孩子王后竟然也有了"压寨夫人"！说了你不信，可这事真有！邻居有个小女孩，岁数与我相仿，名叫翠儿，长得眉清目秀的，嘴舌特能说。经常跑来跟我玩，我去哪她都屁颠屁颠地跟着，慢慢地成了好玩伴。她家劳动力多，家庭生活相对好一些，她就时不时给我送来炒花生、炒玉米、黑豆糯米饭什么的。有一次，我父亲放假回老家，翠儿她爹过来看望我父亲，还送来一只小母鸡，原来他们小时是同学也是好朋友。他们坐在稻架（一种长椅子）上聊天，见我和翠儿玩得很开心，感觉很般配，当即就定下了娃娃亲。于是，我在老家这片美丽的土地上收获了萌萌的"爱情"！

时光过得真快，一眨眼，半年时光就过去了。之后我们又去外婆家生活了一段时间，接着父亲结束了"五七"干校的劳动改造，调任月川附属中学校长，我们都随父亲去了月川，开启了新的生活。

那个萌萌的婚约也就如同浮云般消散了。

老家给我留下太多的印记，但更多的更为深刻的就是快乐！

雨中的风景

这几天，三亚的天气变得异常的闷热，给人一种快要窒息的感觉。马路上，柏油被烤得软乎乎的，直冒热气；路上行人耷着脑袋纷纷躲到树荫下避日；马路两旁的树儿也被煎烤得垂下身子，毫无生机；屋檐下巷口边排着各式的椅子，老人小孩坐成几排摇扇纳凉，嘴里还诅咒着老天爷……热！整个城市都笼罩在热浪中。

午夜，一阵强烈的噼里啪啦声从窗外传来，把我从梦中唤醒。我扒近窗口一看，是下雨了，是一场及时的夜雨呀。甜甜的凉凉的空气一下子沁入心腑，像抽水泵似的把内心沉积已久的热气怨气怒气抽得干干净净，真是爽快淋漓！

第二天天刚放亮，我赶紧洗漱，抓紧叫车，去感受一下雨中的三亚。

雨还在下着。我坐在车里尽情地享受窗外的美景。马路被冲洗得干干净净，像用抹布抹过似的，柏油闪亮着光；马路边上的树木也仿佛人工洗涤过一样，叶儿油亮油亮的，透着生机；眼睛所及的高楼大厦也被豪雨沐浴着，雨水一遍又一遍地洗刷，把整个房子都换成新的了……真是赏心悦目！

雨越下越大了，丝毫没有停下来的样子。水蒸气也雾化了，远处雨蒙蒙的，三亚浸透在迷蒙的飘雨中。多美的雨多美的三亚啊，我发自内心地由衷感叹！

忽然，一片橘色映入我的眼帘，接着两个三个，在移动着。车跑近了才看清是环卫工人。原来他们一大早就冒着瓢泼大雨上了马路，忙着打扫垃圾清理下水道，保证路面干净排水畅通！是他们用辛勤用汗水呵护了这座城市，不论是酷热严寒，还是风雨交加，是他们用无私的付出换来了城市之美……

可亲可敬的环卫工人才是这场雨中最美的风景！

韧　劲

这几天，天气变化有些怪异，时而大雨滂沱，时而阳光灿烂，气温忽凉忽热的，一不小心又患上了重感冒。这是老毛病了，往年每至春夏交织和夏秋交织时，肯定要来一次重感冒。开始是光流清涕，感觉对身体无碍，也就不在乎任其发展了，但过不了两三天，脑袋发晕了，全身肌肉酸痛僵硬，像灌了铅水似的；猛咳，咳得胸口生痛，骨架跟散了架子一般作响，整个人被折腾得生无所恋。我这老毛病有个特点，即发病时不论怎么吃药打针都不管用，且有越发加重的感觉，等过了一周，待你浑身招数使尽的时候，病突然就好了，好似阎王爷大发善心不想收留我了就一脚把我从阴曹地府踢了回来。年复一年，这事儿每年都发生一两次。我就寻思，这病毒哪来的韧劲，死缠着我让我不得安生?!

中午下班回来，煮了一壶开水，冲了两包三九感冒颗粒，喝完药身子就重重地撂在床上，浑身痛楚难耐。双眼盯着天花板，那雪白的天花板失去了往日的雅净，像个索命的白发女魔，令人心性不安。打开灯，随手拿起《余秋雨散文集》，续看他的名篇《中华文化为何长寿?》，他以空间意义上的中国、时间意义上的中国、人格意义上的中国、审美意义上的中国几个方面为基点，用充分的论据论证了"中华文化为何长寿?"的论点，阐述了中华文明历史上多次"将死"或"濒死"依然重生的韧劲。这韧劲让中华文明跨越几千年的鼎盛和衰落时期而经久不衰，是一篇非常好的文脉记录。

正当我读得如痴如醉时，嘴边突然有一种莫名的叮痒，赶紧拿来镜子，一照，原来是一只长着长腿的红蚂蚁，正爽快地大口大口地吸着我嘴角边的唾液。我突然想起来我是一个糖尿病患者，唾液一定是甜甜的了，小蚂蚁这是取蜜来了。也不知这只小红蚁通过什么渠道呼朋唤友，不一会儿，三三两两，然后是排着队的大群蚂蚁来了，他们纷纷爬上脚直奔我的大嘴。大惊，刚刚装修好的房子哪来的蚂蚁？于是我顺着蚁路寻觅，原来它们是从窗外经防蚊纱网的小洞洞钻进来的。我气急败坏拿来"黑旋风"准备一窝端，但心突生怜悯，觉得它们也是生灵，也是上苍所赐，也是大地的孩子，于是放弃杀戮的念头，找来扫把把蚁儿扫入畚箕然后抖向窗外。可是不过几分钟的时间，刚才还乱作一团的蚁儿又排起整齐的队伍，雄赳赳气昂昂越过墙头穿过纱孔，直扑我而来。我赶紧用毛扫打扫，蚁军纷纷落地，有的摔晕了头，有的摔断了腿，但它们就地转几个圈后又排起队伍继续向前，一副不屈不挠的样子。经数次的打扫驱离后，小蚂蚁仍不放弃的勇气终让我放弃了抵抗，只好另求他径。坐在床沿上挖空心思，想找到一个比较妥善的解决办法。小蚂蚁不就冲着蜜来的吗？冰箱里就有一罐蜂蜜。于是，拿来几个小碟，各添入几滴蜂蜜，然后置窗外的窗沿上。这招果然奏效，不一会儿，小蚂蚁就排着队来了，吸着蜜，肚子变得浑圆，吃饱喝足后又排着长长的队伍回家去了。

感冒病毒虽然一时会给人的身体带来一定的伤害，但科学证明人类是通过感冒把体内的有害物质排出去的，从而增强自己的免疫力，若不能及时把沉积太久的毒素排出去，给人的身体带来的后果反而会更大。感冒病毒依靠着这股不离不舍与人体共生共存的韧劲，才使得人类更为健康地生活着。

而这些小蚂蚁，让我直观地看到它们身上的那股韧劲，就是这股韧劲让它们在这个自然界里得以繁衍生息，不管生存环境多么艰难险恶，只要还活着就必须去争取去奋斗！

我们需要的不正是这股勇往直前不屈不挠的韧劲吗？而中华文脉得以代代相传得以发扬光大，靠的不正是这股执着的韧劲吗？

鹿城秋韵

因为那头梅花鹿和一个黎族青年猎手，便演绎了一段传颂千年的美丽故事。于是，三亚拥有了"鹿城"的雅称。

当夏日的最后一丝暑气随着海风飘去，三亚的秋天就到了。

用了一整个夏的淫雨，把一切景物都冲洗得干干净净。风仿佛被过滤了一番，让人的呼吸变得更通畅了。街道异常的干净，似刚出浴的少女，泛着柔白的光。花儿更美了也更成熟了，花色变得深沉，似村姑掬着浓郁的香向你走来。城市的色调更和谐了，每个小区的楼墙好似被画师精心描绘了一番，那么精致而迷人。河海变得柔和了，不再是烈日下的冲动和暴躁。风儿也平复了情绪，改掉了夏日里动辄发飙的坏脾气。三亚的秋天就是鬼斧神工，把秋景秋图雕刻得出神入化，美轮美奂。

三亚的秋月很明，毕竟经历了一个雨季的洗涤。每到月圆时，皓月当空风轻云淡。冥冥之中，桂树下，我看到了吴刚的举樽豪饮；宫阙里，我看到了嫦娥挥袖曼舞；月宫里，我看到了玉兔长跪捣药。他们表面上仿佛充满了快乐和任性，其实他们的内心浸透了浓浓的乡恋。吴刚喝下的是泡满乡愁的甘醇，畅而不欢；嫦娥的长舞挥不去对故乡的眷恋，歌而不乐；玉兔椿药声声，击打着游子思归的灵魂，心感悲摧。

秋雨多情而细腻。设若把夏日的豪雨比作暴烈的汉子，那么秋雨就是文静的姑娘了。雨时而斜织着，那是姑娘在织网，一梭梭银丝缀出了美好憧憬；时而垂直落下，那是姑娘晒的龙须面，整齐有序，在创造美好生活；时而，秋雨连绵，细细的飘落在人们的身上，总有一种说不出的惬意，感觉就是姑娘送给情郎的温馨。我时常行走在灰蒙的秋雨里，感受秋雨的柔情和媚色，寻找那个温婉多情的姑娘，领悟秋雨的意义所在。

秋天让三亚多了一些颜色。山峦的颜色还是那么浓重，但似乎又变得淡了一些，之前的墨绿掺杂着浅绿，浅绿中又点缀一些黄色来。各种颜色叠加在一起，尽显了杂色美。这位画家一定是喝了酒，趁着酒意泼墨了，不然哪来那么美的秋图？徜徉在大街上，一棵棵壮硕的榕树发出哗哗声响，它们一定感受到了秋意，抖动着身子，拼命把黄叶子抖下来，可是画家怎么愿意呢？秋风轻拂，挟着一股凉意朝着人们扑面而来。大街上，飞舞着旋转着一些迷人的色彩，那是姑娘们的彩裙。姑娘们踏歌而来，把秋点亮了；小伙们则一身时尚，红黄白紫，把秋装点出一种朝气和洒脱来。

三亚的秋天也是浪漫的。海滩边各种花木临风而立，椰梦长廊招摇着万种风情。夕阳下，三亚湾那条玉条牵着微波细浪的南海，似千古不变的约定。一对对情侣时而漫步银滩，时而纵情戏水，甜蜜的笑声随着晚唱渔歌飘得很远很远。偶尔从远处传来机器声，那是驰骋在海上的摩托艇，一对对男女青年都套上橘色的救生服，一路欢歌笑语，青春的心儿随着摩托艇荡起的浪花飞到天空里。一对白发苍苍的夫妻站在沙滩上，一言不发，只是手挽着手凝视着远方的夕阳和山峦，嘴里又仿佛在呢喃些什么。吹拂的海风带走了他们曾经的韶华，只留下月岁雕刻的痕迹。然而，他们纵使青春不再，也要拥抱半天飞霞！

秋天是收获的季节。春华秋实，一片挨着一片的果园里，各种果树结满了果子，有黄色的，有紫色的，有红色的，也有青色的，把山坡把山麓涂成了一个画廊。果很香，在十里开外也能闻到浓郁的果香，混着各种味儿，让人分不出是什么果味来。摘下一个青枣，塞进嘴里，脆脆的，甜甜的；摘下一个黑莲雾，尝一下，满嘴酸甜，让人情不自禁又摘一个。望向纵横阡陌，那是一片金灿灿的稻田，秋风吹起，便掀起一层层的稻浪，煞是好看。田埂上蹲着一个老农，望着一片沉甸甸的谷子，捋着白花花的胡子，那黝黑的爬满皱纹的脸上，绽放出如菊花般的笑靥。是啊，丰收在望，怎不令人满心欢喜呢？

在三亚，在秋天，还有一种收获，就是爱的收获。秋阳媚眉，秋风送爽，这是一个多么令人惬意的季节呢！男女青年经历爱的打磨，终当走入婚姻的殿堂。年轻的恋人趁着大好时光，风风光光地操办婚礼。于是出现了这么一种景象：各种小轿车被装饰成花车，流光溢彩的，穿行在大街小巷和乡间村落。人们投去羡慕的目光，希望也能沾沾喜气。大小酒家饭店，张灯结彩，轻歌曼舞，红地毯把笑声盈盈的人们照得绯红。新郎西装革履神采奕奕，新娘凤冠霞帔娇媚生色，对未来的生活充满着美好和憧憬！

三亚的秋色很美，山美、水美、人更美！美景入画来，让三亚的大美之秋如同一幅山水画，奉献给每一个关注三亚、热爱三亚、建设三亚的人们吧！

古村、古屋、古韵长

在文昌，有个神秘的古村，古村有着 500 多年的悠久历史，是我省现存明清建筑规模最大、保存最好的古村，古村位于文昌会文镇的湖心村，还有个奇特的名字叫十八行村。我们听说以后，就慕名前往。到十八行村的时候，已经接近傍晚，落日余晖均匀地洒了下来，古村落罩满了温柔的光芒。走进村里，仿佛进入了一座明清古城，有种穿越时空的错觉，古朴的气息扑面而来。

在村口，有个小小的广场——同心广场，一棵枝繁叶茂的树下，一对上马石（下马石），已经经历了 300 多年的风雨了，古旧沧桑。据传，这对下马石是清代一个知县林运鉴曾经用过的，在这个小广场的右边，一个古旧的平房，墙上画有白色的涂鸦，写着"十八行村"，右前是"林家宅"，林家宅的外墙上有模仿《岳阳楼记》而写的《林家宅记》：岁次戊戌夏，琼崖林氏敬归故里，越明年，家兴人和，万事安泰，乃重修林家宅……

小广场的正面就是村里名气最大的、最古老的房子"九牧堂"，文昌十八行，当属"九牧堂"。九牧堂这个堂号来自唐代，据说林影始祖林禄的孙子林披，有 9 个儿子，都官居刺史（又称州牧），1 个儿子称"一牧"，9 个儿子故称"九牧"，所以这支林氏遂以"九牧堂"为堂号，到如今已经有 22 代了。我们走进院落，这是一座四进三院的"豪宅"，每个院子都有花厅、厢房。九牧堂的房子相对来说，空间、面积都比较大，非常宽敞，看得出曾经的门庭显赫，房梁、主体结构至今仍然保持着数百年前的原貌，大门古朴沉重，木雕门窗非常精致，工艺非常精湛，是村里当之无愧的"老字号"，房屋简单质朴，几乎所有古屋房顶都以五彩瓦装饰，脊顶尾部则固定着造型古朴、色彩艳丽的石材雕件。屋檐的横梁都是八个面，寓意是"八面玲珑""八方来财""八面来风"等，门前的柱子是圆形的，寓意人要圆融豁达、圆满和谐等，林姓的先民把传统文化都融入了建筑当中。屋檐下的墙面早已斑驳，但仍可见到的各种花鸟虫鱼壁画，历久弥新。

从"九牧堂"出来，我们踏上青石板的小巷。小巷，就是院落和院落之间的小过道，也就是所谓的"行"。小巷非常狭窄，一米多宽，仅能容一人宽敞地行走，如果两个人相向，则得侧身而立。十八行小巷整齐笔直，像一道道格子，把房屋分开，却又阡陌相连，巷里的石板路非常古旧，呈暗暗的墨青色，这条条青石板路，经过岁月的洗礼，每一块青石，都刻满了时光的痕迹。

巷两边的墙有高有低，有些是白墙画上彩色的涂鸦，也有青砖叠建而成，有的是横砖，有的是竖砖，由于年代久远，墙面多是浅浅的灰黑色，像掺了水的淡墨，也像一幅幅隐约的古画。还有的墙面长满了厚厚的青苔，深深浅浅的绿色，让人感受到历史的沧桑，也感受到大自然的魅力。

在"初极狭，才通人"的小巷，有房屋的大门，进到门里，一个大院子，给人一种"豁然开朗"的感觉。房屋都是传统的两旁房、中一厅式建筑，在大门处有门楼，和门楼隔个院子就是在正屋，全部坐南朝北。所有房子都是多进式的，最短的有两进，最长的有七进。各家各户的正厅前后大门洞开，从第一家可以一直看到最后一家的房子，视线非常通透。我们站在院子里，看着门庭洞开的古屋，想象着在过去的几百年的岁月里，共同生活的大家族，大家穿家跃户，礼尚往来，起居尽收眼底，那是怎样一番民风淳朴、邻里和睦、其乐融融的景象啊！

在一个老屋院子里，一个阿婆正在乘凉。阿婆说她娘家是邻村的，嫁到这个村里已经有60多年了，这个老宅最多的时候住了8户人家，几十口人，有老人有小孩。每天白天大家出去打鱼、种田等，晚上回来，家家户户煮饭做菜，新打上来的鲜鱼虾，新摘的果菜，大家边做饭边聊天，是真热闹啊。那个时候，谁家有个事，谁家孩子没人看，大家都主动帮忙，都像一家人一样。十八行村有半数人口都侨居海外，百分之九十的村民是侨眷，因此十八行村是著名侨乡。现在村里大部分年轻人都走了，在外面上学工作，村里几乎都是老人了，有很多房屋都没有人住了。我们在村里转了一圈，看见许多房子人去屋空，整个村子是这样安静，仿佛在诉说曾经的繁荣、兴旺和如今的寂寥、落寞。

十八行村非常整洁，每家每户都干干净净，庭院里都有很多树，海棠树、龙眼树、杧果树、莲雾树等，枝繁叶茂，绿树浓荫，波罗蜜挂满了枝头，甚至一棵硕果累累的莲雾树被圈在一个鸡架里，满地的莲雾果，都被当了鸡饲料。村里狗很多，都慵懒地躺在阴凉里，鸡鸣狗叫，鸡犬相闻，构成一幅宁静恬淡的乡村田园风光。

村里人们大部分都姓林，林姓的先祖从福建漂洋过海而来，由一个家庭到一个家族，再变成一个村，由一行房屋排到了十八行，形成了十八行同族而居的壮观景象。房屋一行一行，错落有致，高低有序，犹如一个墨色的棋盘，高墙深院，青砖黛瓦，一幢幢老屋，犹如墨色的棋子，方方正正，整整齐齐，在绿树掩映之下，遗世而独立，也显示着劳动人民的智慧。

炊烟袅袅、溪流潺潺、小桥流水、山间鸣禽……听惯了城市的车水马龙之音，看惯了人山人海的喧哗嘈杂，这个沉浸于自然之中的清幽小村庄，让人心灵宁静，内心平和，让我们寻找到失落已久的乡土情怀。

古村容颜渐老，古屋日渐沧桑，古韵源远流长，十八行村就像世外桃源一样美丽、宁静，让人流连忘返。

走过兴隆，美食先知

在海南，兴隆无疑是个奇特的地方，虽然只是一个国有农场，却处处洋溢着异国风情，徜徉在大街小巷，映入眼帘的是一幢幢别具特色的域外风格的建筑，那带尖角的拱门、雕刻着精美石雕与彩绘装饰的是印尼风格的；那多层斜山式屋顶、高耸的塔尖，用木雕、金箔、瓷器、彩色玻璃、珍珠等镶嵌装饰的建筑是泰国风格的；还有阿拉伯风格的圆顶建筑、马来民族风格的建筑、哥特式建筑等，让人感觉好像来到了异国他乡。

兴隆是海南著名的侨乡，因为汇聚了来自印尼、泰国、马来西亚等 21 个国家和地区的归侨，故被称为"小联合国"，在这片土地上，汇聚了各个国家的风土人情、民族文化、饮食文化，彼此融合、相互辉映，形成独特且极富特色的、多元化的风情小镇。

在兴隆，不仅仅建筑风格带着浓郁的异国风情，连吃也是一样，有一句俗语："景在万宁，食在兴隆。"归侨们回归祖国来到兴隆，也把异域的美食文化带了回来，兴隆也变成了"国际"小吃城。走在兴隆的大街小巷，放眼望去，目光所及，到处都是印尼风味餐厅、马来西亚风味餐厅、越南风味餐厅等。兴隆用独特的魅力，让人们品尝舌尖上的"南洋"。在朋友的邀约下，我们探访了一家正宗的印尼餐厅，叫伊萨娜餐厅。餐厅的主人是印尼归国华侨杜添江先生和老伴梁惠贞女士。1960年20岁的杜添江先怀着满腔热情回来报效祖国，在兴隆中学做了一名中学教师，他教书育人，工作勤恳，几年后就被提拔为学校校长，后来又调到兴隆农场场部工作。退休后，他担任兴隆印尼侨友会会长和巴厘村景区的顾问。

在交谈中得知，"伊萨娜"在印尼语里意为"宫殿"，从整个建筑风格和人物造型便可得到证实：整幢楼装修考究，屋瓴室檐都有各种瑞兽装饰，餐厅门侧是一个印尼的善恶雕塑，厅内金碧辉煌，霓虹闪耀。墙壁贴满了照片，在电视剧《外交风云》里，杜老先生本色出演了一位归国华侨，受到周总理的接见。这一场景被截成一小段纪录片，在电视里重复播放。杜老先生给我讲了拍摄的花絮，充满了自豪。

老板娘梁夫人成长在一个深通印尼美食文化的家族，她自幼耳濡目染，深得家传精髓，可以亲手制作一些"秘制菜"。伊萨娜的"镇店之品"巴东牛肉，也是印尼国菜之一，这道巴菜东牛肉仅调料就用了近10种：印尼青橘子、香叶、香茅、橘子叶、南姜、洋葱、辣椒、咖喱等。先将洋葱和咖喱爆香后，再把牛肉和各种香料放入爆炒，继而倒入椰酱将牛肉煮至软熟。出锅的牛肉很嫩，看起来焦黄坚硬，尝起来却口感松软，味道热辣，颇受食客好评。这道菜工序复杂、耗费时间，但是梁夫人坚持每日精心挑选原料，亲自手工制作"限量款"。伊萨娜名气越来越大，现在伊萨娜已被评为海南十大特色餐厅之一。印尼的菜名也很特别，"加里加多"是食客们常点的凉拌菜肴，这道菜郁香中带着辛辣，味道十分独特。常见的材料是圆白菜、长豆角、豆腐、水煮鸡蛋、黄瓜及炸土豆片，印尼人经常将这些食材簇成一盘，然后蘸着酱吃，有时把酱汁倒进盘中搅拌后食用。酱是甜辣的，内含虾膏、蒜头、椰奶、花生碎及一点点椰糖。在印尼，"加里加多"是一道家常菜，没想到在海南也大受欢迎。

除了特色的菜肴，在各种南洋风味的店里，还有各式各样的东南亚糕点，九层糕、板兰糕、咖啡糕、红豆糕、木薯糕、芋头糕、咖喱粽、糯米条，红的、绿的、黄的、五彩的……还有许多叫不出名的糕点，让人眼花缭乱，每一种看起来都很诱人，都会让人垂涎欲滴。

走在兴隆的街头，徜徉在 11 月的微风里，咖啡香、烟火气让这个风华正茂又曾历风雨飘摇的小镇充满了异域情调和温情暖意，不论是雅致餐厨，还是市井小巷，都藏着千百种滋味。一道道美味佳肴，就像一本故事书，生活的平实本质就这样回归到一日三餐的幸福里，美食是一段回忆、一片乡愁，也是一种情怀。

相思树下

有一种树，种在海边就成了防风林，种在堤岸就成了护堤林，种在城市的马路边就成了风景树。她，就是相思树，也叫台湾相思树。

相思树源于台湾，但一些热带亚热带地区如福建、云南、广西、广东和海南也能种植。由于气候相近，故而这个树种即使跋山涉水远走他乡也能生长得很好。在过去，相思树因为材质坚韧，根系发达，枝叶茂密，人们往往植于河海边堤岸上，防风护堤效果特别好，因此，随处可见她那迷美又很朴素的身影。

可是，由于人们的乱砍乱伐，加上土地被大量挤占，现在这种树已经很少见了。即使如此，我也时常在梦中遇见她，看见她那毫无规则任意生长的模样，她那长着一只只迷人的眼睛似的身影，她那绽满枝头如同雪绒般的小花，她那飘得悠远的清香花味，让我兴奋得手舞足蹈，往往把我从梦呓中催醒。

九岁那岁，我在荔枝沟小学读四年级。家离学校不远，从家后门出去，绕过几户人家又一片蔗园，再跨过一条横穿学校马路的沟渠就到学校了。学校没有大门，两座砖瓦结构的教室依沟而建。每天上学放学都要经过这条沟渠。

穿过马路的那段沟渠是用蛮石砌成的，有一米深七八十公分宽的样子，上面辅着平整的石条，供车辆和行人通过，两头则是坡度较缓的土坡水沟。沟内四季有水，水是从半岭水库引来的，满足上游的村庄和下游的东岸、海罗、丹州村几个村的农田灌溉。而水沟两旁则生长着茂密的相思树，蜿蜒上千米。树长得疯狂，一律的歪斜着身子伸向水沟，以至沟堤两边的树枝树叶都交错在一起，把水沟遮掩得严严实实，分不清谁跟谁来。

每年开春，这些相思树就以讯者的姿态向人们报告春的消息了。这时，每一颗树每一枝树杈都绽满了小小的圆圆的乳白色的花儿，散发出来的淡淡香味轻轻悄悄的飘到人们的面前，猛吸一口，让人心旷神怡，心生怜爱。一入夏，相思树好似一夜间就长满了蝉，第二天中午，蝉在夏的舞台上齐鸣共唱，"知了，知了……"的鸣叫声填满了水沟，撒满了校园，清凉了一夏。她的花期很长，一直到秋末才凋零。这时，一朵朵小花恋恋不舍地离开母亲，轻飘飘地撒落下来。顿时，水沟里便漂动着朵朵的小花，渐渐地花儿连着花儿，链成一片片逐波而去。掬起一抔水中花，水从手指间轻轻滑下，是那么的冰凉，那是花泪，花儿是因为离开了母亲而伤感落泪呢。"流水无情葬落花"说的就是这个意境吧！

密密匝匝的相思树好似是慈祥的母亲，用坚韧有力的臂膀呵护着这条水沟，让水沟不受狂风暴雨的侵害。潺潺流水平静清澈的水沟也成了我们嬉耍的天地。

别看水沟很狭窄，但也有汛水期和涸水期。

每年的五月至九月份，小水沟便进入汛水期了。雨水多，水库放水，把水沟盈得满满的，水的深处直到胸口。

夏日，中午太阳炽热。我们一帮小伙伴便相约着来到水沟边，脱衣去裤光着屁屁，纷纷站到沟渠上。然后一个个猴子似的争相扎入水里，真爽啊！于是蛙式的，狗爬式的等各种泳姿纷纷上演，游累了就打起水仗，那泼泼洒洒的水劈头盖脸地袭来，打得皮肉生痛。还嫌不过瘾，直接把别人的头摁在水里，让你"咕嘟咕嘟"喝得凉快，还赋予"透心凉"的雅称。呵呵，快乐的夏季就这么的在嬉耍中如同淙淙汩汩的小溪无经意地流走了。

进入十月至跨年的四月份，水沟就进入涸水期了。由于下雨少，水库存量不足，这时一般就不泄水了，水沟里的水自然就变小了。但这并不会阻止少儿天生的玩性，并且玩法似乎更变得精彩了。下午一放学，几个要好的小伙伴结伴来到水沟旁，书包一放，裤脚一卷，把脚探入水中。澄澈的水让小鱼小虾无处可藏，我们躬着身子四处寻觅，一但发现它们的踪影，只要用双手朝着它们的身子一捧，一条活蹦乱跳的小鱼或小虾就被逮住了！这时逮着小鱼或小虾的小伙伴便欢呼雀跃地大喊："逮着了，逮着了！"不忘向小伙伴们显摆一番，然后小心翼翼放入装着水的琉璃瓶内。小伙伴们一直玩到暮色降临才余兴未尽地回家，把瓶子置于书桌上，让小鱼小虾成为我们的伙伴儿。

相思树陪伴我们一起长大，一起走过一年四季春夏秋冬；在相思树下，那条时盈时涸的小水沟，又伴我们走过多少充满天真无邪的快乐时光！

三亚飞出金凤凰

　　琼崖孤悬海外，远离大陆，交通不便，被人们视为畏途。古时琼崖（亦称崖州）因人烟稀少，瘴疠四虐而被称为蛮荒之地，被流放蛮荒的唐宋官员、诗人经此而死者迭相踵接。唐代诗人杨炎流放崖州经天门关时，心感悲凉写下千古绝唱：一去一万里，千之千不还。崖州何处在？生度鬼门关。足见古时的琼崖是令人生畏的处所。

　　新中国成立以后的几十年，海南因作为边防前沿，在交通建设方面投入甚少，交通建设停滞不前，海口连结三亚的道路只有海榆东线。路况也很差，从三亚乘坐大巴去海口，区区三百多公里却要耗时 8—9 小时，若乘坐普通客车耗时还会更长一些。民航业也只有雏形，处在刚刚起步的状态。海南当时只有一个小型军民两用机场，即海口机场，但民航功能十分有限，只开辟几条国内航线，没有国际航班。欠发达的交通网络给南来北往的人流物流造成极大的不便，严重制约了人们的出行和经济发展。

　　海南是一个华侨大省。过去海南人生存条件艰苦，许多人被迫离家背井，飘洋过海到东南亚一带讨生活。他们靠着几代人的勤勉付出，用血汗打造出一个富庶的家园。这些华侨富裕后不忘根本不忘家乡，企望回乡寻根问祖，或者投资办企业造福乡梓。但海南交通实在落后，他们回一趟家乡实属不易。1983 年清明节前夕，我姑妈从新加坡回来祭祖，父母叫我去海口接她回来。她这次旅程走得辛苦，先是从新加坡乘飞机至广州白云机场，然后在广州住了一宿，第二天乘客车风尘仆仆十余小时到海安，由于天色已晚，过琼洲海峡的渡轮已停航，万不得已只能在海安找个小客栈过了一夜。第二天一早，她火急火燎去购买海安至海口秀英的船票。在海上，已经上了年纪的姑妈，哪经得起海浪拍打船体而引起的摇晃，一路呕吐，最后连黄水也吐了出来。很不容易捱过去几个小时，船终于抵达秀英港。我拿着姑妈的相片与出船的女旅客一一对比，等我看到她时，她整个人已身心俱疲，带着满脸倦意扶着船梯扶手步履蹒跚走下船来。

我们吃完午饭后已是下午三点，我心想若乘大巴回三亚还要颠簸8—9个小时，依她的身体状况肯定是吃不消的。征求她的意见后决定明天再走，我们只得找个宾馆住下。第二天吃完早餐后，我去药店买了几粒改善晕车的药品让她服下，祈愿她能平安回家。可是那条曲曲折折坑坑洼洼的路，客车一路颠簸，姑妈由于年纪大了，加上一路的奔波，身体显得十分虚弱，于是又大口呕吐，早餐吃的全都吐了出来。一路上，她双目紧闭，面容憔悴。客车终于抵达了三亚车站，她面对前来接站的亲人们开口就说：这次回来历尽艰辛，估计是第一次也是最后一次回乡了。新中国都成立了几十年，三亚咋就没有一座机场呢？她的话意味深远，并且深深地刺痛了我的心。我心想我们三亚何时才有自己的机场呢？

1984年5月，三亚撤县设市。为了拓展三亚市的交通运输领域，以适应城市的发展需求，三亚市政府与当地驻军和民航部门进行密切磋商，一致同意将三亚军用机场改作军民两用机场，名曰：三亚机场。1985年夏，三亚民航站投入使用，三亚终于有了民用机场。尽管民航客机执飞的航线只有一条，即往返三亚经海口至广州，每周也只有二三个航班，却标志着三亚的航空运输业向前迈出了至关重要的一步！

那年，我刚参加银行工作，听说有客机飞海口，想着自己没坐过飞机，不知乘飞机是啥感受，便怀着好奇的心情，找个去海口的公差，切身体验了一回坐飞机的感觉。

进入机场，只见一块偌大的草坪上，一条约二千米的飞机水泥跑道贯穿南北，草坪的西北面驻立着几排平顶房，是部队的营房，其中靠北的几间房屋用作民航站。营房比较老旧，斑驳的外墙透映着岁月的痕迹。中间的平房顶上，矗立着几个铁艺大字：三亚机场。

走进平房就直达安检处了。两名安检员正手执检测器给旅客上下、左右、前后扫几番，确定没有安全隐患才让旅客通过。机场航站由于当时还没有货物检测设备，旅客的箱包只能靠人工检查。候机室十分简陋，靠墙摆着一些铁把椅子，供旅客休息，有个铁皮桶装着免费供应的开水，卫生间还算干净。房间的正前方有一道玻璃门，出了门就可以登机了。机场航站给我的整体印象是不如现在的县城汽车客运站，不论是配套设施还是服务功能都非常落后。

登机时间到了，大家井然有序排队登机。这时，一个机械师快步走到机首，双手用力地摇动着装在机首的螺旋桨，一次、二次、三次，直到第三次螺旋桨才飞快地旋转起来，并发出轰隆隆的声音。咦？这飞机发动怎和发动手扶拖拉机一模一样呢？我震惊了，心里甚至掠过一丝恐慌感。但想想自己遨游蓝天很快成为现实，兴奋的心情立马取代了刚才的恐惧心理，便欣然地跨入飞机舱门，径直走到自己的座位。然后细细地打量起飞机的舱体。飞机舱体很狭窄，一排四座，共十排，满员40人，中间有窄小的过道。

　　飞机滑出了停机坪，缓缓驶入跑道。随着一阵巨大的轰鸣声，飞机进入高速行驶，然后一个旱地拔葱直插苍穹。飞机离地面越来越远了，我打开舷窗往下看，只见一条条马路就像细细的带子，或笔直或弯曲地牵扯着两头；一辆辆汽车小如乌龟，慢悠悠地爬着；一幢幢房子看起来就像火柴盒，也在挪走着；一座座连绵的山峦如同移动的沙盘，虽小却很精致。飞机穿越了云层。窗外云卷云舒，不断地变幻着各种物景，有时像憨厚的大象，有时像威猛的狮子，有时像挺胸打鸣的公鸡，有时又像仙女撒花。

　　正当我看得心醉神迷时，机舱里突然传来一阵骚动声，有人大声高喊：机舱冒烟了！机舱冒烟了！我回过神来朝机舱看去，只见一缕缕烟雾从行李架漫出来，渐渐笼罩了整个机舱。我不由一怔，心儿一下子提到了嗓子眼，脸色铁青，手心捏汗，一股不祥的兆头拉扯着我周身的神经，加上途中飞机有几次颠簸，感觉灾难临头人生即将划上句号。人们的恐惧心理也随着烟雾弥漫开来，每个人的脸面上泻满了绝望的情绪。这时，机舱的广播里传来机长的声音，讲释的大意是飞机因为机舱内外压强不等，才造成机舱冒烟，让大家不要惊慌保持安静。听完，我这才长长地吁了一口气。

　　坐在我旁边的是一位少妇，面如桃花，穿戴讲究。刚才惊险的一幕也没见她有一丝的惊慌，而是一副泰然自若的样子。我感觉这女士不简单，一定见多识广。于是，我主动搭讪问她来自哪里又到哪里去？她朱唇微启，操起广东普通话轻声细语地说：我旅居香港。听说三亚自然风光很美，专门来三亚走走看看，现在是回广州亲戚家。我又问她对三亚印象如何？她侧过脸朝着我侃侃而谈：三亚自然风景优美，有一流的沙滩，一流的海水，有纯净的空气和迷人的热带雨林，非常适合发展旅游业，是一块未经雕琢的瑰宝呢。但三亚的旅游基础设施太落后，连一座像样的机场也没有，大飞机安全性高运载量大，刚才发生的一幕大飞机是不存在的，只有小型"老爷机"才有这种情况。只是你们的小机场纵使有大飞机又怎么起飞降落呢？三亚要发展必须要有大机场，是国际航空港的那种！听完她的一番话，我也焦急起来，心想我们三亚何时才能拥有起降大飞机的机场呢？

时机终于来了！这个大机场让我等候了将近十年！

1990年5月，国务院正式批复同意兴建三亚凤凰国际机场，无疑给三亚人民建造大机场注入了一支强心剂。机场选址在三亚市西南角的凤凰村，依山畔海，像一块翡翠嵌在南海之滨。随着机场三通一平工作的实施，标志着三亚凤凰国际机场正式拉开了建设的序幕！经过几年的多方努力，三亚凤凰国际机场终于顺利落成。1994年7月1日，三亚凤凰国际机场正式投入使用，那个军民两用的小机场也随之关闭了民用职能。三亚凤凰国际机场的建成，较大地推动了三亚旅游业发展，但随着慕名而来的游客逐年增加，机场原来的设计规模已很难适应三亚旅游业的发展需求，航空运输能力不足成为制约三亚航空运输业发展的原因。针对这种情况，三亚市政府与机场方面下大力气，先后两次进行了扩建改造。扩建改造后不论是客运量载货量，还是服务功能和现代化程度都得到大幅度的提升。至2019年9月，三亚凤凰国际机场拥有2座航站楼，分别为T1（中国国内）、T2（国际及港澳台）共10.5万平方米，有一条长度为3400米的跑道，停机位坪6.16万平方米，可满足年旅客吞吐量2000万至2500万人次的4E级民用国际机场。现已开通国内外航线127条，通达城市127个，构筑起四通八达的航线网络布局，进一步推动了三亚旅游业的迅猛发展。2018年12月31日中午，北京飞往三亚的吴女士跨出舷梯，她非常荣幸地成为当年第2000万个旅客，这标志着三亚凤凰国际机场年吞吐量进入了2000万俱乐部，这个机场也是首个非省会城市年吞吐量达 2000 万人次的机场！

2019 年清明前夕，姑妈的儿子从新加坡打来电活，说是姑妈去世前嘱咐他一定要替她回乡祭祖，以了却她的念乡之苦。我满口答应他的要求，并告诉他我亲自去机场接机。

初夏的三亚椰风海韵，呈现着一派旖旎的海岛风光。我依照约定，开车到机场等待表弟的归来。走近三亚凤凰国际机场，只见两颗硕大的菠萝建筑物披着一身的金黄，寓意着民航人不断追求卓越和奉献的精神内质；航站楼顶那酷似凤凰展翅的造型，给人凌空而起的无限遐思；航站楼的正面镌刻着江泽民同志的亲笔题字：三亚凤凰国际机场。走入航站大楼，一幅幅充满时代气息和热带风情的画面扑面而来：气势恢宏的建筑体富丽堂皇，镶嵌着浓郁的海南、三亚文化元素；宽大的电子屏幕不断滚动着商业广告，场面令人震撼；各种地方美食应有尽有，让旅客美美地体验一回舌尖上的三亚；包装精致的地方特产琳琅满目，让客人满载而归！机场停机坪，停放着各大航空公司款式多样的大飞机，有波音系列也有空客系列。机场跑道上，一架架南来北往的飞机有序地降落或起飞。看着机场一派繁忙的景象，有谁能想起当年"三亚机场"的窘境呢？

在国际航站楼，我终于见到了未曾谋面的表弟。一番寒喧后，表弟告诉我，说十几年前母亲回一趟乡，乘坐了客机轮船和客车，辗转了几千公里，既耗时又费劲，痛苦不堪。她回家后还卧床多日，后来母亲是谈"乡"色变。现在方便了，从新加坡直飞三亚只需 3 个小时，省时省力。他还说以后会带着家人常回乡看看，让家人也充分感受家乡的变化和发展。

回老家过年

许多往事总是在年轮的转换中沉淀凝固，并不因为时光的流淌变得模糊不清，而是愈发清晰起来，故事仿佛发生在昨日。

我8岁那年，离开曾经暂住过的老家已有3个年头。尽管在老家只呆了半年，但家乡留给我的美好印象早已印在脑海，一山一水乡音乡情令我恋恋不忘，心里总是盼望着重归故里，重温往日的快乐时光。那年离春节还有十天八天，父亲问我要不要与他一起回老家过年，我一听喜出望外连声叫好！顿时，在老家过年时的炮竹声声，绚烂夜空的烟花盛宴仿佛就在耳边就在眼前。

当时，在农村老家人们的生活还很艰难，一日三餐鲜有鱼味，鱼对于他们好似是金贵的食材。母亲是一个非常细心而善良的人，为准备礼物让我们带回老家送给亲人们，一早就张罗着去了一趟三亚渔港，买了两蛇皮袋的杂鱼，有青鳞鱼，陆仔鱼，狗待鱼，吊简鱼，还有许多说不出名字的鱼。鱼经清理干净后加粗盐揉匀，又摊在几个簸箕里置于太阳下暴晒，二三天后，鲜鱼就成了干鱼。母亲又找来一大摞报纸，把干鱼均匀地分包成一份份，并嘱咐父亲把干鱼分给谁谁谁。安排好一切后，母亲才安下心来。

我屈着手指数日子，日历一天翻几回，感觉日子过得真慢。好不容易熬到年二十八的上午，父亲才带着我走进三亚火车站。

火车随着几声"呜！呜！呜！"的鸣叫声开动了，带着我那颗盼望已久的心一路向西，朝着家乡的方向驰骋。车窗外的风景很美，铁路旁边的房屋、电杆一闪而过，感觉它们也在奔驰着，而远处金色的田野和黛色的山峦都放慢了脚步，在蓝天白云之下，用无形的手给大地绘出了一幅壮美的动态的画面。我完全沉醉在旖旎的风光里，陶醉在快乐的旅途里，竟然忽略了火车经过了哪些车站。

火车大约开了4个小时，终于抵达了佛亨站，这是家乡的车站！走下车梯，踏上家乡的土地，一股莫名的情绪涌上心头，感觉每个人的面容是那么的亲切，句句哝哝的乡音是那么的柔软，一草一木仿佛饱含着浓浓的情意。"尒爹（方言，小叔）！"从我们的右侧方传来叫喊我父亲的声音，打断了我的一番感慨。父亲在家里排行最小，是村里外出工作为数不多的人员之一，加上父亲经常为来农垦医院治病的乡亲们提供寻医住宿方便，因此深受乡亲们的尊重和爱戴，故而与我父亲同辈或子一辈的乡亲均亲切称父亲为"尒爹"，母亲为"尒娘"。

我们循着声音望去，见是一个约摸十三四岁的族里小女孩。只见她利索地从牛背上翻下朝我们径直走来，仰着红彤彤带着几分羞涩的脸蛋问："尒爹，你们回来过年咧？"父亲点点头说："是咧。"父亲又看了看她牛车上的货物问："阿侬你是去市咧？"女孩用浓重的乡音道："嗯哪。尒爹你们来坐我的牛车，我拖你们回去。"女孩不由分说便夺过父亲手中的两个装着干鱼的蛇皮袋放到牛车上。待我们坐好后，只见她一脚蹬着牛车拖杆，然后身子轻轻往牛身上一跃，便稳稳当当地骑在牛背上，接着双腿往牛肚一夹，牛便拖着"吱呀吱呀"作响的牛车往家走去。小姑娘的动作如行云流水一气呵成，令我从心底里深感佩服。回家的土路很泥泞，两道牛车辗出的车辙蜿蜒地伸去远方，空气里弥漫着泥土和牛粪混杂味儿，这是乡间田野的味道；偶尔有淙淙小溪漫过路面，欢快的流水声让土路少了几分孤寂；土路两旁是大片大片的农田和甘蔗园，给人一种清新的印象；前方隐约飘着的炊烟扑入眼帘，让我真切地感到我真的回家了。

我和父亲回家过年的消息很快传遍村里。乡亲们纷至沓来到三伯父家探望父亲，很多人手里拿着一只鸡或一只鸭或是一袋米送给父亲，乡亲们送来的东西父亲是万般推却，但怎么推却也拗不过他们的执着和盛情，父亲只好收下了。屋里屋外挤满了乡亲，一句句"尐爹尐爹"的亲切叫声不绝于耳。他们和父亲拉起了家常，浓郁的乡音好似抹了蜜糖给人一种特别清甜的味道，让人倍感乡亲们的热情。待客人走完后，我悄悄问起父亲："他们为什么要给你送东西呢？"父亲若有所思道："是心情也是乡情呵！"我和父亲住在他过去住的小屋里，无事时就听他讲述关于他的一些往事。屋子向阳的两面墙都砌着用砖拼成的花窗，光线很明亮。屋里放着一张传统的木雕床，看着老旧工艺却十分精致。靠着屋内的门侧，摆放着一张桌子和一把椅子，屋子虽小却也清静舒适。看着小屋，父亲年少时的读书和生活情景仿佛就在眼前。很可惜，老屋多年前已被拆除，盖起了漂亮的别墅，父亲曾经居住的那间小屋成为我挥之不去的记忆。

我之前在家乡混熟的小伙伴们也组团来了！当头的是曾经与我"打马架"的手下败将阿海，他老远便直呼我名，骂骂咧咧说我一走便匿迹几年，让他们思念得很苦等候得太久，说我是不是忘了他们。我连声否定，并从我的小书包里捧出两把京果分给大家。顿时，在你争我抢中，在从小嘴里发出的"咔咔"声中，在从人人脸面上撒满的笑容中，我们一下子又拉近了距离，找回了当年的感觉。这时，我把目光投到人群后面，发现一个女孩揉着小指头，腼腆地低着头，她分明没有分得京果。我仔细辨认：

119

咦？这不是翠儿吗？我急忙从书包里抓起一把京果，穿过人群走到她的跟前把京果塞到她的手里。几年不见，当年紧跟着我玩的跟屁虫都长这么大了，两根细黑的羊角辫儿，一副白净的小脸蛋，两只扑闪着的大眼睛，让人联想起格林童话里的白雪公主。翠儿缓缓地抬起头，怯生生地问我："哥哥，你去哪了呀？"我毫不思索地说："回家了。"她又反问："这里不是家吗？"她的反问让我怔住了无语了，因为我不知道家的真正释义。在那段暂短的节期里，我和小伙伴们开心快乐地玩耍，让乡味浓郁的春节氛围弥漫着每一天。

那年又是一个丰收年，各家各户除了上缴的公粮仍留下很多的余粮。当时，大伯二伯三伯几家人都住在同一排的七八间老屋里，每家的走廊客厅和里屋放着好多个巨大的用竹篾编制的谷围，都装满了谷子，一坛坛盛满白糖的土缸置于能够放得下的地方。平时，他们难得清闲，即使快过年了还忙乎在田间地头，刚收割完稻谷又赶着翻耕稻田，为春节后春种作好准备。直到年三十，家人们才有空去购买年货和大扫除。等忙完这些才杀鸡宰鸭，准备年夜饭。年三十中午，三伯母举着竹扫把给屋里扫除蜘蛛网时，突然有两只燕子从门前飞出，我抬头看去，惊奇地发现在高高的门柱上，竟然筑着几个小小的燕窝，窝里的小燕子齐刷刷地排成一行，探着脑袋盯着我。我觉得好玩，找来一根小竹杆要挑逗它们，三伯母立马制止，并告诉我燕子有灵性通人性，小燕子的爸爸妈妈每年都要从很远的地方飞来繁衍后代，它们知道这里是它们的家，我们可不能拆散它们的家。听完三伯母的话，我似懂非懂地点点头。多年后，我长大了，才明白为什么不论是富人还是穷人，也不论身置何处，总要拖家带口回家过年，只因为这个道理燕子都懂！

夜幕降临，每家每户点燃了烟花爆竹，一串串鞭炮在门口在庭院炸响，一束束烟花灿烂了夜空。家人们在宽敞的院子里，摆上了几桌年夜饭，大家围坐在一起，喜庆的氛围熏染着每一个亲人，纷纷举杯共祝五谷丰登六畜兴旺，日子一天比一天更火红！

三亚河记忆

　　朋友，当我问你认识三亚河吗？你一定认为我是在搞笑，那条日夜流淌涌入南海的三亚河，谁不知晓呢？没错。不过我要说的是那条昔日的三亚河，那条印着沧桑痕迹已经成为历史记忆的三亚河。六七十岁的老三亚人一定还记得三亚河过去的模样，但新生代的三亚人和移居三亚的外地人对她的老模样肯定是一无所知了。那么，我就带你走近那条承载着悠长故事的三亚河吧。

　　五十年前，三亚河河面辽阔，烟波浩渺，对面的景物看起来显得隐约和朦胧，给人一种海市蜃楼的感觉。两岸滩涂很宽，生长着茂密的红树林。涨潮时，海水浸没了红树根，只露出树的上半身；退潮时，红树又展示其盘根错节的根系，这些发达的树根深深扎入滩涂里，为海生小动物营造一个温暖的家。这时，一条条跳狗鱼拖着长尾巴从泥洞里爬出来，躬着身子，支起退化的双脚不断地跳跃着游走着，大口大口地吞噬着东西；一条条土虫（海蚯蚓）躲在滩涂深处，不断地往泥面喷水，正好中了赶海人的下怀，挖虫人只要把小锄头往喷水的小洞边一挖，土虫就连泥一起被挖出来，自然就成了篓中物了。土虫是一种特别美味的海产，不论煮炒还是上汤，均是上乘佳肴。滩涂上还生活着一种小螃蟹，模样十分可爱，浑身红白相间，短小的身子却长着一对大螯，行动十分敏捷。这种蟹是群聚性动物，常常是成群觅食，成片成片地布满了整个滩涂，只要人一靠近或者发现什么危险，它们立马钻入身边的洞穴，瞬间无影无踪。这种蟹也是美味食材，当地黎族同胞把蟹清洗干净后捣碎，搅糯（干饭）一起装入土罐子密封，经过一段时间的酶菌发酵后就酿成了蟹茶。据说黎族人是在接待贵客时才用上鱼茶或蟹茶，以表敬重。红树的枝叶上，还生长着一种软体生物，类似蜗牛。那时候食物匮乏，母亲为给我们增加蛋白质便到红树上捉来一些，过滚水后去掉粘液，然后切片加椰丝爆炒，味道可口。

但现在，那般缥缈的水域已不复存在，一些美味也成为回忆。

在二十世纪九十年代初，市政府为满足城市的发展需要，规划了"120工程"项目，即在三亚河西面沿河一段抽泥造陆，打造出一块120亩的商业用地，加上河两岸也抽泥造陆，使三亚河道变得狭窄了，两岸仿佛咫尺之遥。河水也变深了，滩涂几乎丧失殆尽。小动物们失去了天然的庇护和生存的土壤，加上人们的过度捕捉，现今已难觅其踪了。但事物总有两面性，当一方面失去的同时，另一方面一定有所收获。当填土造地工程完工后，市政府就在这片土地上，举办海南第一届"椰子节"，以"政府搭台，经贸唱戏"的方式，大力招商引资，推动产业转型升级，在较短的时间内打开了三亚经济发展的新局面。正因为对大自然的适度利用，并经几十年的成果积淀，才成就了今日的三亚。

徜徉在三亚河岸，秀丽的风光尽收眼底：一棵棵红树簇拥着，海风翻动着树叶发出的沙沙声，极像情侣们耳语厮磨；在浅水处，一只只白鹭闲庭信步，或觅食或舞蹈，向人们展示它们的快乐和幸福；一艘艘漂亮的汽游艇穿梭在那片蔚蓝的河面上，游客的欢呼声伴随着翻滚的雪白浪花，引来无数海鸟的追逐；笔直的河堤，榕树以它宽大的树冠为行人纳荫挡雨；蜿蜒通幽的亲水栈道，充满着游人的欢声笑语，让他们切身感受到了三亚河的魅力所在。如今的三亚河已成为旅游观光者的网红打卡地。

可是在很久以前，人们赋予三亚河并没有多少的旅游职能，而是背负着繁重的运输和制盐使命。岁月沧桑，这条古老的三亚河，三亚人心中的母亲河，便以柔弱的身躯挑起历史的重担，支撑起三亚经济的半壁江山，造福她的子孙后代。

有句话说得好：靠山吃山，靠海吃海。三亚有着得天独厚的制盐优势，海水含盐度高，沿河地势平缓，是制盐业的天然处所。在当时，盐田如棋盘般散落在三亚河的周边，最大的盐区在月川村外围到现今的丰兴隆榆亚新村，洋洋上万亩地。每当天空晴朗，盐场工人便冒着毒辣的太阳，挥汗如雨地制卤水铲盐巴，把一田田的盐堆成一座座小雪山，盐在阳光的照射下折射出晶莹剔透的光芒。这些盐是在等待转运，要运到盐场部，场部地址就是现在的三亚国际大酒店那片区域，那里建有许多个硕大的盐仓，从各方运来的盐都储放在盐仓里。

为保证盐田用水，盐业部门在三亚河里建起了一个长约一千米宽约二百米的长方形土堤，把河面一分为二。土堤类似小水库的堤坝，自然具备蓄水的功能。土堤的半腰设有一个闸门，可以根据蓄水情况而输水或排水。在靠近盐田的陆地段，也建起一个小闸门，专门给盐区输送海水，满足制盐用水需求。每当夕阳西下，这个土堤就成为人们散步观景的好去处。

7岁时，我随父母生活在月川附中（今月川小学）。每天早上大约十点和下午四点，便从三亚河传来"突突突"的机器声，那是运盐的机船。走到土坎边极目远眺，只见一艘机船拖着七八艘小木船，十分吃力地朝着盐场部的方向行驶，这是运输盐呢。每只小船都堆满盐，没有遮掩直接暴露在太阳底下。每只小船都有一个船工把舵，以确保船体的平衡。炎炎烈日下，灼热的阳光洒在船工们的身上，他们该有多辛苦呀！我想，这些盐一定很咸，因为它浸润了盐工们船工们的汗水，这些盐一定是白花花的银子，可以支撑起这座城市的发展壮大。

后来，盐场因为客观原因停止了盐业生产，许多盐区成为商业用地和盐工居住小区。那个用来蓄水的小"水库"完成了它的光荣使命，退出了历史舞台。土堤也被挖除了，恢复了三亚河原本的模样。

但这并不意味着三亚河已完成了她的历史使命，在这个时代变革的渡口，她又肩负起更大的责任，为助力海南自贸岛建设，推动三亚旅游业向着更大更高更强的方向发展，她又一次以博大的胸襟站在时代的最前列，充当弄潮儿。她用彩笔为世人描绘了一幅绚丽的画卷和一张精美的名片！

朋友，你了解那条昔日的三亚河了吗?!

月川桥情思

小城故事多。三亚是座小城，却装满了许许多多的故事。悠悠岁月，让一些故事变成了传说，如鹿回头那页千古不朽的爱情故事早已被世人所景仰和传颂，成为美丽的传说。而更多的故事则湮没于历史的记忆中，不为人们所知，即使去百度找不到它的踪迹。

今天，让我们一起走近三亚河，一起摸索寻觅已经湮没于河底的月川桥的一些零碎记忆。

1962年，三亚农垦医院在原来的月川村建院。当时的三亚河上只有两座桥，即三亚大桥和金鸡岭路桥。两桥几经扩建才有现在的模样。茫茫的三亚河把两岸隔开来，给两岸人们的往来造成极大的不便。所有人要到河对岸，都要绕走一二千米开外的三亚大桥。要知道三亚河畔属沙漠地带，有很宽的沙漠纵深。人们在毒辣的太阳底下行走，被炙热的沙子烫得嗷嗷叫，身上的汗水被一次次蒸干，衣衫上只留下一团团白色的盐渍。久而久之，被暴晒的皮肤变得铁黑，故而以前的三亚人长得黑不溜秋，也就不奇怪了。

为解决两岸人们的出行问题，农垦医院在二十世纪六十年代末出资兴建了一座木桥，桥名叫月川桥。桥面宽约二米，用木板铺就，做桥护栏的方木是以榫卯相连，结实的护栏保证了行人的安全。桥墩则用粗圆的木料支撑，桥墩间隔较宽，以方便船只通过。桥的建成极大地方便了人们的出行，村民挑着杨桃上街出售，居民到对岸买点东西都不需要绕道而行了，只需要过桥的片刻功夫，就达到各自的目的地。

木桥给我带来了欢乐和梦想，成为我一生的念想。

走过木桥又跨过那条不足 5 米宽的水泥路，再走百来米的沙地就到县食品厂了。阿兰姨在食品厂工作，她是母亲自小的闺蜜。当时，食品厂用老椰子肉加工成椰子糖果，椰果内的椰子宝一般没有用处了，但可以当水果吃。她每每看到我和二弟的到来，便立起身子与我们打招呼，接着找来两个袋子把一个个拳头大的椰子宝装进去，让我们带回家。那时哪有什么水果呀？圆润饱满的椰宝无疑是我孩提时代最好的水果了！管不住嘴，小手抓起一个便往嘴里塞，椰宝很脆甜，一股甘甜的味道直奔喉头，真爽啊！回家了，哥弟俩在木桥上慢悠悠地走，纤细的木桥已是我们的老朋友，我们每走一步它都会发出轻轻的吱吱嘎嘎的声音，可又找不到声音来自哪里，它像是跟我们捉迷藏似的。我们的嘴也没有停过，还时不时拿出各自的椰宝比大小，开心地炫耀一番。天真清澈的笑声盈满了这座桥，飘散到柔曼的河面上。

我虽然小小年纪却有梦想，梦想长大了当一名解放军。那时附近有驻军，每到星期天就有解放军叔叔经过木桥。于是每每遇上星期日，我和二弟便手拉手撒欢着奔向桥头，蹲在桥头边两眼直盯着那条连着木桥的土路，盼望着绿军装的出现。有时太阳已有竹竿子高了，还是看不到解放军叔叔的身影。尽管炙热的阳光把我俩晒得灼痛，但哥弟俩从不轻易打退堂鼓。实在太热，便模仿解放军行军时头戴的伪装物，用树枝树叶圈个圈扣在小脑袋上，又回到桥头边痴痴地守望。

功夫不负有心人，心儿一直盼望的解放军叔叔终于来了。叔叔是多么的年轻帅气，走起路来虎虎生威，让我们羡慕不已。哥弟俩兴冲冲地跑到解放军叔叔的跟前，立正敬礼，一副军人的派头，紧接大声喊着："解放军叔叔好！"叔叔微笑着躬下身子，用手轻轻地捏捏我们彤红的脸，又为我们擦去额头上的汗水。此刻，一股无比幸福的暖流涌上心头，双眼闪动着激动的泪花，心里是多么期待有一天能成为解放军叔叔呀！时间不早了，叔叔督促我们尽快回家免得父母的牵挂。这时，我们才依依不舍地与叔叔挥手再见！

每每过年，母亲问我要穿什么样的衣服鞋子？我总是毫不犹豫地说要穿军衣军鞋。穿上军衣军鞋端着木枪踏着正步，俨然就是一个军人了。但最终，我还是没有实现从戎的理想，没有走进那梦中的绿军营，这成为我一生的缺憾。

月川桥以它的旷达为人们铺就了一条贯穿南北的通途，以它貌不出众的身躯承载着人们的脚步，它造福人类却从不索取。然而，这座三亚人心中的"功臣桥"却逃不过一只美丽"蝴蝶"的索命。

1971年5月3月凌晨，名号"蝴蝶"的台风在三亚登陆，风力达十三级，风速45米/秒。台风带来了强降雨，在短短的24小时内，降雨量达500毫米，历史上已属罕见。一时间，三亚的上空如被撕开口子，强劲的风裹挟着暴雨铺天盖地袭来，大量村庄农田被淹，民房坍塌，很多地方出现山体滑坡和洪涝灾情。三亚河成了排洪区，从上游冲刺而来的洪水把灾区的猪牛羊滚到河道里，这些牲畜又一瞬间被红色的漩涡漩得无影无踪，一群群家鸭家鹅四处逃窜。月川桥也在劫难逃，只见暴涨的洪水不断地撕打着桥体，一个个巨浪拍过桥面，漩涡像一把把巨钳拆去了一根根桥柱，掠去一条条拦木，遍体鳞伤的木桥在洪水的咆哮声中哀嚎着，挣扎着。然而，一个巨大的洪峰冲上了桥面，把支离破碎的木桥湮没在水底下，等洪峰过去，那座木桥已荡然无存。月川桥就这么结束了它短暂而又辉煌的一生！

　　后来，人们在木桥原址，利用桥两头的桥引搞起船渡。许多年后，市政府建起了水泥浇筑的宏观的"月川大桥"。大桥极大地方便了人们的出行，更方便南来北往的车辆。随着三亚商贸旅业的快速发展，原有的桥梁已很难满足当今社会的发展需要，为此，市政府在两年前又在"月川桥"原址附近建起了一座多功能大桥，名曰：明月大桥。

　　如今贯穿三亚河面的水泥大桥就有五座，还有两座造型别致、充满着浪漫情调的步行木桥。这一座座桥见证了三亚这个滨海小城从丑小鸭到白天鹅的华丽转身，更彰显了三亚人勤勉笃挚的情怀。

揾 食

　　他们应该是属于工作最艰辛生活最酸楚的一群人了。他们蜗居在城市阴暗潮湿的旮旯里，穿行于水泥森林里的大街小巷。没有人能想起他们，哪怕他们撞上你的眼睛，你也感觉不到他们的存在。他们已被城市遗忘，已被高贵的城里人遗忘，城市和城里人对于他们已熟视无睹。但这并不能阻断他们的脚步，掉不去他们躯壳里最后一抔自尊和一腔活着的理由。这世界即使有黑暗，但他们也把它当做一束光照亮前行的路，努力去揾食。

　　巷口边，就是老杜的档口，这是老档口了。经营多年，不能说收入颇丰，却能养家糊口。老杜手艺精湛，人们修补东西都喜欢找他。每天一大早，许多东北老乡和一些本地人，便带着破的旧的鞋子和破袋破伞什么的，聚拢到他的档口前。老乡们围着老杜闲坐着唠嗑。他们操着浓重的东北口音，聊家乡的变化，聊家乡的故事，聊在三亚的所见所闻，情至深处，甚至有些纵情，给人一种闲情偶寄的感觉。

　　老杜那双手却从未停过，只见那台擦鞋机一直滚动着飞旋着，一双双铮亮的皮鞋便展现在人们的眼前，那绷缝机的机针只需来回缝纫几次，一个个包一把把伞就变得完好如初。老杜心地好，遇上老乡或邻里邻居，两三元的修理费他多数是不收的，就是很费工的活儿他也是打折收费，从不在乎得失。因此，他的档口经常被人放些土特产什么的，想来是回报吧。

老杜每天中午十二点准点收工，休息到下午三点才上工，非常注重劳逸结合。我问他这几个小时不上工一定损失不少收入吧！他笑笑着说："活在钱堆里不叫生活，活在知足里才是生活。"这应该是这个曾因盲目扩大生产而破产的石场老板对生活的最真实的感悟。

马路上，南来北往的汽车呼呼地穿梭着，都忙着自己的事儿。

茂密的榕树下，许多小商贩借着树荫摆摊设点，出售一些农产品或者地方小吃。几个少妇的箩筐一字摆开。她们有卖菜的，有卖地瓜的，也有卖水果的。从她们的衣着就能看出她们是从农村来的，因为衣服很朴素，搭配也不合理。她们嘴里嚼着槟榔，槟榔的醉醒把她们的脸染得绯红。她们忙乎着手中的活儿，把东西摆得整整齐齐，图个好卖相。

一少妇的怀里抱着几个月大的婴儿，婴儿的嘴里含着塑料奶嘴，睡着了，样子很香甜。她的身边还蹲着一个二三岁的小女孩，很乖巧地帮着母亲整理蔬菜。我问她："孩子是一男一女吗？"她笑笑着说："两个都是女孩，还有一个女孩在老家上小学呢。"说着脸上泛起了一团晕红。我又问："生意如何？"她笑嘻嘻说："一天能有一百多元收入，足够我们一家一天的开销了。"她的脸颊写满了满足感，她乐观的心态让我看不出她有一丁点的不满来。她边说边从蛇皮袋里拿出一大捆韭菜，掐头去尾，只留下嫩菜。我有些纳闷，便问她这是为什么？她还是笑嘻嘻地说："方便客人。"我又问："这不是亏了自己了吗？"她毫不思索地答道："宁可自己少赚点，也不能亏了客人。"接着又撂下一句："我从不做一锤子生意。"短短的几句对话，让我看到了她那颗敞亮的、豁达的、善良的心，和做人的正直诚实。

　　在许多人看来，他们是最值得人们怜悯的一群人。但他们并不这样认为，他们觉得靠自己的能力和辛劳去养活自己养活家人并不丢人，也不须要别人的同情和怜悯。他们用发自内心的笑声，去面对生活中的每一个日子，用乐观和自信去编织心中的快乐和幸福！

雨夜情思

立秋后，天气便凉了下来。夏日的炽热被零碎的秋雨冷却了，收起了暴躁的面孔，变得柔和了。

昨夜，我睡得正香。窗外突然传来隐隐约约的嘀嗒声，把静夜吵醒了，也把我吵醒了。起身下床，轻轻地踱到窗前顺手推开窗棂，只见落西的残月下，细雨静静地下着，缀织着深邃的夜幕，制成一幅秋雨静夜图。这是入秋后的第一场雨，看起来有些朦胧和迷离。

睡不着了，索性穿上鞋子，走出卧室穿过厅堂，又推开厅门，走到院子的茶几边，拉来那张已有些年月的旧椅坐下，独自聆听夜雨声，感受秋月雨夜里的万般光景。

挂在墙外那盏失眠的节能灯，泛着暗淡的光线，透出一些疲惫来；雨滴敲打在挡棚上，声音有些脆弱，像一座破旧的台钟竭力去拨打"嘀嗒"声；雨水拍打后的树木耷拉着脑袋，躬着身子，给人一种老态龙钟的印象；那棵曾经花缀满树的白玉兰，花儿也随着夜雨纷纷落下，没了往日的芳容和馨香；再熟悉不过的那条巷子，空荡荡的，没了行色匆匆的夜行者，这让我的内心萌生了几分凄凉。两只小猫悄悄走过来，挨着我的脚温顺地躺着，不吵不叫，不时用眼睛瞄我，仿佛在安慰我……

这秋夜碎雨下的场景，似乎是知我意遂我心而特地布置的，让我多了几分情愫，不由地追忆起曾经的峥嵘岁月。

四十年前，我风华正茂，抱着理想踌躇满志踏上了央行这艘大船，开启了蔚蓝色的逐梦之旅。

四十年来，我和这艘船融为一体，一起走过万里海疆，一起迎接红日东升，一起送走月落星沉，一起接受暴风骤雨的洗礼。

我豪情壮志，对海鸭海鸥的胆怯和懦弱常常嗤之以鼻，让雷鸣闪电和暴风骤雨把自己淬炼成高尔基笔下的那只勇敢的海燕，勇敢地冲向被雷电撕裂的天空。在漫漫的人生路上，这只海燕不畏艰难险阻，不畏惊涛骇浪，朝着心中的理想和目标奋力翱翔。

四十年后，这只骁勇的海燕已显得力不从心，毕竟拼搏了一辈子，该归巢了，心纵有千万个不甘！人生中最美好的时光已经成为过去，流金岁月已经成为记忆。因此，我的内心悄悄地泛起了阵阵酸楚，惆怅的情绪尽写在桑沧的脸上。

但，退休只是人生旅程的一个驿站，并未意味行程已经结束，我必须迅速调整自己的情绪，振奋精气神，走完这条漫漫人生路。"老骥伏枥，志在千里。"如何行好最后千里路？《诗经》里有句话：关闭一扇门打开一扇窗。上帝总是把机会均等地送给每个人。在另一个征程上，我把自己当作那头穿越沙海的骆驼，只要勇毅前行必定能看到尽头那道最美的风景！

自加入三亚市作协以来，深得作协主席唐精蓉先生及各位笔友们的支持，写了一些拙文，刊于各级刊物。我不会骄傲，并且深感肩上的责任更大了，担子也更重了。正如贞乐先生为我的散文集《三亚等你来》作序所言：努力去实现你的梦想吧，做一名求真务实的有担当有情怀的德艺双馨的人民艺术家！

夜雨仍在淅淅沥沥地下着，但雨声变得清脆悦耳了；那盏昏暗的灯仿佛水洗了一般，光线变得亮堂起来；那些压弯了腰的树木好似喝足了水，缓过劲来挺直了身子；那棵玉兰花好似妆花了的少女，又重新收拾了一番，如往日般散发出阵阵诱人的芬芳；深深的巷子那头传来了手推车悠悠的"吱呀吱呀"声，这充满生活气息的声音在这个秋月雨夜传得很远很远……

小 黑

小黑是一只狗，已经走失多年。但每每在马路边看着人们牵着自己的爱犬，人狗其乐融融的样子，我便抑制不住想起小黑来。

我自小喜欢猫猫狗狗，尤其是狗，看着小狗毛绒绒呆萌卖乖的模样就心生怜爱。因此便四处打听哪儿有小狗卖，去了一家收土狗卖钱的店铺，尽管有几笼小狗，但品相不中我意，于是买狗的念头也就作罢了。

一天下午，妹妹抱着一只小黑狗崽回家。我问哪来的，妹妹说："朋友送的，你不是喜欢狗吗？"我小心翼翼地接过小狗，端起身子细仔查看它的品相。小狗狗的头和背是黑绒绒的毛色，只有肚皮和四脚的绒毛是黄色的，四肢很壮实，虽然嘴巴有点短，但额头很宽，两只圆溜溜的眼睛炯炯有神，眼睛上面还长着两个黄色的毛绒绒的小"眼睛"，两只耳朵微微地竖着，耳听八方，俨然就是王者风范！这种狗很聪明，我们这里称之为"四眼犬"，两只犀利的眼睛是用来辨别事物的，另两只"假眼"是睡觉时"恫吓"坏人的。

小黑狗安静地蜷伏在我的怀里，不时用舌头轻轻地舔我的手指，用鼻子嗅我的体味，用圆溜溜黑乎乎的小眼睛打量着我，像是在观言察色，累了便打起长长的哈欠，但还是强忍着睡意。小黑狗憨萌的样子令我心生欢喜，于是当即给它起了个名号：小黑。我冲着小黑狗轻轻地叫了几声："小黑，小黑。"小黑狗仿佛听懂似的，立马摇摆着小尾巴，前脚摸索着搭在我的肩膀上，嘴贴着我的脸颊就是一阵狂吻。哈哈，小黑认主了，从今往后，我就是你的铲屎官了。但小黑很聪明，每次要方便都用前爪挖土来提示我。

小黑绝对是个吃货，每顿饭非鱼即肉，无肉不食，给它狗粮它总是不屑一顾。幸好我家的旁边，有朋友开饭馆，每天都有一些猪下水或者客人吃剩的鱼和肉，这些丰盛的菜肴把小黑喂得膘肥体壮毛色发亮。小黑有两个饭堂，一个在家，一个在饭馆。有时我回晚了，或者家里的饭不合胃口，它就自个奔去小饭馆。小黑似乎是小饭馆的一员，每次它来，朋友们都拿出特意留给它的食物，让它好好享受。小黑一天天的不是在吃，就是在吃的路上，它高兴就好。

小黑酷爱交际喜交朋友。在小黑的眼里，没有坏人，认为邻里邻居都是它的朋友。尤其是小孩子，每每路过，它都如遇故知，朝孩子们蹦跶着、撒娇着，表现出十分兴奋的情绪来。孩子们哪怕再着急去上课，也要停下脚步与小黑握握手，抚摸小黑的头和背，一番互动和亲热后，小孩子们才恋恋不舍地离去。放学后，小孩子们又带来一帮小同学跟小黑嬉闹玩耍，玩得不亦乐乎，完全不分人和狗了，于是他们成了好朋友，小黑的朋友圈就这么发展壮大了，小朋友们还时常牵着小黑去校门口玩，因为那里小朋友多，小黑自然玩得更嗨了。从此，小黑玩耍的地方除了家和小饭馆，又增加了学校大门口。一带它出来方便或者散步，它就拉着我手中的牵绳，迈开四足朝着学校大门奔去。它这是要去迎接放学的小朋友们呢。

小黑特别黏人，尤通人性。只养了三个月，小黑就长成二十几斤，算得上狗中小伙子了。它长得彪悍力气很大，已有大型犬的雏形。有人说小黑是德牧犬，但我觉得它的品相不太像德牧犬，应该是德牧的杂交犬。为防止意外，我平日里把小黑带到五楼顶去放养。我每天早上去上班，铁艺门一发出声响，小黑就知道我要去上班了，便把头伸出栅栏，不停地低声泣叫着，双眼充满了渴望，乞求我能带它一起走，但我不能啊。我得远远向它招手一顿安抚后，它的情绪才稍稍稳定。下班回家，小黑远远就能分辨出我的气味和脚步声，又迅速把头伸出栅栏大声吠叫，以引起我的注意，当然是更希望我能尽快去看望它了。我乘电梯上楼，梯门打开的一刹那，小黑便兴冲冲得像个孩子扑向我，抬起前脚与我深情拥抱，它眼噙泪花，嘴里发出阵阵的哭嚎声，这是一肚子的思念啊。人们说一日不见如隔三秋，可你才仅隔半天呢。小黑的一腔柔情和一怀思恋深深地打动了我感动了我，我轻轻地抚摸着小黑浓密顺溜的毛发，从内心深深地发出感叹：万物皆有灵性啊！

小黑性格放纵任性，有时的行为举止实在让我哭笑不得。小黑害怕孤独，因此便做出一些令人啼笑皆非的举动来。几个朋友经常在家的院子里打牌。一天晚上打牌到深夜，为免影响邻居住客，我们都把声音压到最低了。可是挡棚时不时传来沙子的拍打声。刚开始以为是住客搞恶作剧，也就不搭理了。后来次数越来越多，我们终于忍不住了往上面骂几句，拍打声旋即停了下来。可是没过多久，沙子又从楼上落下来，挡棚的敲击声是一阵胜过一阵，实在令人生烦。我们几个咬牙切齿走到小巷里，望向黑漆漆的楼面却没有发现人的踪影，也不见有东西落下。于是，我们几个又回到桌边正襟危坐打起牌来。可是不过一刻功夫，挡棚又传来"沙沙沙"的拍打声。我们再次出去观察，还是无功而返。这时，我们也没了玩牌的兴致，就草草收场了。在一个星期天，我出门去吃早餐。这时从楼上传来小黑的吠叫声，是在提醒我。我故意装作没听着，也没瞧它。紧接着，一阵沙子的拍打声从挡棚传来。咦？这声音怎那么的熟悉？我立即抬头望去，只见小黑躬着身站在花坛上，背着身子用后脚交替着使劲挖土往下抛。哈哈，原来始作俑者就是天生淘气心有愤懑的小黑呢！于是，我冲它大吼一声："小黑，你在干什么？"它立马回过身子，把黑乎乎的狗头伸出栅栏朝我张望，见我一脸怒气，发觉事发东窗，便跳下花坛一溜烟跑得无影无踪了。嗨，这就是我那个调皮捣蛋的小黑！

一天下午，妹妹给小黑洗澡。可能是水太凉了，小黑竟然挣脱牵绳弃门而去，不再归来。我们四处打探寻找，最终都没能找到它的踪影。小黑的失踪让我很伤感，一想起它便潸然泪下，内心颇为失落。为纪念小黑，我在本人的朋友圈里，给它设置了一张呆萌乖巧的相片，企望拾得者能善待之！

作于 2023 年 10 月 20 日

鸟声啁啾鸣鹿城

　　三亚地处热带，四季如春，树木枝繁叶茂，繁花似锦，水果飘香，是鸟最佳的栖息地。鸟儿在这块如同仙境的乐土上繁衍着、生长着。三亚的鸟种类繁多，最常见的有麻雀、八哥、鹭鸟、黑春尾、绣眼鸟、布谷鸟和斑鸠（野鸽子）。走在大街小巷，随处可以听到麻雀"吱吱喳喳"的吵闹声；在大小公园，甚至马路的榕树上可以听见八哥在呼朋唤友分享果子；花丛里时常闪现绣眼鸟扇动着灵巧的翅膀吮吸花蜜的身影；红树林招来了成片鹭鸟，白的、黑的、灰的，站满了树枝，那是它们可爱的家园；刚开春，布谷鸟便漫山遍野地叫个不停，催促人们抓紧春耕生产……

　　三亚人爱鸟、护鸟，把鸟当成好伙伴、好邻居，让鸟儿和人们一起分享这座美丽的城市，一起点亮这座优美的城市。但是，在二十世纪的七八十年代，三亚的鸟并没有这么好的归宿，人们欠缺的环境保护意识加上物质的贫瘠，大家随意地驱鸟、打鸟，鸟儿居无定所，无处栖息，鸟儿失去了家园，用鲜血用生命汇成了一部命运多舛的血泪史。

　　我年幼时，随父母生活在月川附属中学（今月川小学），离学校的不远处有大片的盐田，盐田边上生长着一片片茂盛的红树林，每当傍晚成群成群的鹭鸟就撒落其间，它们尽情地舞蹈、放歌，好像是在歌颂自己的美好家园，是在分享最为美妙的幸福时刻……但随着铳枪"呼"地一声响起，一团散弹向鹭鸟飞去，鸟儿们的平静生活瞬间被撕破了，一幅恐怖的画面占满眼球：盐田里鹭尸纵横，白的黑的灰的，有的倒挂在树枝上，带着血渍发出一阵阵绝命的哀鸣。猎人很快就捡到了二三十只鹭鸟，挂在长长的铳枪上心满意足回家去了。这样的悲剧几乎每天都在上演着。鹭鸟也从此流落它乡。

三亚的许多山林都生成着群集性大鸟，它们由于个头大又群体生活，于是成了人们猎取的目标，斑鸠就是其中的一种。这种鸟早出晚归，有固定的栖息点。当一群群披着晚霞归来的斑鸠飞落在树梢上时，它们不知道，早有猎手的眼睛盯上了它们。猎鸟者确定位置后，待到午夜鸟儿都睡熟了，才拿着网上山，朝鸟儿的栖息树罩过去，可怜的鸟儿一只不漏地撞到网口上，真是全军覆灭了。这些鸟被卖到餐馆，煎炸炖煮成了人类餐桌上的美味。

在我读一中（原崖县中学）那几年，校园种着许多木麻黄树和椰子树，成了鸟儿觅食和筑巢的最佳处所。有一个校工，他的枪法特别准，一些站在树尾上的小鸟，尽管风把树吹得左摇右摆，他硬是能在几十米远外把小鸟打下来。他有一个不满三岁的小男孩，为给孩子增加营养，他每天都要打下五六只小鸟，褪毛去脏后炖汤或煮粥给孩子吃，由于吃得太多，孩子变得异常躁动，去医院检查才发现红血球异常的高，让他后悔不已。

类似情况举不胜举，打鸟已成为人们改善生活的一种捷径，成为人们取乐的一种消遣方式。

山林被大量砍伐和火烧，说是誓把荒山变粮田。当地农民把好端端的森林开劈成坡地，种上山兰稻。但这种稻收成很底，一亩地产不出百十斤粮食来，根本解决不了村民的肚子问题。海边那几排高高的木麻黄树，也常遭人偷砍，加上台风的肆虐，后来几被毁掉了。

鸟完全失去了栖息地，丧失了自己的家园。

一次，我到大连参加一个全国性的金融研讨会，住在黑石礁，经常看见各种野鸟目中无人地徜徉在酒店的庭前院后，或觅食或引颈欢歌，神态悠然自得。一天，我去广场游逛，看到大群大群的鸽子漫步着，飞舞着，大人小孩给它们投食，鸽子们毫不怕生。我买来一小包花生，立刻就有鸽子围着我转，甚至飞到我的手上抢食。我就想，人与动物友好相处的和谐情景，三亚何时才出现呢？

二十世纪九十年代初，三亚市由于绿化未达标，被省政府亮出了红牌。也因为这张红牌三亚才有了现在的模样。市委市政府痛定思痛，下大决心、下大力气大搞绿化建没，要求机关单位基层单位干部群众，奔赴山岭山头退耕还林，在山麓山坡挖坑植树，采取封山育林严禁砍伐等一系列措施。还规定各小区在规划报建时必须留出一定比率的绿化面积，用于种草植树优美环境。经过几十年的不懈努力，三亚市成为全国绿化率名列前茅的城市！

鸟又回来了！

在鹿回头公园可以看见人们给鸽子投食的欢快场景；在河滩在田野可以看见鹭鸟悠闲散步的美姿；在马路边的榕树上，在大大小小的公园甚至居民小院都可以看见各种鸟儿尽情欢唱舞蹈。三亚的鸟不再背井离乡，不再四处流浪，因为这里是鸟儿幸福快乐的家园！

那口井

水是人们生存的重要资源。水井提供了水，满足了人们的生活需求，可见水井和人们的生活是息息相关的。但随着时代的突进和发展，水井渐渐地消失在人们的视野里，因为人们几乎用上了更卫生更方便的自来水。现在的孩子已经不知井为何物，只能从课本中词典里读懂它的释义寻觅它的模样了。但水井伴我走完了童年和少年，成为抹不去的记忆，尤其在夜深人静时，那记忆中的井显得那么的清晰，水是那么的澄澈。

我不满7岁那年，兄妹几个跟随父母在月川中学（今月川小学）生活。当时，母亲身体欠佳，患风湿病，双脚臃肿，走路艰难。我作为长子，自然得替父母分担生活重担了。学校有一口井，在校园边上的一个洼地里，井口砌成圆形，井沿离地面有半米高，井周围用水泥浆浇筑成一个不算大的圆面，方便人们取水和洗刷。挑水成为我每天的任务。

我二伯是一个木匠，擅长做水桶，他制作的水桶美观耐用，十里八村的人们经常上门求购。他给我做了一副小水桶。父亲又找来一个废弃的排球，割去球上部的球皮后又削一根短木棍，横贴在空心皮球的两端，再用钉子加固，然后系上麻绳，一个完整的取水工具就制作完成了。

水井距灶屋约有三百米，要穿过大半个校园又下一段坡路才

143

能到达。水井很深，水面阴森森的，闪动着幽幽的光，看着令人心瘆。

我紧揪着绳子小心翼翼把球一点一点放下去，可是球到了水面，我不管怎么使劲摇晃水都进不了球里，摇累了索性不摇了。这时，球慢慢地向一边倾斜，水"咕嘟咕嘟"地进去了。原来我是抓不住打水的要领呢。吸水的问题解决了，但如何把这一球足有7—8斤重的水提上来呢？一个不足7岁的孩子，面对5—6米深的水井，该有多难呀！我攥紧绳子，一只脚蹬着井的腰身，把绳子贴紧井沿，双手交替着一小节一小节使劲往外拉，盛着水的球终于上来了。可是几次来回之后，麻绳被水弄得湿滑，根本使不上力，拉一球水上来显得十分的费劲。看着通红起泡的小手，我气恼地把球往地上扔，靠着井边小憩，双眼紧紧地瞪着那条乱成一团的麻绳。小脑袋却不停地寻思着，想找出一个解决问题的办法来。突然，脑瓜壳子突然灵光一现：把绳子打结有着力点呀，这样问题不是解决了吗？于是，我把那条绳子每隔一小节便打个死结，这样每次吸水后球就顺利被拉上来了。

但新的问题又接踵而至。麻绳由于过度摩擦没几天便断了，换了新绳没几天也断了。看来光换麻绳并非是个好办法。这时，父亲想到了小舅仔（方言，妻子的胞弟），让他送来一条胶丝绳。舅是渔民，有的是胶丝绳。这胶丝绳有拇指粗，柔韧而结实，看来用个一年半载不是问题。打水的球与井壁摩擦也厉害，球体也因此磨出洞来，根本无法打水。所幸学校废弃的球很多，废排球篮球轮着用，篮球厚实坚韧，使用的时间会相对长久一些。

初时挑水，模样狼狈。我躬着身子挑着盛满水的两只水桶，步履蹒跚。水桶完全不听使唤，左摇右晃的，不时漾出水来。为使担子前后平衡，我两只手紧紧地握着前面的扁担，但两只桶好似与我作对似的，此起彼伏，像荡秋千似的，还时不时用那坚硬的桶脚撞我的脚后跟，疼得我呲牙咧嘴。艰难跋涉几百米后，原先满满的两桶水到了伙房却所剩无几了。看着贴底的那点水，辛苦的付出全打了水漂，眼泪不禁夺眶而出，心多有不甘呀！母亲见状便笑笑着说："万事开头难，多大的本事也是从失败中学来的，没有一次便能做得完美的事。"于是，她手把手教我挑担的方法和要领，提醒我挑担时应该注意哪些方面。母亲的鼓励和教授让我从小就学会了许多生存技能，更懂得了生活的艰辛和不易。

我在月川中学的那几年，不知磨断了多少条的绳子，磨破了多少个排球篮球，磨坏了多少对木桶。是那口井为我塑造了坚韧不拔吃苦耐劳的性格和勇于担当敢于挑战的特质。

不知多少年后的一天，我和二弟路经月川小学。突然，我想起那口井来。于是示意二弟把车开进小学，去寻找那口可能已经不存在的井。凭着零碎的记忆和大概的方位，我们找到了那块洼地，那口饱经风雨的井仍然在那里驻足着，仿佛是一位历经桑沧的老人在思念着谁守候着谁！我忘情地展开双臂冲向那口井，紧紧拥抱这口令我魂牵梦绕的井！

我探看井里，曾经澄澈的水没有了，代之的是半井的石块，附近漂亮的楼宇与之相映下，曾经承载着生命之源的井显得那么的荒芜与无助！我的神情一下子暗淡了下来，用手轻轻地抚摸着那道道索绳磨砺过痕迹，努力去回忆已经逝去的故事。

诚然，人总不能生活在故事里，就让那口井成为故事吧！

那口井（二）

关于井的故事仍在继续，只是我下面讲叙的是另两处的"那口井"。

1973 年 9 月，我刚满 10 岁，就随父母来荔枝沟生活。父亲在荔枝沟中学任职，母亲在缝纫社做缝纫工。父亲身为校长有稳定的工资收入，母亲干的是集体工，做多得多做少得少，一家人的吃喝拉撒人情世故全靠他们的收入。因此，母亲必须努力工作，多挣点钱才够补贴家用。故而，家里的家务全由我和二弟包揽了。

由于二弟身板子薄，做不了重活，只能做一些煮饭缝纽扣之类的活计。因此，担水的责任仍然落在我的肩膀上。别看我年纪少小，但之前几年的担水磨砺，已经把我淬炼成一个壮实的大孩子，挑起两个装满一百斤水的铁水桶，走起路来健步如飞，不会再出现初时担担的狼狈模样。

荔枝沟供销社后面有一口井，井面很宽，地面离井沿不高，有三十厘米的样子，平时水深约三米，可以满足供销社、周边机关和居民的生活饮用。

我每天必须挑足五担水，才能满足一家人的日常之需。每天下午放学回家，便麻利地挑起那双再熟悉不过的铁水桶朝着井的方向奔去。过一段油棕林，又过一条沙马路和一大块空地，再跨一条供水厂的供水渠就到井头了。

斜阳西下，气温渐渐地降了下来，这时大人小孩都聚拢到井头，妇女们洗衣唠嗑，谁家老人病死了谁家媳妇跟人跑了，侃得有声有色，井边俨然成了一个新闻发布中心。小孩儿玩得更欢了，脱光衣服，光着屁屁，把一盆盆的水泼向对方，被突如其来的水呛着了便大呼小叫地骂开了，也端起盆把水狠狠地往别人的身上泼。就这么着，泼水节的戏幕就在你来我往打打闹闹中拉开了。我虽然也是一个孩子，但心里明白自己的责任，他们天真的玩耍在我的世界里是不存在的。

在挑水的过程中，我认识了一个小伙伴。他家就在我家后面的不远处。他比我长一岁，也是家中长子。每天下午放了学，他总是很准时地挑着一副水桶来我家，好似约定好一样。我们结伴而行，一路说说笑笑，无疑少了一份孤独多了一份快乐。由于路程较远，一个来回要走上 700—800 米，每趟挑水到大马路边，我们都不约而同地放下水桶，把扁担横架上水桶上，然后坐在扁担上聊会天，说说学校里的所见所闻，或者同学之间发生的一些趣事。我们稍作休息后又一块挑起水桶奋力前行。

挑水工我一直干到十五岁，原因是我读初中了，学习任务繁重，父亲为了让我从繁重的家务中解脱出来，于是请来工人在后院的一角挖了一口土井。井深不过二三米，泉眼却很丰水。往井里倒入一小袋粗盐，之前混浊的井水就变得十分的清澈。井壁和井外围都不砌砖，只是在井周边铺着一些碎石沙砾。父亲又找来两条粗大的方木横架在井口两头，用于落脚打水。水井看着粗糙却非常实用。从此，一家人的生活用水和瓜果蔬菜的灌溉都得到了满足。

井的开凿，也方便了周边的居民。每天，他们都挑着水桶到我家来取水，有的还在井边洗衣洗被。为方便邻居们的出入，父亲拆去了院子的篱笆，让出一道口子来。每天斜阳西下，邻里邻舍们便挑着水桶聚拢到井头，趁着一天中难得的好时光，聊聊天拉拉家常，在劳动中建立了友谊。尤其是有一对少男少女竟然以井为媒，悄悄谈起恋爱来，最终连理并蒂。

我的臂力过人，即使已是花甲之年，但与年轻人掰手腕我一般都胜多输少。他们很惊讶，问我是如何练就这臂力的。我就说是在学校练举重练成的。其实不是！真实情况是提水练出来的。一球水从3—4米深的井里提上来，之前要用三四次提拉才抓得住球柄，但久而久之，我只要一次发力，那个盛满水的球便滴水不漾地腾空而起，直奔我的胸前，我又毫不费劲地接球纳水。臂力自然就力大过人了。

当今已无井。井已经成为人们脑海中模糊的记忆。但井曾经是我们生活中的重要事物，她用甘甜的清泉滋润着人们，让人类得以繁衍生息，水井单凭这点已足于让我们永远铭记。

那口井（三）

井，是一台摄影机，纪录了我与它的一个个真实的故事，纪录了一个普通人家的孩子在艰苦岁月中的成长旅程。

1978 年 9 月，二弟考上三亚市一中读初一，我在次年也以优异的成绩考上市一中读高一。哥弟俩当时都住校读书，周日才回家。于是平日里，家里除了父母也没大人了，家务活全压在小弟小妹的身上，但他们年纪尚小，做体力活肯定不行。但日子不能因为这些客观原因而停顿。怎么办？

父亲有一次去探望老朋友，见他家有一口摇水的泵井，摇起泵柄水便一股一股喷出来，使用起来非常方便。看着泵井，父亲有了想法，就问打井的价钱，朋友回答是一千六。当时一千六百元可是大钱了，况且我们兄弟俩都在市一中读书，要花钱的地方很多。但家里的情况明摆着，且十分的迫切。于是，父亲与母亲商量了一下，把准备扩建房子的钱挤出一些来建造泵井。

在一个阳光明媚的早上，几个抬着打井工具的施工人员，在院子后面的另一角开钻打井了。由于土层的泥质不同，随着井钻的深入而抽拉上来的泥土颜色也不同，先是黑泥土，接着是黄泥土，最后是掺杂石砾的红泥土。到了沙石层就意味着钻头已抵含水层，只见一股股殷红色的泥水伴随着机器的轰鸣声喷薄而出！

过了一会儿，混浊的水变得清澈了，在场的人们无不欢呼雀跃。父亲开心地捧起一抔水抹了一把脸，又接一抔水直接喝去，大呼："真是清凉甘甜呀！"

接着，父亲又请来泥水工绕着泵井铺设了一个一米见方的水泥井面，还建了一个浴室，这样更方便人们的取水洗刷和沐浴了。这么一来，那口土井也完成了它的光荣使命，退出了舞台。

左邻右舍们又挑着水桶来泵井取水了，那些洗洗刷刷的家务事和少男少女的搭讪照样在井头进行。邻边的税务所时有停水，人们也常常到我家来取水，父亲总是乐呵呵地笑着表示欢迎。每天下午，井头便成为人们劳动和交友的场所。

但，水摇泵井也有不足之处，主要是使用很费劲。每摇一次泵柄才出一股水，并且要花去较大的力气，实在是耗时费力。为解决这个问题，父亲到五交店买了一台小型发动机，请电工师傅安装在泵井上。安装好后，只要轻轻合上开关，水便持续不断地涌上来，并且出水量更大。大家情不自禁手舞足蹈起来，心更欢实了。

可能有人问，为啥不拉自来水而费尽周折去挖井打井呢？

其实，供水厂就在荔枝沟辖区，离我家也不算远，不过五百米的距离。但当时，要接个水管口须二三万元，在那个年代无疑是一个天文数字。当然了，自来水不是不拉，父亲是在等待一个时机。

1988年，海南掀起了大办公司的热潮。我们这片居民区深受其益，大量的生意人来租房租铺面，我家七个铺面全租了出去，家庭经济收入明显增长，加上我早已参加央行工作，二弟也大学毕业，家里花销自然少了，也有了一些储蓄。

父亲觉得拉自来水的时机已经成熟，便召来六户邻居一起商量拉自来水的事宜。大家一拍即合，同意每户出资五千元拉水管。不用多时，自来水就拉到各家各户，从此告别了井水的饮用历史。

父亲虽然去世了，但那口泵井仍在，它不仅是井，更是一种情怀，是父亲豁达乐观助人为乐的高尚情怀；是一种思念，每当看到它，父亲伟岸的身躯立即崇立在我的眼前，思念之情犹如那股股井泉涌上心头，拂之不去。那口井纪录了我们一家的奋斗史，也纪录了时代的变迁和社会经济发展的磅礴征程！

葫芦瓜棚下的思念

葫芦瓜是一种非常普通的蔬菜，在菜市场菜摊上总能看到它那貌不出众的身影。葫芦瓜品种繁多，有长柄锤形葫芦、短柄锤形葫芦和小型圆葫芦等，以小型圆葫芦较为常见。

葫芦瓜制成菜就是一剂很好的药膳。葫芦瓜有甜味，去皮后可炒食或煨汤，具有降血、润肠通便、利水消肿的功效。尽管葫芦瓜清甜滑口，但有些人群是不可食用的，如脾胃虚寒者就应慎用。

葫芦瓜有着非常美好的寓意，因葫芦与福禄谐音，象征着富贵吉祥。在古代夫妻结婚入洞房饮"合卺"酒，卺即瓢，也就是半个葫芦，合卺意为夫妻百年后灵魂可合体，因此，古人视葫芦为求吉护身、避邪祛祟的吉祥物。它的藤蔓绵延结子繁盛，也被视为子孙兴旺的标志。

虽然葫芦瓜很常见，但它爬满整个棚子的模样我却已几十年未见了。今年七月初，我和几个朋友重游西岛，在游岛的过程中，终得见其芳容，如偶遇多年的老朋友，倍感亲切，念念不忘。

那天中天。我们四人驾着六人座的自助电车穿行在蜿蜒的村道上，风光旖旎的海岛风光再次映入我们的眼帘，热带花果香飘四溢，沁人心肺。在行进中，我们经过一户人家，只见其灶屋外种着几株葫芦瓜。一个偌大的瓜棚被瓜叶遮掩得严严实实，海风阵阵吹来，瓜叶"沙沙"作响，身影婆娑多姿，瓜棚下悬挂着一只只葫芦瓜，柔嫩饱满，也随风轻轻地舞动着，就像一群穿着绿装的赶海渔姑在妩媚的阳光下追逐着嬉闹着。我心头一喜，立马停车走到瓜棚下，会会久违的老朋友。

目光轻轻地扫过整个瓜棚，只见几片干椰叶平铺在瓜架子上，有些松散。葫芦瓜的藤蔓随心地伸向各个方向，圆圆的叶子大的如蒲扇，小的似掌心，它们沿着藤蔓展开，纤细的卷须漫卷于叶里藤间，把葫芦瓜的藤绑定在瓜架上，强大的牵制力让再大的瓜也扯断不了。

看着这棚生机勃勃的葫芦瓜，我思绪万千，深深地陷入回忆中，思绪穿越到那个物质匮乏的年代。

我九岁那年，随父母来到荔枝沟。在那个买啥都要票的年代，物质是那么的奇缺，就是吃菜也成了问题。为解决日常蔬菜食用问题，母亲在灶屋后的一大块园地种起了葫芦瓜。母亲说："葫芦瓜易种易生，结果快，果质鲜美，人畜皆宜。"

母亲找来瓜籽，在一个阳光充足的地方垦出一小片地，掺杂一些农家肥，待土壤晒熟透后才植入瓜子。每天浇些水，待几天后，黑油油的泥土里居然长出几棵戴着瓜壳的瓜苗，第二天瓜壳坠落了，又长出一片叶子来。几株瓜秧一字排开，白白的茎撑起两片鹅绿，浑身毛绒绒的，像个毛孩子一般惹人喜爱。这时，母亲又在旁边挖了一道有五十厘米宽四十厘米深一米五长的沟，加入大量的土杂有机肥，又围成一个土垅。我心生疑惑就问她这是为什么。她像老师教学生（其实她就是教师）一样认真地告诉我："葫芦瓜秧要移种才能成活，待它的叶子长到有手心大时就该移种了。"

葫芦瓜秧移种后长得飞快，简直是一天一个模样，让人想不起它昨日的影子来，并且长出一条条卷须却无处安放。母亲找来几根木棍子深插在瓜秧边上的泥土里，让那些随风摇曳的卷须有了托身之处。很快，葫芦瓜秧就攀爬到木棍的顶端。这时，母亲带着我和二弟去屋后不远处的荒野砍柴，把砍回来的木条搭成一个五六十平米的瓜架子，又找来一些椰树枝叶，铺设在瓜架子上，这样瓜棚就大功告成了。

葫芦瓜特别能"喝"水。母亲说葫芦瓜一半是瓜一半是水。我每天下午放学回家，首要任务就是担起一副小水桶到荔枝沟小学的那条水渠挑水，要往返四趟才能满足葫芦瓜的饮水需求。待浇完瓜，把扁担横放在两个水桶上，坐在上头支起两只小手臂托着腮，细看着棚上的那片青绿，想像着葫芦瓜的模样来，心里不由乐开了花。

一天早晨，我来到瓜棚下，发现瓜叶间竟然绽放着几朵花蕾，那洁白的颜色剔透玲珑，一尘不染，我忘情地奔跑去告诉母亲，母亲则见惯不怪地说："傻孩子，植物生根发芽开花结果是植物的生长规律，是很正常的事情。"她还告诉我葫芦瓜雄雌同株，它能自我繁殖，很快就结出瓜子来。果然不出几天，一个个小小的葫芦瓜纷纷从藤蔓上探出头来，送给我甜甜的笑脸，样子是那么的迷人！

葫芦瓜好似打了激素似的，长得飞快，几天后，葫芦瓜便可以吃用了。每到煮饭时分，母亲便提刀来到瓜棚，往瓜的下半部割去一截，而上一截照长不误。葫芦瓜去皮后，热锅清炒，再加入一小撮葱芹，顿时，满院子都飘着葫芦瓜清甜的味道。夹入口中，滑嫩无比，令人顿生食欲。吃菜问题得以解决了，但葫芦瓜结果太快太狂，吃瓜的速度往往赶不上生瓜的。不用太久，大大小小挂满枝头的瓜挤满了瓜棚，怎么办呢？送！送亲友送邻居，最后是谁要谁摘。家里养的两头猪也基本是以葫芦瓜为食了。

　　由于葫芦瓜枝叶繁茂，许多架在棚上的瓜因此被掩盖了，在瓜棚下根本看不到它们的身影。待到秋后入冬，葫芦瓜的藤蔓茎叶枯萎了，它们才露出金黄的模样来。这样的葫芦瓜也能派上好用场，用锯将其颈部锯去后，掏尽其肚子里的瓜子，坚实轻便的葫芦胆便诞生了。葫芦胆是装谷物盛酒水再好不过的容器。

　　一年又一年，那棚棚碧绿深邃的葫芦瓜帮助我们度过了那个艰苦的岁月。对于葫芦瓜，我内心充满了感激，尽管光阴荏苒岁月如梭，许多事已被遗忘在时间的流逝中，而不忘的永远是那片茵葱翠绿的葫芦瓜棚！

第二辑　巷子百态

巷子人生

如果说家庭是社会细胞，那么一条巷就是一个小社会了。我家门口就有一条巷，有四米宽约百米长的样子，两边住着七户楼主，都建有六七层楼，有用作宾馆的，有用作出租房的，由于巷子靠近马路，离市场也不远，地理位置好，所以这里的房子特别好租，时常是供不应求。也因这个缘故这里外来务工者特别多，贩菜的、打工的、开办小孩兴趣班的，林林总总无一而足。

平时，巷子总是人来人往，很是热闹。姑娘们打扮得很时尚，盈盈的笑声从巷子飘来，让人春心荡漾，给巷子平添了几分青春色彩。偶尔传来孩子们的嬉闹声，捉迷藏的，踢皮球的，清脆的童声感染了这条巷子，让巷子变得清亮起来。收旧货的货郎一天三回地来，不停地吆喝着，铃铛摇个不停，有些烦人，却让小巷多了一些生机。外卖小哥不管晴天雨天，总能把食物送到客人的手上，这时，巷子会写满融融的笑意。

在巷口靠近我家墙头的一边，开着一个修鞋补袋的档口，档主姓杜，大家热情地称他为"老杜"。老杜五十出头，身材高大，长着一个带钩的鹰鼻和一双犀利的鹰眼，看人就像一只雄鹰在觅食，随时向你扑来，令人惧畏。其实老杜人缘很好，有爱心。约十年前，他带着六岁的儿子来到荔枝沟讨生活，开个流动修鞋档口，可是经常遭城管驱赶。见他举目无亲，生活没有着落，我就叫他来巷口靠我家墙头开档，从此再也无人驱赶，可以安稳谋生了。后来他干脆在巷内租房，生活工作就更便利了，同时也成了巷子的一员。老杜很勤快，自从在这巷住下后，他就包干了这巷子的卫生打扫。每天太阳还没冒头儿，他就已经把巷子打扫得干干净净了。人们踏着干净的路面，呼吸着新鲜的空气，内心无不感激老杜！他又是懂得感恩的人，逢年过节，他会主动把我家里大人小孩的鞋子拿去修补上油，打理得像新的一样，给他钱准招一顿"骂"。巷里谁家有红白事，他会自觉地收起档子，然后前前后后帮着做事。我母亲去世时，他就歇业七天以示哀悼。我家每年做清明，也从未通知他，可他一大早就拿来水果，然后跟着我们一起上山，从来不把自己当外人。对于老杜，我是心存感激的。

这条巷子是附近居民的娱乐场所。每天早上十点和下午四点，附近的一些老妇人会聚拢到这条巷尾，坐在那张有些岁月的长长的宽宽的木凳上，嚼着槟榔闲聊着本地发生的新闻：谁家媳妇跟人跑了，谁家婆媳开打了，谁家老人死了，谁家媳妇生孩子了，等等。这些新闻居然很准，不掺杂质。等大家无话可聊了，就搬来方桌子排开阵势打"地主"，大王和黑桃尖是地主，说是打"地主"，可战败的大多是"贫农"。她们打牌有个特点：人可多可少，四个五个六个人均可以打，并且可以替换，谁有事走人立马有人替上。在一片喊打的呼声和埋怨的争吵中，一天就这样愉快地过去了。

巷子内，更多的人在为生活奔波着，出入巷子往往是两头见星星。为了日子能过得好些，让孩子能上好一点的学校，父母们都付出了难以想象的艰辛。凌晨两三点，公鸡刚鸣过首遍，三三两两的人们就骑着电动三轮车迎着浓重的露水和飕飕寒风，到批发市场进货去了。把货物送至农贸市场的摊位后又开始清洗摆放，希望能卖得好价钱。晚上收摊回来，大多九点钟了，还得打理家务安顿孩子。有时父母回得晚，大一点的孩子就带着小一点的孩子在巷口等，等不见父母就抱成一团哭，那嘤嘤的哭声令人心碎。我若遇到会从冰箱里拿出面包或牛奶送给他们，安抚他们，毕竟我也从贫困中过来，知道挨饿的滋味。

小小的巷子映照出一个大社会，人们无论生活多么艰辛，也必须去面对。只有勇敢地面对只有努力去奋斗，日子才有盼头，未来才有希望！

巷子有爱

院子门口就是一条巷子了。巷子不宽也不深，和一些巷子一样朴质无华。可是，巷子挤满了人世间的辛酸苦楚，也盈满了平凡人最简单也最朴质的爱。

每个凌晨，巷子里那只打鸣报时的公鸡才叫两过，那些推着板车、骑着电动三轮车的小贩，便借着星光，摸着夜色出门了。稍晚一些，几个像铁柱子一般的壮汉戴着安全帽，身着工装，肩扛铁锹铁铲披着晨曦也带门出去了。他们是在讨生活，没有人知道他们从哪里来，将来又到哪里去，也没有人过问他们的冷暖，他们只是像大森林里充当搬运工的一只只蚂蚁，努力地奔跑着，劳顿着。

但巷子有光，还有爱。光如同一盏心灯，虽然微弱，却能给人带来一丝温暖，让冰冷的晨色抹上一把有爱的暖色调。

院子里那株白玉兰一年四季总绽放着花蕾，花瓣毫无声息地散落在院子里、鱼池里、巷子里。走进小巷，远远就闻到白玉兰特有的郁香，沁人心肺。

我有晚睡的习惯，有时是因为写作，有时是因为咖啡的刺激。这时我会借着月色，独自踱到小巷里，从栅栏外仰看着那棵执着开花的白玉兰，细品着花坛里花草的模样，侧耳寻找蝈蝈发出的尖锐叫声，无声的静夜让我找到了童年的天真和快乐。偶尔会遇上贩果蔬的小商贩，或者干苦力的大哥大叔。我们温馨地对视着，互相送上暖暖的问候。我会驻足用充满温情的目光，目送他们走出巷口，心里默默地祈祷，祈愿他们能够赚到钱，能够平安归来。

巷子很干净，没有一片果皮或者垃圾，只有一丁点散发着郁香的玉兰花。其实巷子里并没有打扫卫生的规定，是在巷子里租房在巷口开修鞋修伞档口的老杜自愿去做的，并没有人要求他这么去做，可是每天天还没露出鱼肚白，他就趁着行人稀少，赶紧把巷子打扫干净了。人们踏着干净的路面，闻着阵阵花香，谁言巷小无爱呢？

时常，我也因为爱而困惑了。巷子里的人们大多数是做小本生意的，一些没有市场摊位的小贩挑着箩筐沿街叫卖，或者在巷口的人行道上占道经营，经常与城管员玩起猫捉老鼠的游戏。在夹缝里在你追我躲中讨生活真难呀！也许有人会说为啥不去市场买个摊位来经营呢？可是你想过没有，一个摊位动辄十几万，这样的天文数字能让这些肩挑背驮的人们去遐想吗？于是，当城管员来了我会让他们把东西藏到我家的院子里，让他们一次次躲过城管员的缉查。事后，他们的眼神对我充满了谢意，我也将自己的行为自定义为爱，但这样的爱合情了却合法了吗？因此，我迷失了，迷失在情与法之间，谁能给我指明一条可行的路子来？

爱是可以传递的，也是互动的。一条巷子一个市井，默默地传递着人间最真挚的爱，宛若无声的秋后碎雨，滋润着人们枯竭的心田。

巷子虽小，但有爱！爱让生活在巷子里的人们多了包容和谐，让充满暖意的笑容长挂脸庞，让艰辛的生活也能平添快乐和幸福！

蛙 趣

"呱呱呱——呱呱呱——"从门外飘来一阵蛙的叫声。被吵醒，打开手机看时间，才六点，往窗外看，天色如朦胧月色，一片乳白。这些好似与我作对的蛙，每到这个时候总要噪起来，把沉寂的院子吵醒。一些果木哈着腰，无精打采地直打哈哈，估计也是从梦中被搅醒。蛙惹怒了室内室外，大家却又无可奈何。

只有我知道，这鱼池里的蛙们是饿肚子了，大家都知道饿肚子的滋味儿，因此也就不责怪它们了。

我提着沉重的眼皮踉踉跄跄地走到鱼池。蛙们安静了，原本各个蛙的姿势是不同的——坐着、趴着、蹲着，但见到我了，知道是来送吃的了，齐刷刷地把头冲向我，前爪向内把身子撑得威严，正襟危坐，一副正人君子的模样，又做出随时抢夺食物的姿势，高昂着头，一动不动，眼睛睁得溜圆一眨也不眨，生怕有一丁点儿食物从它们的眼睛里被抠走似的。我被蛙们的神态逗乐了，也没了睡意。于是，从蛙料袋里抓出一把料，撒向它们。

有一只蛙平日不与其他蛙往来，自己独来独往，我行我素。它住在水中小花坛里，也不怕生，你抚摸它，它舒服了便张开四肢或者翻起肚皮让你挠个够。拿食物在它眼前晃动，它却做出爱理不理的样子，让你讨了个无趣；给它投料，它只是双眼盯着随水漂走的料。有时，为它焦急，就把漂远的蛙料弄到它的嘴边儿，但它还是无动于衷，一副慢吞吞的样子，这真让人火急火燎；待你怒火攻心想揍它时，它突然来个饿虎扑食，并且一发而不可收！

平日里，蛙们最大爱好可能就是吵闹和打架了。有时是独噪，有时是小合噪，有时是大合噪，有时是无端地噪，有时是半夜起来噪。尤其是雨夜，那蛙声和着滴答的雨声，会让你感受到这世界的静美和温馨。可是噪声也吵到了邻居，让他们睡不好，第二天他们便向我投诉。我指着蛙们问邻居是哪只蛙吵到他们了，我立马爆炒它！邻居知道我喜欢小动物，便说还当真了，其实静夜里听听蛙鸣也是有野趣的。

这些蛙整日吃得饱饱的，个个膘肥体壮，荷尔蒙无处可泄，怎么办？打架去！有时一对一开打，有时单挑几个，有时群殴。那场面可谓壮观，十八般武艺全用上！嘴咬腿踢，陆上不过瘾还得去水里斗，简直打得天昏地暗，不分出胜负决不罢休。有的蛙腿被咬折了，有的蛙被咬得鲜血直流，有时真看不下去，只得充当它们的调解员，先是把它们分开，又好话说了几遍，让蛙们先消消气儿再说。一番调停后，蛙们才不甘心地抖着粗腿、睁着圆眼各回各家去了。

蛙有一大喜好，就是晒太阳。蛙是冷血动物，一入冬，它们就纷纷钻进石头缝儿里猫冬了。整个儿冬天很难见到它们的尊容。待春暖花开，它们又纷纷跑出来。这时它们体内温度很低，必须吸收阳光才能恢复体内的温度。于是，太阳一出来，它们都爬到太阳能照得到的地方，或蹲或坐，或仰或卧，憨态可人。

就是平日里，在水里待久了，它们也要爬上石头晒晒日光，养好精气神儿。

蛙很聪明，不管待多久，总能认得家认得回家的路。我家院子里的鱼池本来只养鱼，但总觉得少了些声响，于是就想到了青蛙，继而产生了养蛙的念头。

我到市场卖蛙摊儿买了十几只蛙，个头儿差不多，有小孩的拳头大。放入鱼池中，它们如鱼得水，立马奔向鱼池的四面八方，有沉水的，有趴在水面的，且带有一些野性；若触碰它，它立马泅水而去。但过了两天，它们渐渐熟悉了环境，在石面上、在石缝儿里、在叶荫下找到了居所，也不太怕生了，假如我对它们"呱呱"几声，它们也会"呱呱"地回应，于是心里乐了，会有一股甜甜的味道写在了脸上……

蛙也像人一样，懂得此心安处是吾乡。蛙们总是眷恋着家乡的一水一木，不会远游，即使偶尔外出打拼，也不忘回家的路。前段时间，三亚下了一场有史以来单日最大的降雨，有一只蛙趁着大雨天到外面掠食野味去了，落地飞虫和溜达出来的蚯蚓成了它腹中的美味儿。

我一大早起来，大雨飘泼，水都浸满了路面。忽见一动物从外面往大门内一跳一停的，定神一看原来是只青蛙。只见蛙肚浑圆，不时用爪抹嘴、擦脸，像做错了事儿的孩子似的，总躲着我也不敢看我。我走上去，它才一蹦一跳地来到鱼池边，然后又憋足力气猛然一蹦，跳入鱼池。它用双眼盯着我，仿佛在说：这是我的家，我能忘吗？

养蛙真能给人带来快乐，听着蛙鸣喝着咖啡，聆着蛙鸣阅读浏览，枕着蛙鸣入眠，这该是何等的享受和惬意呢……

春节记事

一年一度的新春佳节又要到了。人们的欢乐情绪充满了大街小巷。装满年货的车如流水地奔跑着，手提肩扛的人们行色匆匆。街两旁的许多店面停业了，人们回家过年了。但一些精明的生意人早早就租下店面，做节前十天八天的生意。他们大量购进应景的春联灯笼电子炮等物和香烛纸钱等祭祖用品。临时搭建的出租屋也都挂满了春联和各种节日用品。一眼望去，街的两侧就像两条望不到边的红墙，红红火火，一派喜气，让人感觉行将到来的春节就像一个挨着路边的火龙果，举手可摘！

因为在家里排行老大，并且生来爱面子，所以不论父母在或不在时，每逢过春节大大小小的事我都得亲自张罗，否则放心不下，总把过年看成天大的事。

观赏鱼、年橘

这两样东西是家的门面，可以把家从静态变为动态，让家充满动态的美。

离春节只剩十几天了，请来保洁人员好好地清理洗刷了鱼池。又注入满满的一池清水加入鱼池消毒剂，浸泡几天后，待其消杀完毕又抽掉池水，再注入清水，加盐，喷一些杀菌液。过了24小时就可以放养鱼了。

我在同学群里发了一条信息，询问在荔枝沟附近有无观赏鱼卖。很快一女同学给我发来一条微信，说是在落笔洞路卖年花那有一家水族宫。我立马骑上电驴驶往该处。这家水族宫由于位置太过偏僻了，且门面又小，以致走过了也没看到。后来问了几家花店才找到。

买观赏鱼是有讲究的，行内人是不会买双数的，只买单数，但"招财鱼"可以买4尾，意为：四季招财。有些鱼种是相克的，如捕食凶猛突牙利齿的红鲳鱼就不能和性情温顺的鱼类混养在一起，否则这些鱼很快成了红鲳迎年的下酒菜。选鱼时还得搅下水，神态好的健康的鱼都跑得顺溜，而受伤的鱼或病鱼，一般都精神萎靡，游速较慢。

我精挑细选了19尾锦鲤、4尾招财鱼及一些热带鱼，分装成两个充氧的大袋。到家后，又把两个袋子浸泡在鱼池中，让袋里的水温和鱼池的水温相一致。十分钟后才打开袋子让鱼慢慢地游出来。这时的鱼由于刚到陌生的环境会因为惊恐而四处逃窜，不过不要紧，过一会儿它们就适应环境了。放养24小时内是不可给鱼喂饲料的，等过了一天才放少许饲料。行内有句话：鱼不会饿死，但会撑死。并且喂鱼要有一个固定的时间，这样才不会引起消化问题和投食不定的问题。

买两盆年橘也耗去了不少精力。之前，落笔洞路"君和君泰"小区路边，有七八家花苑，从省外运回很多年橘。但去购买时，所有的花苑已荡然无存。问些路人，他们都摇头说不知道不清楚。

骑着电驴一路看一路找，从"三亚千古情"一直往市区的方向找，都没有年橘的影子。忽然想起妇幼医院边上之前有卖年橘的，又调头往回跑。

终于看到了年橘的影子。在一大块又宽又长的黑纱网的遮掩下，一排排一纵纵高低不等的年橘，站得笔直，橘子生得太密了，把树叶遮得严严实实，乍一看，就像一把把火炬燃烧着，这是向人们报告又是一个好年景呢！

这么多的年橘真把我挑花眼了。两盆年橘必须要均匀对称，并且橘子不能太熟，否则元宵未过橘子早就掉完了。我弓着腰挪走在桔树里，这里瞧瞧那边看看，感觉桔树不是高低不一就是果实密度不一。还是花店老板眼神好，从桔丛中搬出两盆年橘来放在一起，一对比，不论树的高低还是果的成熟度密度，均合我意，就是它们了！

蹲在三轮脚踏车上，扶着两个大花盆，小心翼翼地行驶，又费九牛二虎之力把两盆大桔树挪到门口飘台下，总算大功告成。

细细地洗刷了花盆，让它们变得光亮起来，又用湿巾擦去桔树叶片上的尘埃，让它们变得铮亮起来！

看着一池畅游的鱼和在微风中摇曳的年橘，你是否心旷神怡呢？

鸡、鸭、鹅和马鲛鱼

年货是年上使用的各种物品，林林总总不一而足。除了应景物品如灯笼、彩灯、中国结等各种饰品以及祭祖的香烛宝，更为重要的是应节食物。年上需要消耗大量的食材，所以这方面必须备足备全。

禽类中，阉鸡最为重要。这种鸡是小公鸡有三个月大时就对其进行阉割，让它成不了公鸡。这种鸡经过十个月至十二个月的饲养变得肉实而肥硕，煮熟后肉嫩汤甜，香飘十里。因此，海南人有句俚语：无鸡不成宴。逢年过节或有客人拜访，必须杀鸡款待，以示隆重。

今年初四中午，二弟的北京朋友几家十多人来家里拜年，他们的目的就是要体验海南人过年的饮食风俗。他们吃着香喷喷的阉鸡，大呼太好吃了。问这是啥鸡，我们说是阉鸡。这一说让他们蒙圈了，他们平日里只吃过公鸡母鸡，怎又来阉鸡这一出呢？我们只好把小公鸡变成大阉鸡这一过程向客人表述一番。咸马鲛鱼炖五花肉也是海南人在年上必备的一道名肴。原以为不适合客人口味，但他们小尝咸鱼咸肉后，出乎意料地连声说："好吃，好吃！"配着稀饭，每人都吃了两三碗。客人完全陶醉在可口食物带来的幸福中。

当然了，鸭、鹅也很重要。年上总不能顿顿吃鸡，况且口味和喜好也因人而异。我家除夕夜必须杀鹅，因为"鹅"的海南方言读音有不输于别人的意思。这一惯例是从父辈沿袭下来的，必须代代赓续下去。内人和女儿不吃鸡鹅，喜欢吃田鸭（草鸭），每年必须得准备一些鸭子，以满足她们的食欲。

前面提到的马鲛鱼同样也是海南人过年不可或缺的重要食材。俗话说：年年有余（鱼）。餐桌上有鱼就是期盼着这一年有余粮有余钱，有一个好年景。

离年三十只有十天了。我来到了南新菜市场，直奔鱼摊。各个鱼摊上都摆放着各种鱼货，而马鲛鱼和海干草鱼居多。当即要了一条十五斤的钓口马鲛鱼，并让摊主帮忙腌制成咸鱼。又买了一条十五斤重的活的海干草鱼。三亚渔民常常把一句话挂在嘴边：海干草，好吃不好找。其肉质鲜美，打边炉汤甜味纯，令人叫绝!

第二天去市场提咸鱼,发现另一个鱼摊上摆着一条更大的钓口马鲛鱼,其肤色光溜没有一丝伤迹,眼睛还透着晶莹的光。这么好的鱼怎能拱手相让呢?拿下!一称十七斤半。让摊主切成厚片,分袋装之,待年上享用。

贴春联、祭先人

年三十一早,小弟媳便忙开了。给庭院细细做了一次清理,把每个旮旯清洗一遍。吐旧纳新,把过时的老旧的物品全部清理掉,让整个庭院焕然一新!

午饭也顾不上吃,她又忙着煮水杀鸡宰鹅去了。

午后时分,家里的年轻人陆续回来了。

贴春联祭祖先是家里男人必须亲力亲为的事。家里四条年轻汉子搬来人字梯,把旧联揭下来,又用除胶剂把余纸旧迹清理掉,再贴上新联。一副书写流畅苍劲有力的春联便展现在人们的面前!

上联:百年基业父母当不易
下联:宏图再举吾辈应争先
横批:继往开来

联是我作的,但字是堂弟写的。他练就一手好书法,在他的单位——三亚电力局,他若说书法第二绝对没人敢说第一,故而每年的春联就交给他了。

说起春联还有一个故事。

父亲写得一手好书法，家里每年的春联均由他来执笔。但他走后，家里就无人可以代笔了。故父亲的三年守孝期过后的第一个春节，我们没有写春联而是上街买了春联来张贴。事后只见母亲独坐一处流泪，我连忙去问怎么回事，只见母亲冲着我板着脸大声说："你们一室读书人，父亲不在了便去买联就不怕别人笑话吗？"母亲的话深深地刺痛了我的心。是啊，哪有捧着金饭碗去讨饭的？第二年起我就亲自作了这副联，并且续贴至今，往后亦然。

贴了春联接着就祭拜祖先了。这是一年中最为庄严最为慎重的时刻！

奉神香炉的沙子必须是干净的新换的，在民俗中有去旧换新、新年新气象的意思。

神龛两侧摆上了两盏煤油灯，象征着人丁兴旺。摆上五个红酒杯和三个红茶杯。在三亚一带，茶杯要一字排在酒杯的前面，有请先人先喝茶后喝酒的意思。要摆上三碟菜：茄子、生菜、发菜，意为日子越来越好，生意兴隆，发财得福。还得摆上五碗饭五双筷子，还有香烟槟榔水果等。神龛的正面摆上一只阉鸡，鸡背上置放鸡内脏和一撮盐巴。

家里的长子首先点烛叩首上香，给祖先献茶敬酒，紧接着弟弟们依次给祖先叩首上香献茶敬酒，最后晚辈们由大至小依次叩首上香，男孩可以献茶敬酒，但整个献茶敬酒总次数不能超过三次，故而献茶敬酒时要问是否满三次了。

祭祖仪式结束后，必须点燃鞭炮（电子炮），意为欢送先人班师回府。

先人走了，就该轮到我们闪亮登场了！

小弟媳聪明能干，好仿好学。她外出吃饭，若遇上好的配菜，她回来一定仿着操作一番。故而一大桌子菜十来个菜品，个个不相同，样样有特色，色香味俱全。许多朋友来家里拜年，吃了她亲手制作的菜品都赞不绝口，大呼有口福了！

这除夕夜，小弟媳又为全家人奉献了一桌豪宴！

让屋里屋外的灯亮起来！让霓虹、彩灯亮起来！让家人的容光亮起来！

祝福新年！祝福家人！祝福中国！

干杯！！！

我可爱的院子

"咕咕——咕""咕咕——咕",窗外传来一阵斑鸠的叫声,把我催醒了。那是对面邻居笼养的鸟。拿起手机一看已是早上九点多。未来一段日子要休年假,所以昨晚睡觉前就把手机闹钟停了,免去了一大早就被从梦呓中吵醒的痛苦,现在不用闹钟了,可以睡到自然醒了。醒来也不立刻下床,而是赖一会儿床,然后掀开被子,懒洋洋舒展一下四肢,让早上的太阳透过窗棂晒晒身子,让浸泡了一夜空调的肌肤变得温暖起来。然后踱到窗口,做几次深呼吸,洗涤一下心肺。咦,几周前种下的金莲种子竟然有一颗长出了长长的茎,茎突出水面,在空中拐个弯,一头扎入水底,形成个小拱形,拱上长出一片小圆叶,有拇指般大小,埋在水里的茎根也长出三片叶子来,也是拇指般大小。细长的叶茎拖着嫩绿的叶子。由于花盆很小,比饭碗大一些,几片叶子几乎占据了整个水面。莲叶平躺在水面上,像个熟睡的娃娃,有风吹来,她会瞎挠一下身子,让水面漾起一层层水波,煞是好看。在叶子四周由于水的凝聚力会产生一圈水带,在阳光的照射下折射出一道道小彩虹,莲叶上那几颗露珠都种下一颗小太阳,有风吹来,露珠在叶面上滚动着,小太阳也滚动着,并且折射出耀眼的光芒,和着声声的鸟叫声和一园的绿,景色是那样的精致和唯美!回瞥一下电视柜上那杯石斛兰,邮递回来时是那么的纤细弱小，像个营养不良的婴儿，但经过我的悉心照料，已长得茵蕴碧翠，像个健康活泼的小男孩那样任性地去捉迷藏耍足球了。

在休假的十几天里，呆得最多的地方就是本家小院了。每天上午和下午，我会闲坐在院子里，冲上一杯咖啡或一壶茶，慢慢地品着，顺手拿来哪个名家著作，细细地咀嚼着，学习人家的创作技巧；累了便坐到摇摇椅上，闭上眼睛，让从海边吹来的风穿过栅栏轻柔地抚摸着亲吻着，心里头就会掠过一种快意。我家的院子不大，约摸七十平的样子，但麻雀虽小却五脏俱全，盖房时就特意留出一块地方，打造成品茗交友和煮酒论剑的处所。沿着外墙和邻墙建了一个"7"字形的鱼池，面积有六七平方米，体积有七八立方米，挨着鱼池和临巷栅栏也建起一个"7"形的花坛，花坛与鱼池垂直。鱼池和花坛外侧用棕色的的瓷片砌就，座面用黑色板材铺成，石面光溜光溜的似一面镜子，美观又大方，是闲坐歇脚的好地方。鱼池内侧和池底则铺贴蓝色瓷片，池中央种着一棵碗口粗的白玉兰树，树周围用砖砌成与鱼池等高的圆柱形小花坛，外表也贴上条状的蓝色条砖，与鱼池浑为一体。当鱼池灌满了水，整个水池变成了天蓝色，微风吹来水面荡起层层涟漪，真是柔美极了。

鱼池里放养着各种观赏鱼，有银鲤，有狮头鱼，有风水鱼，尤其是那两条养了十年的招财鱼，从买来不足两个手指大现在已长到五六斤了，成了鱼中霸主，平时它总是慢悠悠地游动，偶尔还摆平身子做侧体游动，拽着鱼鳍上和肚子下两条金色的长丝逐水飘动，好似在向人们炫耀它的华美！在鱼池的一个角落，堆放着一些卵石，上面放着一盆绿萝，绿萝长出来的蔓叶爬满了石头，成了青蛙们的乐园，一旦下雨，这些蛙便叫个不停，给人一种乡下野外的感觉。花坛里种着不少植物，有槟榔，有黄皮，有马来扬桃，有石榴，有金桔等，地面长满了茖叶，茖叶用来炒鸡丁，味道妙不可言！槟榔树进入夏季就扬花了，又一两个月树冠下结满了果实，一梳一梳的。在海南南部地区有这么一个风俗，每逢红白事或过年过节，堂客总会备一些槟榔招待客人，我家人不吃槟榔，树上的槟榔也没人去摘，等熟透了变得金黄便纷纷掉下来，有时砸到人身上也是生痛的。这时会有一些需要槟榔果做种子的人过来跟我们讨要，我们都免费赠送，既能做人情又能换来干净的院子，何乐而不为呢？黄皮一开春就开花了，小小的白花绽满枝头，花意很浓，会招来一些小蜜蜂，它们欢快地舞蹈着，尽情地吮吸着花蜜。进入夏季，那皮儿金黄的黄皮果挂满枝头，一串一串的，惹来一群群觅食的小鸟，安静的小院即刻变成了鸟儿的天堂，它们在果树上上蹿下跳吱吱喳喳闹个不停。主人的好客让它们乐不思蜀，干脆不走了，在白玉兰树槟榔树和黄皮树上筑窝建巢，不用多久，一拨拨的小鸟倾巢而出。这些鸟儿很通人性，它们要远走之前会在树上顶棚上栅栏上冲着主人纵情地放歌舞蹈，以此感激主人的厚待。白玉兰花期长，一年中有八九个月在开花，枯花凋零了新枝又绽放出新花来，感觉一年四季玉兰花总是幽幽地开着，花瓣素白，花气幽香，小院小巷和巷里人家都能享受到白玉兰的馈赠。在院子大门的另一处灯柱内侧，种着一棵可可树，与花坛相呼应。可可树长得好，大片大片的叶子盖满树冠，蓊蓊郁郁，树干上结一些果，样子很像小苹果，给人一种青涩的感觉，到了秋天果实变得彤红彤红的，成熟的样子又像一个丰润的少妇，令人艳羡！这鱼池花坛是我最钟爱的地方了。有时，我会坐在石面上把脚探入水中，轻轻地划着水面，水声招来鱼儿和乌龟，它们轻轻地咬碰着我的脚丫，像在提醒什么，这时我会给它们撒一把饲料，让它们高高兴兴抢食去了。有时，我会走到花坛边，观察植物的生长状况。有两只蜗牛爱吃嫩叶，往往一大早就沿着树杆往上爬，爬了半天才吃上叶子。我不会驱赶它们更不会打死它们，毕竟它们也是生命体，并且好奇它们是怎么下来的。原来它们填饱肚子后把身体缩进壳里，然后一脑瓜儿做自由落体运动，从天而降简单而粗暴呢！或是走到小巷，从院外透过栅栏欣赏自己的园艺，看看景色，闻闻花香，让自己的情绪变得轻松起来愉悦起来。

这，就是我可爱的院子。

第三辑　寸草寸晖

我的父亲

　　父亲已经离开我们三年了，但每当我伫立在父亲的遗像前，他的音容笑貌即刻在我眼前闪现，他的谆谆教诲萦绕于心。多少感慨、多少思念，令我多少次想写点文字，抒发对父亲的缅怀和感激之情，颂扬父亲如南山般的负重，如磐石般的刚毅，如火一般炽热的为人，如浩荡东海般的养育之恩……

　　父亲吴滋冕，1933年出生于乐东县冲坡区槐脚村一个雇农家庭。记得我读初一时，学校掀起"学屯昌种甘蔗"的热潮，学校周围种了一片绿油油的甘蔗。那时食品短缺，填肚子的东西实在太少，那粗壮的甘蔗对学生们来说是一大诱惑。于是，经常有学生趁下课时间，悄悄溜进蔗园大吃甘蔗。我看了嘴馋，就和两位要好的同学闯进蔗地，稀里哗啦地扭蔗，然后在蔗垄上大嚼起来。然而十分不巧，管农业的老师在巡视蔗园时把我们逮个正着。人证物证俱全，我们几个只好耷拉着脑袋跟老师回去，心想这回肯定挨罚了。果然，第二天早上，全校师生在操场上集合，时任荔枝沟农业中学校长的父亲走到前面，他面带愠色，开始训话，说是近来常有学生溜进蔗地偷吃甘蔗，破坏了集体生产，其中包括自己的儿子。说完，把我们三个从队里叫出来，我立马被父亲勒令跪下……

　　在父亲的严厉管教下，我们兄弟三个相继考上大学，并都在社会上找到了适合自己的工作。我时常想，如果没有父亲当时的严厉管教，我的今天会是啥样？是小偷惯犯，是危害社会的不法分子，或是无所作为的行尸走肉？参加工作后，父亲对我的学习与工作仍极为关注，提醒我工作要上进，学习要不断。

父亲总是言传身教，引导我们从小学会勤俭持家。记得我很小的时候，在一次吃晚饭时，我不慎将一团饭掉在了地上，为不让大人们看见，就悄悄地用脚踢到了桌下。但这一切并没有逃过父亲的眼睛，只见他弯下腰捡起饭团放在碗里，用开水洗一洗后当着我们的面把饭吃了。接着，他吟起了古诗《锄禾》："锄禾日当午，汗滴禾下土。谁知盘中餐，粒粒皆辛苦。"另有一件事，虽年长日久，但我仍记忆犹新。那是我在崖县中学读书的时候，我患了重感冒，父亲提着两瓶菊花晶和一些中草药来看我。一进门，就抚摸我的头，测体温，问哪儿不舒服，叮嘱我服药。这时，我才注意到父亲穿的是拖鞋，身着已洗得起线发白的衬衣，右边袖口还破了一个洞。看到这，我不由得一阵心酸，关切地对父亲说："爸，您衣服都这么破旧了，买件新的穿吧。"父亲却笑呵呵地说："尚能蔽体，还一身凉快。"窗外透来丝丝寒意，已是深秋呵！我暗下决心，一定要用功读书，以后有了工作，给父亲买套漂亮的衣服，让他穿得体面些。

1984年初，我参加了银行工作，第一件事就是要给父亲买套西装。可是他死活不肯，说他们学校已给每位教师定做了一套，不用再破费，况且我刚出社会，没有经济基础，能将就则将就。于是为父亲买衣服的事就耽搁了下来。直到2001年春节前，我打算为母亲做六十五岁大寿，就把自己的想法告诉父亲，父亲听了连声叫好，我又不失时机地说："爸，给妈妈做寿，您总得穿件像样的衣服吧！""好啊，好啊！"儿子的一片孝心让他高兴万分。我当即就要带他到商场去选购，父亲却连忙摆摆手说："商场的东西贵，也不一定合身，就在附近量身定做吧。"

父亲在教育战线奋斗了三十八个春秋，从小学教员、学区主任到中学校长，在漫长的人生旅程中，挥洒着对党的忠诚，对革命事业的热爱，他留下的沉重脚印，无不折射着他生命的价值和人生的辉煌。现在，他精心培育的桃李遍布天下，芬芳满天涯。父亲退休后，仍矢志不移，热衷于社会公益事业。他先后被三亚市荔枝沟镇委聘为老干部协会主席、少工委主任。原以为他退下来能享清福，过上闲日子，可退休后他却更忙了。我想，"春蚕到死丝方尽，蜡炬成灰泪始干"就是父亲一生最好的写照。

父亲匆匆走完了他人生短暂的六十九年，但他的生命不死！他的豪情壮志不死！他的优秀品格不死！父亲，您就放心地走吧，您的儿女将接过您不朽生命的接力棒，朝着您指明的人生道路勇往直前，永不退缩！

安息吧，我敬爱的父亲！

父亲逸事

铜铃声声

作为儿子，父亲理所当然是最熟悉的人了。他有一些逸事为人所不知，甚至包括我那几个弟妹。他的一些处事方式往往与众不同，有些甚至让人笑掉大牙来，而他严厉从教的作风又让人敬而畏之。他豪迈直爽和天性乐观的性情深深地感染着我，也潜移默化到我的行为方式中来。

记得父亲在月川附属中学任校长时，学校设有一至六年级的完全小学和初一至初三的初级中学，有五六百名学生和几十名教师。那时，学生都走读，而教师全都住校。当时，教师宿舍和学生教室混建在一起，以方便对学生的管理，因此，教师们就住得分散了。当时，学校没有统一规范的办公场所，连一个开会的会议室也没有。但学生教室都是宽敞明亮的砖瓦房，学生读书环境还是可以的。

学校没有会议室，且教师们又住得分散，有工作会议怎么部署下去呢，总不能挨家挨户上门通知吧！父亲想出了一个好办法，他叫校总务买了一个纯铜的摇铃，告诉老师们只要有会议传达，他就摇响铜铃，请大家到我们家门前开会。

会议自然是晚饭后才召开的。自此，不管是虫鸟啾啾的夏夜，还是皓月当空的秋夜，也不管是春风轻拂的暖夜还是寒气逼人的冬夜，只要父亲拿起铜铃站到家门口摇动手中的铜铃，教师们便提着小椅子小凳子从学校的四面八方拢集到我们家门口，围成一个半弧形。待大家正襟危坐，父亲就站到大家的跟前解读会议精神了。

许多年过去了，物是人非，很多人很多事已湮没于一年四季花开花落的轮回当中，但那悠悠的铜铃声仍然深植于我的心田，敲打我的灵魂，成为永恒的记忆。

打松子和病房探望

父亲对学生的严教是出了名的，他的从教之道实在令人畏惧，导致一些"坏学生"一听到"吴校长来了"便闻之色变，保证在一秒钟内变成"好学生"。

他一次上课，坐在后排的几个调皮学生不认真听课，而是拿松子（木麻黄树的果子）互掷起来，扰乱了课堂纪律，也影响了学生们的听课。父亲发现后，大声呵斥他们站到后墙面壁。待上完课，父亲把他们几个带到距离木麻黄树十米开外的地方，令他们用松子打树，每人要击中一千次，不完成任务不准回家。这些学生边投边哭着脸，还饿着肚皮，真是悔不当初啊！父亲以其人之道还治其人之身这一招，让一些调皮的学生再也不敢扰乱课堂影响老师上课了。

还有一件事。有一个长得铁黑且四肢发达的学生，他恃着个子大力气大经常欺负同学，许多同学都远远绕着他走，老师也拿他没办法。在一次晚修中，他带着几个调皮学生来到谷场——当时稻谷刚打完场，一堆堆稻草叠得很高很高——他们把偷来的椰子开口填入糯米，又用木棒塞紧置于稻草火堆中。一个小时过去后，他们从火堆中挑出椰子来，想要拔出木塞，但木塞就像铁焊着似的怎么拔也拔不出。那个顽皮学生情急之下用嘴拔塞，由于使力过猛，只见"呼"的一声响，一股灼热的流体迎面扑来，把他的脸面烫成重伤，他在痛苦的嗷嗷叫中被送往医院。第二天，父亲知道了此事，立即组织全校师生几百号人以慰问探望的方式，排起长队来到医院，逐个从他的病床经过，顿时让他羞愧难当无地自容！这名学生自那次刻骨铭心的教训后，改正了身上的缺点，但他脸上那些疤痕伴随了他的一生。

幸福的风雨天

　　父亲是一个性情中人，对待生活抱着乐观的态度。他有一个非常有趣的特点，每逢刮风下雨便乐呵呵地说："煮糯（干饭）杀鸡。"他说风雨天吃糯少尿，晚上睡觉不用上厕所，也能避免风雨天带来的安全问题。有一天，头顶上笼罩着黑压压的乌云，风把树叶卷到半空，看样子是要刮风下雨了。于是，他找来鸡笪放在鸡们常觅食的地方，用一支竹竿插入鸡笪口，斜支起鸡笪的一边，又往鸡笪下撒把米，他则手握竹竿守株待兔。不一会儿，大大小小的鸡们便冲着米来了，抢食鸡笪里的大米，只见父亲说时迟那时快松开竹竿把鸡笪往下扣，哈哈，大鸡小鸡全困在笪中。父亲从鸡笪口探手逮出一只小母鸡来，可怜的小母鸡便成刀下的鸡鬼了。母亲也有大动作，她拿来一个老椰子，开膛破肚后用椰子刨刨椰肉，椰肉飘着若隐若现的清香，很是诱人。刨完的椰肉就置于盆中，然后用力搓挤，又用干净的纱布，把椰子榨汁全倒入纱布里挤压，一股股洁白的椰奶便从纱眼里挤出来，这是用来煮糯的。用椰奶煮的干饭，我们海南人叫椰子糯。煮出来的糯飘着浓郁的椰奶香，把整个厨房都浸泡在其中。

当时在月川，学校校园很大，草坪树木很多，土地肥沃，很适合虫草的生长，是禽类觅食的乐园。家里不但养鸡，还养鸭养鹅。这些鸡鸭鹅基本上是放养，早出晚归的，不会忘记回家的路。由于鸡窝有限，有许多鸡是飞到树枝树杈上睡觉的。更有意思的是，一些母鸡突然就消失了，以为是被蛇吃了。可是过段日子，母鸡就"咯咯咯"带着一帮毛茸茸的小鸡回"婆家"了。看着一群群的鸡们，想吃鸡时，我就往天上看，希望晴朗的天变得乌云密布，下起大雨，立马刮起十二级台风！不过基本上是白日做梦。

外头下雨了，雨打在瓦面上，敲在地面上，发出"滴答"声响。这时，鸡肉上桌了，粉丝鸡汤上桌了，椰子饭上桌了，在滂沱的大雨中，在阵阵的大风中，一家人围着小圆桌快乐幸福地用餐。我想，这应该是父亲希望营造的氛围吧！

豁达与坚强

父亲的乐观豁达体现在生活的方方面面，天大的事在他的面前也是小事一桩，都能从容应对。尤其，在他风烛残年，生命如秋叶飘零时，仍抱着非常乐观豁达的心态，用微笑去面对生命的最后时光。

2001 秋，家人都忙着张罗给母亲做 65 岁生日的事宜，我用在国家级刊物上发表的三篇金融论文所得的六百余元稿费及行里的十倍奖励近七千元，准备在荔枝沟老周鹅肉店给母亲设生日宴。有一天，父亲突然不见了，全家人到处找始终未果，急得一家老小坐立不安。待日落了，父亲才从外面回来，原来红润的脸多了一些憔悴，但脸上还是堆着笑容，一副不用担心的样子。晚饭后，我到他的卧室问他怎么回事，他吞吞吐吐不愿说，在我的追问下，他才道出原委。原来，父亲最近整个身骨疼痛难当，早上起床也很困难。为了能有一个好的状态主持母亲的生日宴，他悄悄去农垦医院看病了。

母亲的生日宴后，父亲的病情加重了，甚至走路也很困难，我们当即送他去农垦医院住院。医院也查不出什么病来，大约过了半个月，医院才做骨髓刺穿检查，几天后培检出来了，是多发性骨髓癌！顿时，全家人犹如晴天霹雳，心情糟糕透顶！面对父亲，我们总是沉默寡言，愁绪尽写在脸上。他看出我们的心事，便掬着苍白的笑容问我是什么病，我埋头不言。他又笑着说："爸经历的事太多了，是一个死都不怕的人，有啥病能压垮我？"在他的再三追问下，我迫于无奈就把检验报告递给他，我则坐到一旁背着他黯然泪下。他看完报告单，却笑着对我说："不就是骨髓癌吗？这种癌一时还死不了。"的确，这病不用化疗，是可以活上一年半载的，但很痛苦。最后还是去省医院做了化疗。

父亲知道自己的时日不多了，每个来医院探望他的亲朋好友，都让二弟摄影留念。在病榻，他强忍病痛不忘写诗赋词，抒写生命的最后光芒。给罗马夕阳红老人友爱会写了两首诗，寄托他对诗友们的深深挂念及他对待死亡的泰然自若；给农垦医院和省医院的医护人员也分别赠诗，颂赞农垦医院医护的诗在《三亚晨报》及时刊发，给省医院医护的赠诗在他离世后《三亚晨报》

刊发。只可惜，这些诗因几次搬家遗失了。这几首诗，表达了他在住院期间对亲朋的关爱和医护精心护理的感激之情，更体现了他对生命的态度。

父亲热爱生活，热爱生命，但他对待生活，对待生命有更深远的理解！

阿飞客里空，来去无白丁

父亲对我们几个孩子要求是相当严格的，特别是在交友方面，必须是阿飞客里空，来去无白丁。他是从旧时读私塾过来的人，在他的脑际中，只崇尚读书，以为"万般皆下品，唯有读书高""黄金不比乌金贵""书中自有黄金屋，书中自有颜如玉"等。他的这些潜意识自然而然地流露到对子女的教育方面来。

小时候，我的朋友圈中都是勤读好学的同学，我们时常一起上学一起学习。但小孩子有贪玩的天性，我们几个有时背着父亲去外面玩耍，也交上了一些调皮捣蛋的朋友。有一天中午，这些放荡不羁的朋友跟着我们来家里玩，把我家的里里外外闹了个天翻地覆，并吵到了正在午休的父亲。大事不妙！只见父亲手拿木条怒火冲天地冲出来，不由分说往我们几个身上重棒打击，还边打边嚷："叫你们阿飞客里空，不跟流氓阿飞来往就是不听！"又大声呵斥他眼中的几个"小流氓"滚蛋。从此这几个"小流氓"未敢踏入我家半步。故而，我身边的朋友都是规规矩矩的，没有行为不端的人。

父亲希望我们多交读书的朋友，他对读书人总是赞赏有加。也希望孩子们结交的好同学好朋友上家里来做客，他认为这是一种荣光。俗话说：物以类聚，人以群分。孩子优秀，孩子的同学朋友一样优秀。因此，不论是我们还是堂兄弟的大学同学来了，父亲的脸上始终堆着笑容，嘴上乐呵呵的，又冲茶又杀鸡，忙得不亦乐乎，他心里美滋得很！

我工作后结交的一帮朋友，有银行的，有公安的，有税务工商的，也有政府部门的，他们几乎都是通过读书考上学校分配的或通过招干考试录用的，当中许多人后来当了局长行长，当然这是后话了。父亲很欣赏我这帮朋友，时常叫我邀请他们到家里来做客。朋友们的到来让父亲面子有光，让简陋的家蓬荜生辉！

父亲过世许多年了，但他的谆谆教诲萦绕我的脑海，不断提醒我要谨慎交友，尤其是从事金融工作，务必做到"常在河边走，就是不湿鞋"，为人一世清清白白，不图不义之财。不断提醒我要终身读书，读书能拓宽视野，明白事理，读书能成为令人敬重的人！

敦　促

我六岁时，父亲就教我读诗，多是一些唐诗，也有毛主席的诗词。他的要求往往令小小年纪的我根本无法接受，但不能接受也得接受，因为鞭子就放在眼跟前。记得他教我毛主席的七律诗《长征》，我摇头晃脑地怎么背也背不出来，他呵斥说："今晚背不出来不要睡觉！"我含着眼泪硬是把诗背出来了。直到现在，当时背诗的情景仍历历在目，想起来心惊肉跳。到了读小学的年纪，父亲就挑一些报刊上的好文章如《人民日报》《光明日报》刊发的新年贺词让我读，他坐在一旁一边听一边更正我读的错字。久而久之，我渐渐地喜欢上了阅读，尤其喜欢《成语词典》里那些四字成语，感觉这些成语太美了，并且死记下来，时常用到句子中去。

父亲的为教之道深深地影响着我，让我爱上了美文。如中学课文中各大名家的散文我都喜爱不已，时常沉醉在优美的抒写描绘中而不能自拔，给我在后来的金融调研和文学创作夯实了基础。

在三兄弟中，父亲总觉得只有我才能承接他的"文脉"，其实论文凭他们都比我高呢，难道父亲有过人的慧眼？我在人民银行工作三十八年，基本上都是搞文字工作，从信贷、计划、办公室到纪委都与文字打交道，与各种调研打交道。这些工作给我提供了一个信息报道和金融调研论文撰写的平台。这么多年来，每年都有许多报道信息、金融论文见于报端。每年年终，在单位、省行和市委市政府的信息调研评比中，都获得奖项。父亲生前，我所获的奖项和在报刊上、杂志上发表的文章，都拿回家给父亲看，父亲总是乐呵呵地戴上那副有些岁月感的老花镜仔细地看了起来。他的朋友来家里闲坐，他也会立马拿出我的作品递给客人看，还不忘一句："看，阿松写的，阿松写的。"做出一副得意扬扬颇有成就感的样子来。我就想：这些金融性质的文章你能看懂吗？呵呵，反正你高兴就好！

我生性好玩贪玩。早年时，年轻人聚在一起总能找出许多玩法来。打麻将一遇上周末或节日，往往打个天昏地暗，甚至两天三夜连着打，什么信息报道，什么调研文章早就抛之九霄云外。这时，父亲会打来电话质问："你是不是偷懒了？这么久晨报上怎不见你的文章？"我确实偷懒了，但不能实话实说，只好找一些话搪塞了。第二天，赶紧从桌面上找个材料，写成文章后送给《三亚晨报》社的几个编辑朋友，又把电话打给父亲让他关注某日的报纸，他那严肃的脸才有了笑意。唉，为了讨好老父亲做儿子的也是拼了！

写总结

父亲不论是在月川附属中学还是在荔枝沟中学任校长，上级要求报送的材料，他都是亲力亲为，尤其是每学期和每学年的学校工作总结。身为一校之长，对学校方方面面的情况了如指掌，撰写的工作总结自然点面俱到，翔实周至。

他写总结有两个特点：一是打好腹稿，把一学期或一学年来学校的主要情况、存在问题、需要纠正的地方和相关建议或意见在脑海中作深度酝酿，然后架设好段落框架，寻思相应的素材，这样腹稿就打好了；二是早睡早醒，养好精气神，全心全意投入到文稿的撰写中去。

写总结的那天下午，父亲会让母亲早点煮饭。待他吃完饭洗完澡，便早早地上床睡觉了。不一会儿，屋里就传来一阵阵呼噜声，父亲入眠快也睡得踏实，一天的疲累被阵阵的鼾声捎走了。待到子夜，我们都睡着了，他从床上爬起来，赶紧刷牙洗脸，走到他的办公桌正襟危坐，掌灯伏案。他写材料是不会中途歇笔的，三四千字的文章往往是一气呵成，酣畅淋漓。

我夜起，门外一片寂静，在孤独的灯罩下，父亲写字的笔划声能听得清清楚楚。望着父亲的背影，感觉他很厉害，是一个无所不能的神。心头儿突然冒出个想法：长大了也要像父亲一样，做一个埋首伏案写东西做大事的人。

这一点在我后来的工作中实现了一半，大事没做成，倒是承接了父亲的埋首伏案，写了不知多少的工作思路、工作总结、金融监管报告、调研报告和各类信息文章。印象最深刻的一次，地方政府部门要评审"三亚市精神文明建设先进单位、先进个人"和"优秀知识分子工作先进单位、先进个人"。行领导把这四个材料全交给我写，由于之前行里没有涉及这方面的材料，加上时间紧，要求上报的时间只有短短的五天。在这种紧迫的情况下，要及时完成四个材料，我只能在办公室两天两夜通宵达旦地写，困了就用清水洗把脸，饿了吃些老婆送来的点心，最后顺利地完成了任务。走到走廊，望着初升的太阳，一股暖流温暖着周身，麻木的双手有了力量，疲惫血红的眼睛有了光芒，也感觉到自己有了父亲的影子，那股拼命劲头来自父亲埋首苦干的精神传递，一种自豪感顿时从内心油然而生。没多久，评审结果出来了，四个奖项全部拿下，我行领导荣膺"三亚市精神文明建设先进个人"和"三亚市优秀知识分子"，并且，我在表彰大会上做了知识分子工作的经验交流。

精神力量是无穷的、磅礴的、伟大的。它具有感染力、传播力和推动力，即使面对万般困难，只要拿出强大的精神力量，绝对没有战胜不了的困难！

写春联

父亲写得一手漂亮的毛笔字，字体饱满圆润，遒劲有力。他写对联是站着躬身写的，对联内容只要瞟过一眼，就不会再看第二眼了，记性很好，因此，他一提笔就是一番龙飞凤舞如行云流水般一气呵成，酣畅淋漓。对联写就后，他会伸直身子从头到尾观赏一下，写得满意的他会眯眯地微笑一下；写得不称意的，便一手抓起联子捏成一团，随手丢进旁边的垃圾桶里。整套动作一气呵成。他的书写风格与他的动作举止尽显了他耿直、雷厉、豪爽的性格特征。

在二十世纪八九十年代的荔枝沟，父亲算是当地资深的文化人了，他写文写诗写联声名在外，十里八乡谁家有了红白事，都请他到家写对联，白事他还会帮着写讣告写祭文。尤其是每年春节前，三亲六戚邻居朋友便纷纷登门造访请父亲写春联，由于联子太多，父亲往往要昼夜不停地写，必须要赶着在年三十前完成。这些联子父亲是自出纸墨，并且不收分文。

1993 年，小弟考上了厦门集美大学，往返都乘坐飞机，在经济上，父亲感到有些压力了。次年春节前，他上街溜达，看见有人在摆摊写春联卖钱，他去问人家价钱，发现现写的春联比现成的春联还贵，并且好卖。于是，他的脑海立刻闪现出一个想法：何不写联卖联？他回到家，立马叫来小弟搬凳搬板，在家门走廊两张长凳一摆，半张床板一放，一副写联子的桌子就拼成了。他把写春联叫作写飞机票，意思是赚钱给小弟买机票。父亲因为熟人多，大家也想沾沾老校长的福气，加上他能根据求联人的工作爱好作出相应的对联来，遂了人家的心愿，因此，他写的春联大受欢迎。

父亲写春联钱有几个不收：亲戚朋友的钱不收，比他老的人的钱不收，补联的钱不收，有远大志向的学生的钱不收。他认为：收了亲戚朋友的钱还有亲戚朋友可做吗？收了比我还老的老人钱还有福报可享吗？人家来补联是贴反了对子，之前已付了钱，二次收钱是不是收了不义之财？从教一生，目的是培养出优秀的学生，收了他们的钱我是不是白干了一辈子？大凡"君子爱财取之有道"就是这个道理吧！

父亲写了一辈子的书，也装裱了许多他的诗作和书法悬挂于客厅或收藏于斗柜，但因多次搬家收拾不善造成了遗失，现在已是一字无存了，这成为我永久的遗憾。

严　打

我的少年是伴随着父亲的鞭棍长大的。上树，打！下海，打！贪玩，打！打架，打！考试不及格，打！感觉父亲教育孩子的最好办法就是"打"，在他的教育理念中就是：棍棒之下出才子。被打多了也就木了，变得自然了，有时久未挨打倒觉得不自在了，于是搞出一些事端来受打，真是应了那句"三天不打上屋揭瓦"的俗话。我就不明白，仅小我十四个月的二弟，怎就没挨过打呢？每次我都是首当其冲挨打的，其实每每犯事我们都是同伙呀。在鞭棍交加中成长的我，自诩是《钢铁是怎样炼成的》《烈火中永生》中一个坚不可摧的钢铁战士！

我至今仍记得一次挨父亲的打，那是刻骨铭心的一次，也是改变我一生的挨打。我那年在荔枝沟中学上初一，当时学校学习屯昌种蔗经验，全校师生在操场后面那片广袤的土地上挖沟种蔗。由于沟深肥足，不出几个月，甘蔗就长得有大人的手臂那么粗壮，有十米八米高，不得不以木搭架来固稳。那时物资奇缺，那粗壮的甘蔗就是最好的营养品呢。于是，有不少学生趁着课间悄悄摸入蔗园偷吃甘蔗，吃完还不忘四处吹嘘，让农业老师有了警觉。

一天上午课间，一个岁数比我大几岁的同学来到我跟前说："吃甘蔗去。"我望着那片绿油油硕壮的甘蔗，口水流个不停。心想：人家能吃咱就不能吃了？便和几个要好的同学来到蔗园中间，一阵"噼里啪啦"后，我们坐在蔗垄上大嚼起来，那个甜呀从嘴里一直甜到心里，感觉真爽！正吃得忘形得意时，不远处传来"哗啦哗啦"的声响，心想这下子完了。果然是农业老师来巡查了，我们几个被逮个正着，并且物证一地。心想招了那么大的祸必定死翘翘了。可是中午放学回学发现家里相安无事，下午放学回去一家人还是一片祥和，根本看不出"山雨欲来风满楼"的前奏。我心里暗自庆幸，虽无大福却祸已远去了！

第二天早操后，全校师生集合在一起。只见父亲走到队伍跟前，板着脸大声地说："最近有不少学生闯进蔗园偷吃甘蔗，破坏了农业生产，并且造成了恶劣的影响。这些学生中就有我的儿子，必须严打！"话刚落下，立马喝令我们几个偷吃甘蔗的学生走出来，我则被呵斥跪下。接着父亲用预先备好的木棍往我身上打，那个打就是一个狠字，我周身被打得青紫。从此，再也没有学生敢偷吃甘蔗了，父亲这是杀鸡儆猴呢！

当天晚饭过后，父亲拿来熊胆泡酒一边擦一边语重心长地说："我身为校长，作为儿子的你却带头偷吃，你叫我怎么去管好学生？打你是希望你处处要带好头，做个品行端正优秀出彩的人，让我脸上有光，不能抹黑了我的脸面。"自从这次挨打之后，我再也没有受鞭之痛了。

父亲已离世二十一年，现在回想起他的鞭打，一股幸福的暖流便涌上心头，我感激父亲，感激父亲的鞭打，假如没有他的严厉管教，我今天绝对吃不上这碗"公家糈"！也奉劝天下的孩子们，别把父亲的鞭打当成仇恨，等你们长大了就会明白父亲的良苦用心。

我深深地爱着我的父亲！深深地怀念着我的父亲！父亲尽管已远去，但我永远把他的鞭策当作一种激励、一种推力、一种寄望，勇毅前行！

伙　夫

　　父亲是家里不错的伙夫，煮饭炒菜是把好手。

　　父亲5岁就当伙夫了，是的，我没说错。这是一个很久远的故事了，在那个贫困的年代，爷爷奶奶生下了9个孩子，父亲是幺儿，由于饥饿，有2个孩子早早就夭折了，父亲只有几个月大时奶奶也含泪去世。襁褓中的父亲是靠着几个家姐的一汤一饭养大的。爷爷是佃农，无田无地，只能靠租地种稻来过活，但种出的谷子往往除去交租也就所剩无几了，家里时常是吃上顿无下顿的。父亲5岁那年，一天，一远房亲戚来家里造访，他没有儿子，见父亲乖巧伶俐就向爷爷提出，将父亲过继给他。爷爷当时见家境破落又有这么多人要穿衣吃饭，为了让父亲有碗饱饭吃便含泪答应了。父亲走时，几个哥哥和几个姐姐抱着他们这个最惹人喜爱的小弟弟哭成一团，内心是千万个不舍啊！（写到这里我已泪流满面）父亲小小年纪就命运多舛啊！

　　父亲到了新家，也不是吃闲饭的，打猪菜砍猪菜放牛煮东西样样得干。当时的农村，灶头很大，灶口很深，大锅可以煮几头猪的猪食。父亲每次点火煮猪食，都要把头伸到灶口里小手才够得着助燃的树皮稻草，往往是柴没点着却把自己涂成了黑猫，毕竟是一个5岁孩子，如果是现在还吃饭怕烫呢。时间过得快，一眨眼半年就过去了。家人对父亲的牵挂日益加深，父亲的二姐三姐不堪对小弟弟的思念，便一起来到这房亲戚家探望父亲。她们一进门就见小弟弟上下一身灰，脸被木炭涂得黑乎乎的，两只眼睛巴眨巴眨地闪动着。两个姐姐一阵心酸，悲从心来，不由分说就抱着小弟弟往家里走。自此，父亲就再也不回那个亲戚家了，也终结了不堪的苦楚的伙夫生活。

在月川附中有一段时间，母亲患了关节炎，两膝盖肿得像馒头，行走非常困难。我们当时都小，还不会煮饭煮菜，于是，父亲又当起了伙夫，每天三顿，顿顿不落。我那时上小学，总是早操后就小跑着奔向灶屋，这时，父亲已经把饭煮好，我盛上一碗热乎乎的稀饭加入一汤匙的猪油和几片蒜，搅拌几下，顿时油香四溢，端起小碗一阵哗啦地吃完了。那段时间里，父亲不仅要张罗着一日三餐，还要砍猪菜煮猪食，本来是母亲的工作却让他担起来了，公事家事一天忙个不停。幸得母亲经过几个月的针灸电疗后，得以治愈，才让父亲从厨房中解脱出来。这段时间，父亲教我煮饭。我开始以为柴火塞得越多火就更旺，可结果是火不但升不起来，还弄得一灶屋的烟，呛得眼泪直流。父亲进来边做示范边说："柴火要架得稀松，中间要空心，空气才流动，火才能烧得旺。"父亲捣鼓了一小阵子，火果然烧旺了。从父亲那里我学会煮饭煮菜，学会了必要的生存能力。

从父亲5岁当伙夫，可以看到他一生的辛劳和苦楚。正因为他经历了人间太多的苦悲，才深深地懂得幸福生活来之不易，并且努力去创造美好生活！

母　亲

母亲离开我们九年了。在多少个静夜，我的梦常常被撕破惊醒，梦见母亲匆匆地回又匆匆地走。失落的我独自坐在床沿上孤寂忧伤地流泪，泪水模糊了我的眼睛，模糊了眼前的景物。看着空荡的屋，母亲曾经住过的屋，而屋在人去，伤感如同一阵阵的潮水，不断袭向我的胸口、我的心房，击打着我的灵魂，那个已经残缺的灵魂。行至厅堂，望着神龛上母亲的遗像，感觉她在向我微笑，告慰我她依然生活在我们中间。

母亲黎氏，出生在那个有着千年美丽传说的鹿回头村。自小家境富裕，生活优渥，并且聪慧好学。她毕业于加积中学，在当时的农村乃至城里的女孩中算是凤毛麟角了，后任临春小学教师。在1962年她二十五岁时嫁给了我父亲，次年生了我。在十年的时间里，两个弟弟和一个妹妹相继出生。从此，母亲担起了繁重的担子，持家养家，相夫教子，从一个富家千金变成了一个地道的家庭妇女。

母亲是一个持家立业的人。父亲到月川附中任职后，母亲已无工作，一家人靠着父亲那份工资肯定是不足以维持生计的。但活人总不能让尿给憋死吧？母亲便凭着她在老家跟我三伯父学裁缝的那把手艺，买来缝纫机给学校的师生和附近的居民裁缝衣服。我记得我上学的第一个书包便是母亲用废布整成三角形然后细心缝制而成的，这书包看起来花花绿绿，杂色儿，像女人的包包，我尽管是一万个不愿意，但最终还是拗不过母亲的劝说，结果让同学们整整耻笑了一个学年！母亲手头好，种啥得啥，养啥得啥。到月川附中的第二个年头，母亲就试着养猪了。她买来一头小母猪崽，结果才一年母猪就生了两头小公猪。小公猪被阉后饲养成大肉猪。而接下来的第二年第三年，母猪又生了9头和11头小猪崽，真是太能生了。为让母猪有更多更好的奶水，母亲专门去买了酒糟喂母猪，不过一个月，小猪崽变得肤红体壮，活泼得很。待小猪崽能够独立吃食后，母亲便卖小猪崽了，记得每头小猪价钱是9块钱，在当时算是可观的了。只留下两三头自养，猪多了，饲料也相应增加。为解决猪们的温饱问题，母亲就到学校的外围开拓了几块地，种上地瓜木薯。由于土壤肥沃，不出三个月地瓜木薯便硕果累累，让猪们过上了好日子，当然也增加了家庭收入。养猪确实可以蓄财，能把平时的散财累聚到猪的身上，卖了猪就能一次拿回，且有增值。我家几次盖房，就是靠着养猪撑起来的。一句老话说得好：要发财去养猪！

　　母亲相夫教子是一个外贤内秀的人。父母一辈子相濡以沫，爱得深沉，始终不离不弃。在我的记忆中，父母从未红过脸吵过架，哪怕是在生活最困苦的时候也不互相埋怨，总是默默地分担着迁就着，配合得琴瑟和鸣，令人钦佩！母亲教子有方，教育孩子从不打骂，而是用简单的让人听得懂的言语去教育孩子。当我们不思上进时她会说：人争一口气，佛争一炷香；当我们知难而退时，母亲会说：不进虎穴焉得虎子？母亲的激励让我们重振精气神，以饱满的激情投入到学习中去。在母亲的调教下，我们兄弟仨先后都跨入大学的校门，并且在各自的世界里搏击人生，扬帆远航！

　　今年的母亲节我含泪写了一首诗：《归属地》。在这里就以小

诗献给远在天国的母亲大人吧:

我有一片归属地,那是母亲温暖的怀抱。

在这片归属地,我放飞纸鸢,是母亲给了我一片蓝天;我放飞梦想,是母亲给了我一片星空。

当纸鸢折翅,母亲会再折一个让它重返蓝天;当梦想破碎,母亲会细心收捡让我再度飞梦!

如今,我失去了归属地,纸鸢失去了蓝天,梦不再有星空。我是谁?我在哪?我不要流浪!还我的归属地!

母兮,归来!母兮,尚飨!

母亲二三事

我要读书

母亲去世 7 周年时，我曾写了一篇小文《母亲》发表在《三亚日报》权当纪念。但报刊篇幅毕竟有限，两三千字是很难表述母亲生平的，尤其是一些微小的琐事，故通过《母亲二三事》来作为旁补。让母亲的形象更全面更真实地呈现出来。

母亲出生在那个有着千年美丽传说的地方——鹿回头村。这村庄居住着黎汉两个民族的人们，他们世代友好，犹如一家，不管大事小事只要家里有事，全村人都来帮忙，形成了"一家有事大家帮"的民风。勤劳智慧的人们以牧海的方式养活了世世代代子孙。母亲就是在这种良好的环境中长大的，从小就养成了吃苦耐劳和积极向上的品格。

在当时，外公家有上百亩椰子园和几十亩稻田，是村里名副其实的大户了。但这些园地是全家人用辛勤的劳动换来的钱财经过一年年的购置得来的，故而母亲很小时就开始操持家务了，打猪菜拾海螺她样样能干。家里磨粉蒸粉切条晒干后，做成干粉条，然后捆成一把把挑到市上卖。当时，三亚的码头设在红沙，是贸易集散地，居民渔民都在那里买东西。母亲 7 岁时就挑着两个塞满干粉条的小笋筐，翻山越岭步行十余里到红沙卖干粉，不论大热天还是大雨天，天天如此，在崎岖小道上不知摔倒了多少次，皮肉不知擦破了多少处。每次卖完粉得的钱也不舍得买碗粉汤吃，硬是饿着肚子回来把钱完完整整地交给外婆，以显示她是多么有能耐有本事。

母亲9岁那年，她身边许多小姐妹都到村里的学堂上学了，还经常在她的面前炫耀。母亲是个不服输也脾气倔的人，她受不了小伙伴们的奚落，立马跑到外婆的跟前说："我要读书！"外婆是个重男轻女带有浓重封建色彩的人，于是一脸嫌弃地说："女孩子读什么书，大了一样嫁人。"母亲听完气不打一处来，走进屋内把两只笋筐直接丢出屋外，大声道："夯挪（明天）起，我不担担了。"俗话说：养牛识牛脾，饲子识子性。外婆深谙女儿的脾性，知道这一关不是说过就过的。于是只得点头同意了，不过另加一条——不上课时还得担粉去卖，母亲扬起小脸蛋说："只要能上学，密咯（啥都）做得。"于是，母亲高高兴兴上学了，再也没有人奚落她。

母亲高小毕业那年，二舅从华南师范学院（今华南师范大学）毕业，分配到琼海加积中学任教师，就把母亲转到加中就读，一直读到高中毕业。母亲高中毕业后分配到临春小学任教师。

母亲的求学之路，是靠抗争换来的。抗争也是一种精神，一种勇气。母亲当年若不抗争，一辈子可能就成睁眼瞎了。

拾稻穗

在那些不堪回首的岁月中，母亲带着我、二弟和襁褓中妹妹回到老家，在老家生活了半年，之后又辗转到红光农场，与外公外婆生活了一段时间。外公外婆的房屋是两间茅草屋，平时就两个老人居住，房间还算宽敞，即使是我们母子四人到来，房子还是勉强住得下的。

但吃饭就成问题了。当时，外公外婆每人每月只有21斤口粮，仅仅够他们吃饭。我们大小四口的加入，家里的粮食肯定不够食用了。没办法，母亲只得买回地瓜刨成地瓜片，晒干后碾成地瓜颗粒，叫地瓜干。每次煮饭都要往少量的米中加入大量的地瓜干，煮成地瓜粥，有时是无米，只用基水（木草灰水过滤后的黄水）来煮地瓜干来充饥了。这地瓜饭基水饭刚吃几顿还行，但吃久了就感觉难以下咽了，也会影响消化。不过一个月，我们的身子骨就吃不消了，个个面黄肌瘦的。

母亲既心痛又没办法。这时恰好是夏收季节，附近村庄的稻谷正在收割，这是一个拾稻穗的好机会呀。早上起来，草草吃碗地瓜饭，我和二弟每人拿着一个小竹篮，在母亲的带领下，穿几个大荒坡又蹚几道水沟，好不容易来到田野。望向纵横交错的垄沟，金黄色的稻谷沉甸甸的，排着方阵，低着头，好似在接受农民伯伯的检阅。我心动了，看呆了，被眼前的谷子萌生出一千个期盼来。

母亲的一声叫喊把我从幻想中唤醒，她把我们带到已经收割的空旷田地里，告诉我们如何拾稻穗。在母亲的示范下，我们也跟着拾稻穗。五月的南国，太阳真是毒呀，不一会儿，全身就大汗淋漓，衣服都湿透了，我们东拾西捡，实在是没有多少饱满的稻穗可拾，大部分稻谷是半瘪的，而旁边的稻田就是饱满结实的谷子，何不就近取材？于是，兄弟俩趁着母亲不注意，悄悄地摸进水稻田，把稻穗一条条拨出来放进小篮里。正忙得乐乎时，一个声音从远处传来："你们是在拾稻穗吗？是在偷！"母亲把我们叫到她跟前，用严厉的口吻对我们说："做人要有骨气，不是我们的一颗一粒都不能拿，就便饿死也不能偷！一个偷字就毁了祖宗八代的好声名！"我们耷拉着小脑袋，知道错了。

一连拾了好几天的稻穗，收获也是挺可观的。母亲把谷子晒干后，用吹谷机吹出饱实的和半瘪的谷子来，饱实的谷子碾出大米，留着食用；不实的瘪谷则碾成细碎的小颗粒，又用米筛把碎米细糠筛出来。然后，把碎米细糠煮成稀薄的糊糊，那个米香稻香从厨房一直飘到外头，立马让人垂涎三尺，直接可把小肚皮吃撑！

母亲勤俭持家的好作风深深地影响着我们。即使过上了好日子，母亲还是保持着节俭的好习惯。一次吃饭，母亲不小心把一团糍落在地板上了，她立即躬下身子把糍团捡起来。我们见状不约而同地说："妈，糍脏了别吃！"她却说："这糍来之不易呀。你们忘了当年拾稻穗的情景了吗？忘了困肚（饥饿）的滋味了吗？花无百日红，人的一生祸福难料，天有不测风云，平时就要养成勤俭节约的好习惯。"母亲的训诫让我们面红耳赤，无地自容。自那以后，我吃饭是吃多少取多少，不敢留有一粒米饭。

母亲教育子女不说大道理，总是用一些让人听得懂的话来说，简单直白，又具有启发性，让我们受益一生。

缝纫

在老家生活的那段日子，我们一家住在三伯父家。父亲与三伯岁数相差不大，自小一起玩大，关系很好，所以，父亲让我们寄居三伯父家不是没有道理的。但三伯父和三伯母体弱多病，三伯父还在农垦医院（院址当时在月川）做了胃切除手术，医药费让贫困的家庭雪上加霜，把一家人逼进了绝境。俗话说：穷则思变，活人不能被尿憋死。三伯父凭着他的聪明好学，从别人那学到了裁衣缝纫的好手艺。父亲见状，立马找关系买了一台"上海牌"缝纫机送给三伯父。很快，三伯父就凭着精湛的技艺获得了乡亲们的认可，全村老老少少的衣服几乎都交给他裁缝，尤其是年前，前来缝制衣服的人们只能排队拾号。为了让大家都能穿新衣过新年，三伯父每天早早就开始工作，一直忙到掌灯时分。母亲是个细心人，三伯父针对各种体形和各种要求的裁剪方式方法，她都牢记心中。对缝纫机只花了不到半天的时间就可以操纵自如了，很快就成了三伯父的好帮手。俗话说得好：家有黄金万两，不如身怀一技。事实证明，母亲缝纫让我们摆脱了困顿。

父亲来到月川附中任职的那几年，母亲除了养猪还做起了缝纫工，给师生们缝制衣服和缝补破衣破裤，收入除了补贴生活还有余蓄。后来，父亲调至荔枝沟中学任职，母亲到荔枝沟公社缝纫社工作，每月可领到38元的工资，并且超额完成任务的可以提成。当时，社领导老周伯和我家是邻居，大家平常有来有往，关系十分和睦。因此，老周伯每天给母亲缝纫的衣裤总比别人多。这当然是好事，毕竟集体单位是多劳多得，但也害苦了我们，尤其是二弟。二弟精明，学艺快上手快。不是说能者多劳吗？这些打纽洞穿纽扣的精细活全由二弟包揽了。我则负责割猪菜煮猪食挑水浇瓜种菜洗衣做饭的活计，有啥办法呢？生来就是笨拙做苦力的料！后来母亲被安排到荔枝沟中学做职员，负责学校的收发工作。

在我的记忆中，不管是在月川还是荔枝沟，一家人的衣服都是由母亲缝制的。年前，她会买来布料，给我们每人缝制一两套衣服，让一家人欢欢喜喜过大年。母亲用一针一线缝出了母爱，缝出了希望，缝出了一天比一天火红的好日子。

情　怀

　　在月川生活的那些年，农垦医院的子弟都来月川附中上学，一直从小学到初中毕业。因此，身为校长的父亲自然地结识了医院的医护人员，从院长到一般的医生，很多人成了他的熟人或朋友。

　　过去，老家的医疗条件很差设备很简陋，治疗小病还勉强可以，但稍大一点的病就必须要到大医院医治。当时，农垦医院在琼南地区是最大的医院，并且医疗设备齐全，医生医术精湛，是患者趋之若鹜的首选医院，故而，老家人一有个疑难杂症就慕名而来。

　　父亲是在老家农村长大的，二十岁才走出家乡到三亚任教师，所以乡里乡亲认识他的人特别多。这些老家人到了陌生的医院可就举目无亲了，这时，父亲就成了他们的亲人，得帮他们联系科室，找医术过硬的医生帮他们医治。陪来的亲属大都住在我家，有时来的客人有好几拨，但母亲毫无怨言，一面想尽办法安顿客人，一面筹办着一日三餐，用一腔柔情让病人安心治病，让乡亲身在异乡也感受到家的温暖。

　　在当时的农村，人们的生存条件是极端艰苦的，日常就是用黑乎乎的扁豆酱就饭，偶尔从田间逮得几条小鱼小虾就丢进钵里，又加入几勺扁豆酱继续煮，日复一日地食用，要吃顿海鱼无疑就是奢望。我们居住的月川滨河靠海，平时可以买到鱼，况且小舅是渔民，渔获多了会拿一些送来，因此，吃鱼是不愁的。若是遇上鱼汛期，母亲会趁着鱼价下跌的时机，大量采购鲜鱼回来，腌制晒成干鱼，放在大缸里储备。待有老家亲人来或我们回老家时，母亲就把鱼干拿出来，用报纸包成数份，还特地嘱咐把鱼干分给谁谁谁，家里的亲人是一个不落家家有份呢。亲人们吃上久违的鱼干时，一股从内心对"小娘""小妗"的感激之情油然而生。

父辈中只有父亲读书，他在黄流中学读至初三毕业后，就再也没钱续读高中了，在乡大队当了几年会计后就执鞭从教了。他进步很快，仅仅几年时间就担任了学校教导、学区主任至中学校长。他在月川附中和荔枝沟中学任职期间，老家的亲人们也希望自己的孩子像父亲一样有出息，能考上大学有"公粮"吃，于是，把家里的男孩子送来我家读书。人多了，吃穿用就多了，生活压力就更大了，但母亲没有嫌弃，甚至没有一句怨言，而是将他们视如己出，以一个母亲的博爱和包容去对待每一个孩子，去温暖每一个孩子，给孩子们提供一个温馨的家，让他们专心致志去读书。在高考升学的路上，母亲的孩子们、我的兄弟们像一只只羽翼丰满的小鸟飞进了他们心仪的校园，去领略未来的好光景。

母亲就是这么对待乡友乡亲的，怀抱着一颗炽热的心，力所能及地为他们排忧解难；用一颗慈爱的心去驱逐亲人的凄凉和苦楚；用她的那盏心灯为孩子们照亮了前行之路！

母亲的摇摇椅

在我家院子大门口灯柱的内侧，挨着花坛有一处五尺见方的地方，置放着一张两头人字脚顶头一横杆挂着一米长的铁艺摇椅。摇椅虽脚腿已铁锈斑斑，却很坚强地站立着，一副铁骨铮铮的样子。它记录了母亲独享快乐的美好时光，记录了母亲追忆往事时的感慨落泪，记录了母亲时有的神情自若的淡定和从容。

啊，这是母亲的摇摇椅！

望着母亲钟爱的伴随她度过最后时光的摇摇椅，我的思绪不禁又回到了那个惊心动魄、让人难以忘怀的深秋之夜。

2007年9月29日，大家都怀着激动的心情迎接国庆。可是那晚凌晨2点多，从母亲的房间里传来一阵痛苦的叫喊声，陪着母亲睡觉的外甥女惊醒了。我也被母亲凄戚的痛苦声惊醒了，急匆匆地奔向母亲的房间，只见她双手紧抱脑袋脸色发黑痛苦地呻吟着。给我的第一感觉是脑出血了，因为母亲长年患有高血压症，平日里是靠吃降压药来维持血压稳定的。

时间就是生命！我第一时间拨打了120，清晰地说明了家的位置。紧接着拨打二弟的电话，又叫醒了小弟一家。不久，兄弟仨和妹妹都围到了母亲的身边，生怕母亲撒手而去。约二十分钟后，农垦医院的救护车就来到了家门口，兄弟仨合力把母亲迅速送上车，又陪着母亲向医院奔去。路上，二弟掏出手机拨打该院他的高中同学黎主任，让他亲自给母亲主刀。

　　到了医院，黎主任立马送母亲做 CT，结果是脑干出血。正准备推母亲进手术室时，得知手术室因当天已做了几台手术，血包已用完，且手术用具也未消毒完毕。在这个节骨眼上遇上这事把一家人急得团团转。

　　我顾不上深夜莫扰人的礼节了，立马掏出手机拨打市人民医院脑科主任陈医生的电话，向他说明了原委。他立刻说道："快把老母送来，我就去准备。"短短的一句话却温暖了我的心，让我读懂了什么是医者仁心！

　　母亲又被救护车送往市医院。

　　细细地做了一番身体检查后被推进了手术室。鉴于母亲岁数已大，陈医术采用了比较保守的微创手术，仅用了三个多小时就把母亲推进了 ICU 病房。他出来时笑着对我们说："老母不出意外的话，可以活上 5 年。"这句话就像一注定心剂，让我们一家人从愁绪中缓过来，心里充满了感激。

　　母亲在 ICU 病房整整待了五十天。本来她住院一个月时就可以转到普通病房，但为了让母亲得到更好的护理和医治，我们宁可每天多支付些费用。

　　当年 11 月中旬，我们等到了一间单人病房，让母亲得以安静休养和接受后续康复治疗。在那段日子里，家人轮流陪护着母亲。晚上兄弟仁和妹妹经常齐聚在病房，可睡觉却成了问题，不得已让妹妹挤着母亲睡，我睡拖拉椅，小弟打地铺，二弟则靠着木椅睡个囫囵觉。谁都不愿离开母亲，就像小时候挤着母亲睡成一团一样。

　　年末的最后一天，母亲终于出院了，在家迎来了新的一年。

　　由于荔枝路扩建，家的两栋楼被拆了，我们只得带着母亲到南新农场租住房子。

　　历时十个月，终于盖起了新楼房。想把院子打造成一个休闲的处所，就在飘台边上的树荫下安放了一张铁艺摇椅。之后又因该处改造为鱼池和花坛，摇椅又挪到了现在的位置。

　　母亲脑手术后留下的后遗症让她的双腿失去协调能力，走起路来摇摇晃晃，感觉随时都可能会摔倒。为防止母亲发生意外，家人每天都扶着她在院子里行走，累了就坐到摇椅上休息放松。

　　母亲用脚尖轻轻地点下地板，椅子便前后悠悠地摇摆起来。

　　午后的阳光透过花坛那棵茂密的凤尾竹，把一个个光影投在她矮胖的身上，让她的身体温暖起来；轻柔的风穿过铁艺栅栏帮她捋着苍苍白发，让她的头发顺溜起来。

　　我端来温水让母亲泡脚，给她按摩腿脚，问她舒服不？母亲咧着嘴一脸的笑意说："真舒服！"母亲开心的样子，像一股幸福的电流穿遍了我的周身。有妈的孩子哪个不幸福呢？

　　母亲靠着不懈的坚持，终于可以正常走路了。每天上午和午后，她都在院子里独自行走，累了就坐到摇椅上，眯着眼打着禅坐晃着椅子尽享美好时光。

　　母亲在这张摇椅上，我时常看见她面露灿烂的微笑，我想她一定是在回忆着在中学时代冲锋于球场奔跑于赛道的青春飞扬；在这张摇椅上，我时常看见母亲面带伤感暗自流泪，我在想她是在回忆着她一生中历经的种种坎坷、品尝世间的种种辛酸苦楚；在这张摇椅上，我时常看到母亲淡泊宁静心若清流，我想她一定是将曾经的过往曾经的荣辱看淡了。

　　就这样，摇椅成了母亲的专属物。这张摇椅安安稳稳地陪伴母亲度过了五个春夏秋冬和暖凉寒！

　　五年后的一天，母亲再次脑干出血。送农垦医院医治，医生说出血虽少但脑血管已脆做不了手术，只能保守治疗。

　　母亲的生死只能听天由命了。

但奇迹总是在母亲的身上发生！也许是她的命格硬，在医院治疗不到一个月便出院了。母亲又一次闯过了鬼门关！

二次脑出血后，母亲的身体状况已大不如之前了。尤其血块压迫着脑干，神经中枢严重受损，母亲的生活起居基本无法自理，更无法行走了。

但母亲向往外面的世界，向往温暖的阳光和轻柔的风，更向往她钟爱的摇摇椅！

一天下午，我下班回来，见母亲独坐在摇椅上眯眼打坐。这一情景惊得我浑身冒汗，立马询问家人，但他们都摇头说不知道。我就纳闷了，从她的房间穿过客厅又过走廊再过庭院，整整几十米的路程，她是如何走完的？

原来，母亲天天打坐，丹田吐纳气功通过血管输送至周身各部神经，多年的锻炼让她的手脚变得格外有劲。只见她用四肢撑着地面，微抬起身子，然后一点一点往前挪。就这么重复着，一直挪到摇椅边，再用一只手抓紧椅边，另一只手抓住椅座，然后调转身子，再双手发力，把140斤的身体撑到椅子上。

这几个动作一气呵成，真是一出完美无瑕的人体行为艺术呢！

摇摇椅老旧了，多年的风吹雨打使它变得锈迹斑斑飘飘摇摇，如同风烛残年的老母亲，让人看着心酸不已。但即使这样，它依然无声无息地宛如背负使命地伴陪着母亲走完生命的最后旅程。

2014年大年二十九中午，二弟在家边吃饭边看着母亲静坐。突然，母亲瞬间脸色变黑，牙咬舌头。二弟见状立马飞奔过去，用手指插入母亲的口腔，避免她咬断舌头。二弟边操作边哭喊，住在邻屋的小弟媳，听到二弟的哭喊声急匆匆地跑到母亲的房间。她见此情景感觉大事不妙，又急匆匆地跑上二楼打门喊人。当时，我和几个兄弟在打牌，听小弟媳说母亲又病倒了，立马夺门而出，飞奔到母亲的房间。此时，母亲咬着牙根，脸色暗黑，双目紧闭，完全失去了知觉。我们心里明白，母亲再次脑出血了，已命在旦夕。

送母亲至农垦医院急救科，向医生说明了母亲的病况。请求医生不要给母亲做各种检查了，尽快送 ICU 病房抢救，能挨过春节就好。医院依照家属的要求直接在重病房对母亲实施救治。但已回天乏术，母亲在年初二撒手人寰。

母亲尽管走了许多年，但每每看着母亲钟爱的那张摇摇椅，就感觉再一次看到母亲盘坐在椅子上，或眯笑，或独自流泪，感受到了母亲的喜与乐，忧和悲；抚摸着摇摇椅，便感觉是抚摸着母亲那张慈祥的脸和结实有力的手，感受到了来自母亲仍然偾张的脉动和推我前行的力量！

摇摇椅是一个记忆，一个注满亲情的美好记忆！

谨以此文纪念母亲去世 9 周年。

与外公外婆生活的日子

1969 年夏，我们兄妹仨跟随母亲回了乐东老家。当时农村生活异常艰辛，顿顿都是以黑乎乎的"扁豆酱"配饭，难见半点油星。由于营养不良，我们都面黄肌瘦。一次，母亲带着我们兄妹仨去红光农场探望外公外婆。外婆一见我们这般情形不由悲从心生，眼泪夺眶而出。为让我们吃好一些，她每天去集市买些新鲜的鱼，蒸煎煮换着做，我们佐着灯笼辣椒酱油吃得汗流浃背，小嘴辣得猛吹气啧啧作响，实在过瘾，感觉天底下最大的幸福也不过如此了！

几天后，我们要回老家了。可是外公外婆出于爱女心切，好言挽留母亲，让我们随他们一起生活。在当时，农场人的物质生活要比农村好得多，能留下来无疑是一件梦寐以求的事。于是，我们都留了下来，与外公外婆生活了半年的美好时光。

外公个子不高，脸颊瘦瘦的，双目深邃，透着精明和干练，脸上总是挂着笑容，人称"笑脸公"，他是一个历经风浪的老水手老船长。外婆是富家女，高高的个子，白皙的皮肤，眼睛圆溜，穿着高高的木屐走起路来，那三寸金莲的小脚一蹭一蹭的，特像宫女走路的样子，煞是好看。在我小时的印象里，外公特别慈祥，外婆老凶。

外公外婆原居住在鹿回头村，由于家庭成分问题，被迁往红光农场。

月亮升起，明晃晃地把大地把随风飘摇的椰树和宁静的房子镀上一片银色。这时，外公搬来椅子，我们一排坐着听他讲述大海的故事。

他讲起"海猪"（海豚）救人的故事。有一次，生产队的渔船出海捕鱼，那时的渔船吨位小又没导航仪，出海全凭作海经验。七月的天说变就变，天边一下子聚满乌云，黑压压地逼向海面，不一会儿，大雨伴着大风袭向大海，海面顿时掀起十米巨涛，渔船一会儿被抛入谷底一会儿又被抛到浪尖。外公死死地把住船舵，以超人的驾驶经验让渔船穿行在谷底浪峰之间。

经过一夜的生死搏斗，雨终于停了，风也小了，但渔船也被抛得远远的了。望着无边无际的大海，大家不得不接受一个严酷的现实：迷航了！在海上迷航是可怕的，无水无米让你支撑不了几天，更要命的是柴油也耗尽了，船只能随波逐流。

一天两天过去了，大家还是看不到陆地的影子。有的人变得焦躁不安，有的人陷入深深的绝望，只有外公沉着气，用他那双深邃的眼睛盯着海面，捕捉海上可能出现的目标。这时，一群"海猪"从远处冲刺过来，在渔船前面伴游，"海猪"是给他们领航来了！见状，大伙儿赶紧摇着摇橹，跟着"海猪"奋力划船，经过一天一夜的拼搏，他们终于看到了陆地上的灯光。这时村里派出的搜救船也发现了他们，大家得救了！这群"海猪"见人们得救了，也发出一阵阵"吱——吱——"的欢快声，然后绕着渔船游两圈拍打着尾巴向深海游去了。

从此，作海人有了一个约定俗成的规矩，不捉"海猪"不吃"海猪"肉。海豚有灵性，是人类的好朋友！

月儿西坠了，我们还陶醉在外公的故事里。大海总是那么迷人，令人遐想。

　　外公关于海的故事每晚都伴随我们入睡，也伴随了我们的成长。

　　外婆对我们的要求可就"苛刻"了，她总是以大家子的家规约束我们。可是小孩子贪玩，任你如何行为规范，一遇上好玩的，什么约束规范早就抛之脑后了。

　　在红光农场的那段日子，我认识了几个小朋友，一个叫风波，另一个叫祥火，后来又成了同学加朋友。风波性情内敛，而祥火性格比较活跃，凭着对当地的熟悉，他经常带着我们漫山遍野地找果子吃。有一种果长得黑乎乎的，吃着有点涩，他们说是"鬼子"果，吃多了会拉肚子。

　　有一次，我带着两裤兜"鬼子"果回来，浑身大汗，灰头土脸的，衣服被荆棘扯破了，鞋子也没了踪影。外婆见状，当即抓起晾衣服的竹竿朝我屁股打来，嘴里还嚷着："没出息的东西！"我虽然表面装得老实了，但熊孩子那些调皮捣蛋的事还是在继续着重复着，谁叫我们是孩子呢！贪玩好斗本就小孩的天性呀！

　　时光在外公的故事里，在小伙伴们的玩耍中，在外婆那杆竹竿的挥打下流走了。半年后，我们结束了在外公外婆家的生活。

　　时至今日，很多人、很多事已无从记起，但"鬼子"果那青涩的味道仍一直在调逗我的味蕾，外公那些日夜都讲不完的大海故事仍一直萦绕耳边，外婆那杆令人生畏的长长竹竿也仍然一直装在我的记忆里。

　　这些，毕竟是我的成长经历。

父母建房

父母总是没完没了地盖房，从泥瓦房到砖瓦房到小楼房到大楼房，一间间一幢幢不停歇地盖，让这块私家宅地变得丰实起来。

1973年初秋，父亲到荔枝沟中学任职。父母趁着暑假先来荔枝沟打头站，在荔枝沟路的边上开辟了一块约两亩的地块来。当时，荔枝沟驻地单位很少，除了一个国有农场就是公社、学校及一些企业单位了。荒地相应就多了，很多土地都处在荒芜的状态，我家后面就是山猪园，树木茂盛，荆棘丛生。由于地多人少，谁家只要想圈地，只要到路边整一块或砍一处山林就是了，没人去阻拦你。平整土地后，父母在农场基建队工作的几个亲舅的帮助下，很快就建好了三居室的泥瓦房，又挨着房子盖了一角茅草屋，作为厨房。房子虽然低矮简陋，但墙内墙外都涂抹了石灰水，看起来也是明亮通透的。我们终于有了一个安稳的家，不再四处漂泊。

那年秋天，我和二弟从月川附中来到荔枝沟，我就近在荔枝沟小学上学。放学回家，父亲教我们种树，树名叫苦楝树，这种树易活，且生长快。于是，兄弟俩一有空就漫山遍野地找树苗，找到树苗就小心翼翼移回家，挖个坑把树苗种下，隔天浇水。一个学期下来，屋子四周都种上了苦楝树。屋后是一大块空地，父亲又找来几十棵母生树种下，这种树生长期长，但材质坚韧。转眼间许多年过去了，当时幼小的苦楝苗已长成参天大树，树冠很宽，树身有水桶般粗，母生树也有了大人的小腿一般粗了。这时，父亲请人来把苦楝树锯了，又把木料锯成一大段一大段的，置放一段时间后又把木料锯成大小厚薄如一的木桶。

母亲是个养猪能手，每年饲养三四头肉猪。为让猪们吃得好长膘快，她带着我们在树园后面足有几百平方米的土地上开垄种地，种苗有地瓜苗也有木薯棒。还到中学操场后面的荒野，开辟出一块块土地来，种瓜种菜。由于土肥水足，之前的坡野地很快就换上了绿油油的新装。有了充足的饲料，猪们长得飞快，仅一年的光景小猪崽就长成了二三百斤的大肥猪！出栏时，每头猪都能卖到几百元，这在当时已经是不小的数目了。每次卖去大猪又买来猪崽，一年又一年循环反复着。日子虽然过得清苦，但很有奔头。

手中有了积蓄，父母就开始谋划着建房了。每次卖猪后，父亲总是买来一些木料砖瓦置在屋的一侧。经过几年的筹备，他选了个黄道吉日，拆去泥瓦房打起地基开始建房。他一共打了四间砖瓦房的地基，准备一气盖完，但由于当时我和二弟在一中读书，花钱的地方很多，就选了中间地基盖起了两间砖瓦房，在屋后又盖起一间简易低矮的伙房。在建房的过程中，那些苦楝木桶就派上用场了，不论居室还是灶屋都用上了苦楝桶，而灶屋的梁和柱都来自那些母生树。

一家六口，随着小弟小妹的长大，加上从老家来读书的堂兄弟们，偶尔外公也来小住，这两间房实在装不下这么多人了。于是，父母拆去厨房，在原地盖起了一间比较宽敞的厨房，内设卫生间，厨房既作餐室又可居人。但还是解决不了居住问题，没多久，又在厨房的一边建了一间小瓦房，并搭起一角瓦盖的板屋，这板屋是我和堂哥学习睡觉的地方。1988年夏，二弟大学毕业后分配到荔枝沟镇委，几年后就谈婚了。为给二弟一个婚房，父母在厨房的另一边盖起了一间高大宽敞的砖瓦房。1991年，父母手头宽松了，便继建了前面两间砖瓦房，实现了他们当初未能完成的心愿。

我因参加工作较早，很早分得了单位套房，故在家的时间少了，二弟也很快分到单位套房，也不住家里了，堂兄弟们也纷纷考上大学离开了家。这时，家里的房子一下子变得多了起来。1991年，海南掀起房地产热，外来热钱把三亚的地皮炒高了，自然也带动了本地经济的快速发展，出租业更是早早地搭上了这班车。父亲瞅准时机，把临街的四间砖瓦房当成铺面出租给人做生意，好似风水这边独好，各个店铺风生水起生意红火。经过几年的资金积累，父母亲又产生了更大的目标，他们已不满足于那些砖瓦房了。

1993年夏，父母一个宏伟蓝图出笼了——建小楼房。他们几经多方筹备，在一个艳阳高照的日子，择选一块临巷又与前面砖瓦屋垂直的地段破土动工，耗时半年建起了两层带有卫生间的小楼，建筑面积一百八十平方米。外墙砌着小片长形瓷砖，一楼三间房都装上铝质滚动门，作为铺面，二楼用来住人，我住一间，平时回家或逢年过节有个休息的地方。父亲时常踌躇满志地在他亲手建起的小楼前后转悠，这里瞧瞧，那边看看，平视仰视，像欣赏一幅他亲自泼墨的山水画，灿烂的笑意尽泻在他的脸上。小弟大学毕业几年后，在小楼里完婚，终了父母的心愿。

人生难料，命运多舛的父亲在2001年那个严冬寒夜与世长辞了。他心有不甘，因为他还有许多事情要做。他临终前告诉母亲，一定要把前面的四间砖瓦房拆除，建起楼房来。在三年守孝期过后，我们兄弟仨在母亲的率领下，拆了前面的砖瓦房，建起了两层约四百平方米的框架结构的楼房，终于完成了父亲的夙愿！2007年8月，荔枝沟路扩建，马路两旁要征去部分房屋，我家两栋楼全被征用到，政府也做了相应的赔偿。又要盖房了，我们知道这是最后一次盖房了。于是，请来钻探的打探土质，又请来设计师设计图纸，可谓用功之极。待一切具备后，我们在剩下不足400平方米的宅地上耗时十个月盖起了一栋"7"字形约一千六百平方米的大楼，并留出一小块空地作为院子，配套鱼池花池等，现在已成为我们以艺交友和煮酒论剑的处所。父亲虽然没有看到大楼的模样，但他一点一滴的积累才造就了今日的大家！苍天有眼，相信他老人家也应含笑九泉吧！

　　谨以此文献给辛勤一辈子的父亲母亲！

庆生感怀

8月11日，是我的生日，是我出生的日子，每年都要庆生，感谢父母亲给了我生命。今年的庆生宴与往年有些不同，除了亲人朋友同学，还增加了市作协文友们的捧场，多了一层意境，庆生场景自然是蓬荜生辉了。

一岁时，母亲就给我过生日，一直到我参加工作，每年不漏。我小时过生日，没有现在的孩子们过生日时的奢华蛋糕，也没有面对蛋糕双掌合一念念有词的祈愿，更没有切蛋糕高唱生日歌的隆重仪式，只有几个用红纸揩擦过的红鸡蛋，或者是一只白切鸡，一家人围在一起吃着红鸡蛋或者夹上几块鸡肉，幸福便写在一家人的脸上。这时，父母会摸着我的头掬着笑容地说："又长一岁了，又更懂事了。"这时，我会扑入母亲的怀里撒起娇来，感觉自己真的长大了。

因此，我总是盼望着生日的到来，尤其当日子进入8月份，挂在墙上的那本日历我撕得最勤了，一到傍晚就把今天的日历页给撕了，心里感觉又少了一天，明天的日子已经提前到来，然后目不转睛又一页一页地数，巴不得8月11日那张令我望穿秋水的日历页立马呈现在我的眼前，心里真是焦急啊！怎不急切呢？过生日意味着有母亲煮的鸡蛋吃，或有鸡肉吃，说不定母亲还给我买双新鞋子或者缝一套新衣服呢，那是多么开心多么幸福的事情呀！母亲当然看出我的心思，就说："傻孩子，人生有时，时旬到自然会来。"

随着自己年龄的增大，四季的年轮沉积得越来越厚实，我开始成熟了，懂得了许多事理，读懂了生日里饱含母亲的艰辛与痛楚。

母亲生我不易，十月怀胎的艰辛就不说了，就单单说我出生的那一刻。我个头大，出生时足有 7 斤 2 两。在产房里，我仿佛依恋母亲那温暖的胎胞似的，在产道里折腾了半天就是不愿出来，让母亲吃尽了苦头，刀扎般的疼痛如潮水袭来，一阵又一阵。母亲浑身是汗，双拳紧握，牙关咬紧，在医生的帮助下，硬生生地把我挤出半个脑袋来，但再怎么使劲这混蛋小子还是未能出生。时间一分一秒地过去，羊水也几近流尽，危险也渐渐增大，如再不生产，可能会搭上两条性命。情急之下，医生采取非常手段，用产钳钳住我的脑袋，用手抓紧我的身子，一齐使力，这混蛋小子终于呱呱坠地了，实在是命大。但产钳也钳伤了我的眼睛和脑壳，现在变成了独眼龙和半脑子，成了名副其实的残疾人，当然这不能全怪我了。

作为母亲，传宗接代延接香火是她最大的愿望，也是她一生的幸福和满足。或许这些已让她忘记了接二连三的产时阵痛，但作为儿子永远不忘！

所以，我后来每每过生日是饱含眼泪过的。因为每过生日就自然而然想起母亲生我时的万般痛苦，尽管这些事情是母亲在我稍大一些时告诉我的，但直到我做父亲后才真正了解孕育的不易，生养的不易。我甚至惧怕过生日，生日让我感受到母亲撕心裂肺的痛！

看到这里，你也许会问：既然你惧怕过生日，那为什么年年还要过生日呢？问得好！我这么告诉你吧，我过生日不仅仅是为过生日，而是通过过生日的方式记住母亲的艰辛付出和大海一般的爱！是一种感恩的记录。

父母已不在人世，但每年的 8 月 11 日，我透过闪动的烛光和轻烟绕梁的香火，依稀看见了父母亲朝着我微笑，冲着拥抱我的双臂！

作于 60 岁生日前夕，以铭记父母生我育我的隆恩！

第四辑

天涯碎浪

语言流失，文脉赓续的悲哀

　　语言作为人们日常生活工作中不可缺少的沟通交流工具，这决定了它存在的必要性重要性和使命性。每个国家都有自己的官方语言，每个民族都有自己的语言。中国五十六个民族也有属于自己的语言，这些语言是千万年来人们从生存中从劳动中从交往中沉淀出来的智慧，每种语言都是人类文化的瑰宝，每一种语言构成了文化的多样性，每一种语言铸就了源远流长的中华文明，极大地丰富了华夏五千年光辉灿烂的文化内涵。

　　可是，我近来有些恍惚了，甚至迷失了。深陷于语言的流失，深陷于作为文脉赓续的语言被活生生撕裂扭断的悲哀中。

　　今年五一劳动节，和几个朋友去立才农场观光，顺便跟随当地一友走访她曾经蹲点扶贫的村落。车子穿行在山峦起伏七拐八拐的山路上，约莫走了二十多公里，我们终于见到了一个小村庄。村子不大却很美，四面环山，房子依山而建，各种热带作物遍布山野。走进村子，只见鸡鸣犬吠，大人劳作小孩戏耍，一副安详惬意的模样。我们一伙人跟着她走到她曾经蹲点生活的一户人家。男主人乐呵呵地把我们迎进客厅，我打量着房子，三室一厅带厨卫间，他说是前年盖的，是政府给予资金物质支持才盖起来的。现在种了几十亩橡胶槟榔，养了几百只散养鸡，还有十来只猪羊，脸面上泛着富足的光彩。宾主拉起了家常。男主人说他是黎族人，他老婆是苗族人。我很讶异，就问平时怎么交流？他说两人都不会说对方的语言，只能通过普通话来沟通。说话间，外面传来了小孩的嬉笑声，只见一个约十岁的女孩和一个约七岁的男孩追逐着跑进厅来，都有礼貌地操着普通话叫"伯伯妗妗好"。男主人说是他孩子，都已上学。由于好奇心理，就问两个孩子："会说黎话苗话吗？"问答是："不会！"又问："平时爸妈教你们黎话苗话吗？"回答很一致："不教！"再问他们日常说啥话，回答一致："普通话！"我又转问男主人为啥不教孩子黎话苗话呢？他接过话茬说："伯伯妗妗好。"我又问："这里的父母们都是这般认知吗？孩子们都不会说本族语言了吗？"回答十分了当："是的。"这番话重重地触痛了我。为让孩子不输在起跑线上，作为父母竟然放弃了对孩子的本族语言教育，硬生生地扯断了赓续千年的文脉！

而类似这种情况何其多！一天我下班回家，路经东岸村见几个小姑娘在游戏，都操着一口流利的普通话，我就问："你们是汉族人吗？"她们异口同声回答："不是，是黎族。"当问到她们会不会说黎话时，她们全都摇了摇头，表示不会说了。现今，不仅黎话苗话在流失，就是我们海南方言也正在快速流失！从城市到乡村，父母们"为让孩子不输在起跑线上"，从孩子出生的那天起，所听到的尽是普通话，若有老人对孩子说句方言也会被父母嫌弃，感觉让孩子远离方言是件多么光彩的事情。后果是什么呢？方言被扭断了，〇〇后尤其一〇后的孩子几乎不会说海南方言了。试想一下，现在，城市的孩子就不会说自己的方言了，地处山区的黎村苗寨的孩子也不会说自己的语言了，那么再过三十年、五十年或者两代人三代人，未来的海南人还会说海南话吗？未来的黎人苗人还会说自己的母语吗？莫非到那时想听听自己的语言得去历史博物馆听录音吧！我并非杞人忧天，实事就摆在桌面上。古楼兰国是现今中国版图上的一块。在远古时曾经是一个国家，是欧亚大陆的货物集散地，市场繁荣，人口稠密。这里的人们讲的是吐火罗语，由于战争和人口迁并，这种语言已淹没在历史的长河中。联合国教科文组织出版的《世界濒危语言地图集》显示，现今在世界上有 7000 种语言，预测 21 世纪末将有一半语言消亡。有许多濒危语言是每两周消失一种，一年消失 25 种，这样下去将有 90% 的濒危语言消失！这些冰冷的数字还不足以让你警醒吗？

这种情况是普遍性的，不仅海南，全国乃至世界各国都存在这种现象。作为一种社会现象一种文化现象，政府部门教育部门乃至整个社会和每一个家庭都应高度重视。深挖语言教育失败的主因，及时调整教育方法，拯救区域方言，拯救民族语言，拯救被撕裂的中华文脉！

那么如何拯救？我认为：一是政府部门应加大对少数民族语言和区域方言尤其是濒危语言的保护力度。可以考虑专设一个语言保护部门，在人力物力财力方面给予优先扶持，把语言保护当作国宝一样来保护，并加大宣传力度，通过各种宣传工具宣传民族语言和方言使用的重要性和必要性，唤醒人们的认知。二是大力倡导使用民族语言和方言，力促人们在工作之余，在日常交流中尽可能使用民族语言和方言，形成一个良好的民族语言和方言交流的语言氛围。这点广东人上海人就做得很好。三是教育部门应引起高度重视，鼓励教师学生在课余尽量以民族语言和方言沟通交流，让学生加深对民族语言和方言的认知，树立对民族语言和方言的语言自信。四是父母们应走出语言误区。每种语言都同等重要，不分贵贱。况且孩子都有高超的语言天斌，可以同时学习多种语言，学好本族语言或方言并不影响孩子学好普通话，反之亦然。故而家长们大可打消语言障碍这个顾虑，以端正的姿态让孩子在启蒙期就接触本族语言或方言，让每一种语言奇葩都绽放在中华文化的大花园里，永不凋谢！

别让陋习玷污了"三亚这个家"

有一个外国朋友说过一句话：我们生活的城市就是我们自己的家，哪有往自己的院子客厅丢垃圾的？这句话对我很有触动。"三亚是我家，文明靠大家！"这句话喊了几十年，并且喊话工具很多，有电视广告，有车辆广告，有横幅告示，时不时还有志愿者提着小喇叭进街道社区做宣传。有无效果呢？答案是肯定的，但从总体效果来说，还远远没有达到要求，距离预期仍有一段很长的距离。

在大街小巷都可以见到"血迹"斑斑，那是槟榔水，这种"血水"含有石灰石，凝固后怎么冲洗都会留下痕迹，有的人甚至直接将槟榔吐向绿化带，让盎然的绿意无端地背起红彩，满目疮痍。三亚人爱吃槟榔，红事白事要有槟榔待客，一些年轻人一天消费十几个槟榔是常有的事。吃槟榔不是不可以，关键是要处理好"后事"，不要一嚼一吐，把环境搞得"鲜血淋漓"，既不卫生又很吓人。城管人员应以维护城市的干净为己任，但一些执法者在上班时间也大嚼槟榔，醉得大汗淋漓，请问这种人如何去执法，会不会影响到三亚的形象？

一些公厕臭气冲天，管理欠缺。去看看汽车站的公厕吧。还没入厕，远远就闻到一股浓浓的尿酸味。尽管人人缴费如厕，但管理人员只顾收钱，少予打理，一坨坨老屎新屎叠加在一起，让人恶心倒胃。动车站也存在这些问题。我一次出差去海口，趁着还没上车上趟公厕，里面装修豪华，地面也干净，可是打开厕门只见厕纸乱丢，大便堆在坐厕上，也不见有人及时处理，实在是令人恶心。可以说，这些公厕是三亚的第一门面，如此糟糕的境况会不会影响到三亚的颜面呢？

三亚绿化很好，一年四季鲜花盛开，这是辛勤的园丁们用双手缔造出来的，在美丽的后面流淌着他们的心血和汗水。但是，一些游人看到如此美丽的花也就把持不住自己的双手了，你摘一朵他摘一朵，把一树好端端的花卉撕得七零八落，实在令人深恶痛绝。尤其是春节前，为让三亚用美丽迎接八方游客，园丁们辛辛苦苦加班加点植换花卉，摆成各种美丽图案，但一些利己主义者却置社会公德于不顾，乘着夜色偷挖景观树木花卉。我就不明白，这种化公为私的丑恶行径真能给他的家园带来万千美丽？

夏天到了，三亚的天气炎热，一些丑陋的行为也"应运而生"了。公园里，马路边的榕树下，一些休闲椅子上七横八竖地躺着人，甚至有的人席地而睡，呼噜声如雷炸顶，行人无不避而远之。到了晚上烧烤时间，一副光膀行动如期上演了，手臂文着花鸟虫草的则草长莺飞，四处卖弄风情，文着青龙白虎的，则撸起臂膀腆着肚皮大声吆喝，几十块钱的烧烤硬吃出万元的豪席感觉来，几块钱的啤酒也能喝出几千元的茅台气势来！

类似这些不文明的陋习不一而足，已严重玷污了三亚的美好形象。市政府及相关管理监督部门是时候出台具体的管理细则和处罚措施了。要下真功夫，敢于碰硬，借用国外如新加坡治理城市的严厉手段，出重拳下狠手，下大力气治理好我们的城市，让三亚外围美观市内航脏的言论从三亚市消失消亡！

话说景区建设

　　三亚风景旖旎，旅游资源丰富。在北纬十八度的纬线上汇聚了海水、沙滩、阳光、空气、森林、岩洞、珍稀动物等，是世界上独一无二的旅游胜地，享有"东方夏威夷"之称，每年国内外宾客蜂拥而至，一睹三亚的天姿丽质！无疑，旅游已成为三亚的支柱产业，为三亚财政为三亚建设做出了巨大贡献！

　　作为一个三亚土著，看到三亚桑海沧田化蛹成蝶，倍感骄傲和自豪。但最近在全国旅游景点评选中，三亚的"天涯海角"有幸登上中国五大最坑景区，并且拿下第一名！可谓声名在外"光耀"吾市！人们怎么说？且来听听，"天涯海角"不就几块石头吗？有啥好看的？是忽悠我们来欣赏沫若先生那首诗吗？不来遗憾来了更遗憾！……评价之尖锐且毫不留情！字字句句，我看了真是如负芒刺，浑身难受。但想想也不怪人家，人家千里迢迢来旅游，是冲着体验我们的旅游文化而来的，难不成几块石头就是天涯文化？造物者也太粗浅了吧！难怪从5A级景区降到了4A级景区，这不是没有理由的。

　　天涯文化应该是厚实的，应当聚天然、民俗、古迹、牧海文化为一体，综合开发，提升旅游文化品质内涵，打造一个真正的天涯文化实体。如何提升？我的想法是：天涯海角景区是天涯古道的缓冲区，我们的先人就是经过这条古道运送食盐、粮食、布匹等生活之用的，这里也是西界人（古时人称乐东一带为西界）和崖州人互为往来的必经之地，蕴藏着丰富的历史文化。天涯海角景区又毗邻天涯镇，该镇是一个千年古镇，深耕着牧海文化。天涯镇主要由五个片区组成，每个片区均有一条主街，分别以红龙、白龙、黄龙、青龙、黑龙命名。整个镇街道整洁有序，街巷曲径通幽，居民朴实有礼，待客大方得体。天涯海角景区可否拆去围墙，把景区涵盖到天涯古道和天涯古镇，大力挖掘古文化，把居民和古镇引入旅游范畴，写好景区大旅游这篇大文章？试想一下，一个老气横秋的寓中老翁有谁愿意去看他的尊容呢？拆了景区围墙，增加旅游景点，整个景区呈开放式，不收门票，各小景区可另收门票，这么一来，游客便可择景而游，并且充分体验到天涯文化，同时也可让当地居民分享到天涯文化带来的红利，何乐而不为呢？

　　最近，有一诗友寄望我写一下关于三亚旅游列车的运营现状，反映市民的不满情绪。由于该情况与旅游建设相吻合，这里我就顺便推笔一下。

　　这旅游列车好似两年前就开通了，始发于老三亚码头，蛇走于三亚的大街小道，终止于三亚动车站，列车是厢拖厢的那种，类似于20世纪30年代上海滩的电车，只是车厢外表涂满了南国风情，空调也很好。只是运营状况特差，给人一种"车"可罗雀的感觉。此话是真的，有一网友乘坐该车，票价三元，整个车厢就他一人。突然，有一只麻雀趁着列车站点开门的刹那，赴门而入，尽享空调之爽。网友把此景拍下并挂在网上，一时间成了人们茶余饭后的笑谈。

　　当时市里的决策者应该说初衷是好的，为三亚增添一道景观方便人们的出行，这是造福一方的事情呀！可事与愿违，并且招来恶诟，这是为什么呢？想来有两个原因：一是决策者不做民意调查，拍着屁股下决定。三亚城区由河东河西两片区域组成，地域有限，搞了列轨，使本来就狭窄的路面愈加狭小，路面也被分割得四分五裂，惨不忍睹，市民怨声载道，意见超大，市民当然不给面子了。二是三亚市区小，人们出行方便，有谁愿意去坐慢悠悠叽里哐当的小列车呢？

荔枝沟路呼唤公厕

　　厕所是人们生活的一个重要组成，是人类文明进步的一个标志。人总是要吃喝拉撒，光注重吃喝而无视拉撒，那么距离愚昧也就不远了。

　　我家靠着马路，经常有行人来问有没有厕所，看着他们憋得一脸无奈的样子，我都会让他们使用我家的厕所。我就想，作为国际旅游城市的三亚，厕所怎就那么少呢？

　　难怪乎，一些男人和小孩大白天躲到树丛里墙角边肆意地小便，一到晚上树荫下公园里则成了人们"大号"的天然处所！把干净的街道悦心的花园弄得尿迹斑斑，恶臭连天！这种不庄失雅的行为理应为社会为人们所谴所弃！但责任全在他们吗？俗话说：人有三急，而内急为最。谁都有内急的时候，内急得找厕所，而找不到厕所，你叫他们怎么办？有谁能准确地回答这个问题？

　　荔枝沟是一个移民区，外来务工者多，又是大学城，学生多，且每年又有数量庞大的"候鸟"前来过冬，需要临时解急的人何其多！而荔枝沟路这条长约7公里的马路仅仅在建材市场设了一个公厕，落笔洞路也只在宝利小区门侧建了一处公厕。公厕红砖绿瓦，别墅设计，精致而华美，有专人打理，厕所干净且带有淡淡的清香，堪称五星也不过分，在里面吃饭睡觉想必也是一种享受！但老百姓需要这样富丽堂皇的公厕吗？需要得跑上五六公里才可解去内急之困的五星公厕吗？

市政部门是否应多关注公厕数量不足的问题和合理建厕的问题？市区许多环保公厕我们荔枝沟为何不去借鉴呢？路段一千米甚至五百米建一处环保公厕，既能提供公益岗位又能解决百姓如厕难的问题。这样一来，那些不文明的行为也自然就少了。何乐而不为呢？若有人质疑资金困难，那么我请你住嘴！一座豪华公厕动辄几十万乃至上百万，请问这些钱能建多少处环保厕所？建造一座豪华厕所的钱完全够荔枝沟路和落笔洞路建造环厕！

荔枝沟路呼唤公厕，呼唤便民的公厕！

要让百姓看得起电影

　　抗美援朝战争片《长津湖》正在全国热映。听说电影战争场景惨烈，还原了当时志愿军入朝作战在恶劣的环境中，以无比坚定的革命意志，用简陋的武器与武装到牙齿的以美国为首的联合国军进行了生死较量，狠狠地打击了美帝国主义的嚣张气焰，击破了麦克阿瑟三个月结束战争回家庆祝圣诞的美梦！是一部很好的爱国主义教育影片。怀着对志愿军战士无比崇敬的心情，我和两个朋友走进了一家影院。来到售票处，问起影票价格，服务员说："每位六十元！"我以为我听错了又重复一次，得到的回答是："每位六十元，全市一个价。"我心里一怔，现今的影票怎么变得这么贵了？尽管心是这么想的，但是影票还是要买的。花了一百八十元买了三张票，接着我们几个就像闯迷宫似的找买的那场的影厅，七拐八拐，路经的两边都有许多个小影厅，好不容易才找到我们的影厅。进去一看，影厅不大，装修却相当豪华，约有一百个座位，放眼过去，整个院厅才有八九个观众，零零散散地坐着。我有些不解就问旁边的年轻人为啥这么冷场，他毫不思索地说："影票这么贵有多少人能看得起？能不冷场吗？"经他一说我是彻底明白了。

　　从影院走出来，我一路上不断思考着这样一个问题：老百姓何时才看得起电影？想当年，三亚市区也就两个固定的电影院，

233

一个是人民电影院，另一个是工会露天电影院。偌大的电影院可以坐上一两千人，人们只要花上一两角钱就可以开心地看电影了。那时的电影是公众的电影，是百姓的电影，是人民的电影！可是现在怎么了？一张影票动辄五六十元，这对我来说压力还不算大，但对绝大多数收入低微的百姓来说，不是被拒之以"院"外吗？试想一下，三亚市最低工资标准是1780元，日平均工资不到60元，假设他们花去60元去饱一下眼福，那么肚子呢？考虑到肚子的感受吗？

老百姓看不起电影，症结在哪？工资收入低是一个方面，但绝不是主要方面，利益链作祟、脱离群众才是真正的主因。毛泽东同志在延安文艺工作座谈会上就明确指出，文艺工作要面向群众服务群众。电影作为文艺的传播工具，是否也应面向群众，服务群众？电影人只有从思想上意识上理解了主席的殷切期望，才能从行动上树立起为社会为民众服务的大格局。

把影票价格降下来，降到大众心理可以接受的界线，如果十元二十元一张票，似《长津湖》这样的大片，必定是场场爆满，决不会出现虚位浪费的状况。若能这样，岂不是既能让百姓看得起电影，又能给影院创收的两全其美的好事吗？

另外，文化稽查部门也应有所作为，从服务于民众的根本出发，运用行政手段规范影视业，切实把电影票价降下来，让百姓开开心心走进电影院。

也谈手机写作

　　现代人写作几乎离不开电脑，用笔的人微乎其微了，除非是上了年纪不会使用电脑的人。我比较另类，是用手机写作。智能手机本身就是一台功能齐全携带方便的微型电脑，手机和电脑在功能使用上是无差别的，说有差别那就是屏幕大小不同罢了。在写作上，我倾向手机，因为手机使用方便，不分时间地点，不管躺着坐着，不管室内室外，也不论茶余饭后，只要创作灵感一来，我立马会点开手机进入写作状态，文如泉涌。不用匆匆回家匆匆打开电脑，正儿八经地操作一番，等你忙完了，那点灵感早就不知躲哪藏哪了。创作之前，你可以框定一个题目，再规划作品构架，再寻思构架里的文化元素。如何寻思？要善于寻找创作灵感。灵感是不刻意的，往往在某一个不经意中产生。这时，文路很清晰，思路很开阔，大脑很活跃，写出的作品看起来会生动许多，利索许多。这时候，我会按照之前拟好的框架，把想到的东西以手写的方式快速输入手机，让它成为作品的一块。又循机寻找第二块第三块……然后把一块块"豆腐块"陆续填入属于它的位置，那么一篇文章也就几近组装完毕了。接下来是对文章的调整修理了。这过程很重要，你必须对每个"豆腐块"进行字里行间的修正，对文字的措辞修辞该斧的斧，该砍的砍，不要惋惜，必须着眼于精于骸。这样文字段落就变得精彩了，不会繁文缛节，文章便有了紧凑感。

当然，有时这么着还不够，还得上色润色，让文章带有生命的景象。好比一幅秋景图，画得很美，但细看起来又感觉缺点什么，又不知缺点什么，你得好好琢磨，把最后那抹色彩洒进去，这时，龙的眼睛就被点开了！创作也一样。作品完成后，是需要对文字对段落进行调色润色的，让文章变得圆滑厚实，读起来才不觉得晦涩绕口梗塞不畅。

也许有人会说，手机写作由于屏幕太小，造成篇幅过长，有顾头顾不了尾的现象。那我就告诉你，不着急，好好地从头到尾通览几遍，删去重复的内容，有漏补漏，有错纠正。深信能写出好文章来。

手机写作，随心随意随性，你可以随意放下不写，也可以随性来写。手机写作是休闲写作，不受时间空间的限制，慢慢写不焦急，反正有的是时间。

感　动

　　我无数次被一些场面恢宏或者是一些细微小节的情景感动，但无论是大场景还是小画面都让我眼噙泪花，哽咽难言。

　　今年五一淄博烧烤节，从市委领导到平头百姓都以积极的态度和温馨的服务全方位投入到这个节日中来，让宾客有一种归属感，有回家的感觉，从而让淄博这座历史文化名城又有了一张新名片——淄博烧烤。山东也通过这张名片把山东人的热情好客待人大方的豪气演绎得淋漓尽致，让人拍案叫绝！

　　一时间，北京赶"烤"队来了，山西赶"烤"队来了，湖南赶"烤"队来了，新疆赶"烤"队来了，海南赶"烤"队来了……全国各地的赶烤队不约而同来了！他们是冲着羊肉烤串而来吗？不是！他们是冲着久违的热情而来，是冲着久违的烟火气而来，是冲着久违的甘露而来！

　　一个四百七十万人口的城市一下子涌入了几十上百万人，淄博人的确感到力不从心难以招架。但市领导勇于担当，拿出了敢为天下先的勇气，毅然决然做出取消公务人员节日休假的决定，让全市机关干部奔赴到各个服务岗位，要求全体市民全力配合做好接待服务工作，彰显了泱泱齐都的胸襟和风范。外地车队来了有警车开路引路，满满的仪式感；车辆只要有空地不妨碍他人就能停泊，免得让外地人四处寻找车位，多么暖心的举措；小的违规违章不扣分不罚款，多么的人性化；每辆外地车的车盖上，都放着矿泉水和包装精致的淄博特产，礼物轻微却凝聚了淄博人的热情和友爱。尤其是，当很多人找不到住房时，许多大叔大妈一句话："走，去俺家住，不收费。"话语不多，却情深意切，让每一个客人都感动得说不出话来。上下联动，全民一致让淄博这座古老而又崭新的城市火遍了全国，成为国人的打卡地！

为了让客人有一个宽松用餐的环境，淄博市在原有的几个烧烤场的基础上，仅用二十天就建起了一座超级烧烤城，能让几万人同时用餐。但毕竟客人太多，几个烧烤场一到饭点便是人山人海。为了等个席位，感受一下氛围，许多人下午两三点便开始排队等候。到了傍晚时分，烧烤开始了。不同地域的人操着"地普"（地方普通话），相互问候，相互拥抱，"我们是一家人！"的呼喊声不绝于耳。人们尽管互不相识，也都把餐桌连成长长的一串，整个烤城的人们不约而同唱响了《我们相爱在南山红》，在轻柔软绵的歌声中，纷纷举杯共同祝福，祝福亲人，祝福朋友，祝福祖国，祝福时代！这么酣畅淋漓的痛饮，这么此起彼落的歌海，这么相见恨晚的热情，这么接地气的场景怎不令人心有所往呢？

根植于骨髓的友善、大度和博爱的淄博人，你们的热情已经深深地感染了我，感动了我，也驱动了我。

多彩贵州，那是心的方向。苗山侗水奇丽多姿，古朴的民风、独特的舞蹈、婉转的芦笙、俏丽迷人的侗家苗寨姑娘，无不吸引着人们的眼球，还有什么能阻断你的向往？

最近，贵州也火了一把，也深深地触动了我，感动了我！是什么让我感动得泪流满面？是足球！是名不见经传的"村超"足球赛！

我酷爱足球，读中学时就是一名冲锋陷阵的前锋。每届足球世界杯、欧州杯，我可以这么形容：我是抱着电视机观摩的！不愿意落掉一场比赛，每个进球都令我手舞足蹈兴奋不已，也因为某个必进球被打飞了而捶胸顿足，口喷芬芳。中国足球队每次参加国际大赛的外围赛，我是满怀信心去看，结果却总是大失所望。于是，我心疼起纳税人的血汗钱了。泪已尽，心已凉，我无数次扪心自问：中国足球的出路在哪里？

中国足球的转折点在这里！是贵州的乡村足球"村超"联赛！尽管队员有杀猪卖肉的、做厨子的、做钢筋工的、当教师的、耕田种地的，不一而足。可是，他们在绿茵场上凭着对足球的热情和理解，全力以赴，积极奔跑，时不时打出高难度的"世界波"来，令人兴奋不已，吸引了全国各地的足球爱好者前来观摩助力，每场比赛观众达五万余人，挤爆了球场。观众已大大超过了"中超"规模，更是惊动了央视，央视对每场"村超"比赛进行了现场直播，著名体育播音员韩乔生作现场解说！著名球星梅西观看"村超"后，十分感慨地说："中国足球的人才，原来是深藏着呢！"

而队员们获胜后的奖品更是令人匪夷所思：一条猪腿！一条猪腿就令一队人欢呼雀跃，也让输球的队羡慕不已！然而，从这只猪腿而不是成千上亿的高薪，我看到了中国足球的希望，看到了中国足球的未来！

我又一次被感动到了，感动于那场"村超"，那条猪腿！

第五辑　胶林萤火

雾色下的橡胶林

四周静悄悄的，静得似乎能听到自己的心跳。山峦睡得正酣，风从大海那边吹来，把橡胶林吹得沙沙响，偶尔传来几声惊鸟的叫声，或许是噩梦惊吓了它，但很快一切又归于平静。那漫山遍野的橡胶林随着坡势，一排排一行行地伫立着，像威武的屯垦战士，守护着来之不易的成果。在月光下，橡胶林密集的叶子泛着淡淡的光，远远看去像一卷卷的雾，和着月色，整个林子更显得神秘而迷美了。胶林深处，传来若隐若现的脚步声，大半夜的哪来的人？但随着那盏闪动着的灯由远而近，就确信是人了，是忙着割胶的胶姑。只见一个优美而敏捷的身影从这棵到那棵，从这行到那行不断在移动着，胶灯也在移动着，手中的胶刀像精灵般飞舞着，白色的胶汁在流淌着，光影映亮了胶姑那恬静秀丽的脸庞。

几个时辰过去了，一棵棵胶树被甩在后面，胶姑终于站在了胶林的尽头。这时，大地终于苏醒了，林子里的鸟叫声一阵胜过一阵，仿佛在给胶姑加油喝彩。胶灯点亮了天边的曙光，让大地有了光亮有了色彩，树冠上泛着的那层雾变得清晰起来，轻轻地飘逸着。望着那棵棵流淌着胶水的橡胶树，胶姑露出了甜美的笑容，她用笑容迎来美好的一天！

这胶姑只是一个农垦人日常工作的缩影，是茫茫胶林中成千上万奋斗者的缩影！他们把青春韶华献给了胶林，用磅礴的力量为共和国天然橡胶事业书写了一首可歌可泣的壮丽史诗！

我不是农垦人，却与农垦人有着深深的情结，因为农垦系统有我的老师和同学，还有耳闻目染为祖国橡胶事业出大力流大汗的开拓者及舍生忘死漂洋过海奉献橡胶果橡胶芽条的爱国华侨！

1979 年初，因为我所读的学校的高中部被撤，我和几个地方同学只好转学到驻地的红星农场中学，读了一个学期的初三。我家距农场中学不远，直线距离不过二里地。每天上学放学都要经过一片望不到边的橡胶林。在胶林的边上，有一座偌大的孤零零的坟墓，墓中人姓冯，是红星农场第一任场长，他在一次下连队送粮食的途中不幸翻车殉职。他是浙江人，年纪轻轻就参加屯垦戍边工作，把青春乃至生命献给了橡胶事业。按照他家人的意愿，他被葬在了那片他曾经奋斗过的胶林。生为橡胶事业，死为橡胶护神！每每经过此地，我们都会放慢脚步，向他行注目礼，向这位献身橡胶事业的先驱致以最崇高的敬意！

他，仅仅是农垦人甘为祖国橡胶事业不惜牺牲的一个典型代表。

海南橡胶事业离不开农垦人，也离不开冒死为国内偷带橡胶果橡胶芽条的爱国华人华侨。我一次住院，认识了一位雷姓的护士，由于年纪相仿，加上一段时间的接触，也就无话不谈了。她说她是马来西亚华侨，海南解放不久，国家就把海南作为橡胶种植基地，但当时国外反华势力百般对刚刚成立的共和国实施封锁，胶果芽条无法通过正常渠道进入国内。没有胶果芽条意味着一切都是空谈，为尽快解决这一棘手问题，心向祖国的雷护士她爸，通过用重金收买检查人员等手段，打通各个关节，把一批批的胶果芽条陆续运回国内，并传播先进的种植芽接管理技术，为日后海南橡胶事业的发展提供了先决条件！后来我在农场中学的一次同学聚会上，得知有几位同学也是马来西亚归侨，他们的父辈也积极参与了祖国的橡胶事业建设，不惜通过各种途径冒着危险，把胶果芽条偷运回国！这些英雄，人民不会忘记！共和国不会忘记！屯垦人更不会忘记！

我的农场同学高中毕业后大多都被分配到了农场各个队工作，他们是第二代农垦人了。时光虽然已过去三十年，但垦区工作环境生活条件也没有多少的改善。面对各种艰辛和困难，他们仍然义无反顾地奔向高山野谷，继续赓续农垦人那根殷红的血脉，继续书写祖国橡胶事业的辉煌！纵然他们现今已步入暮年，但他们依然像那棵已经老去却很壮实的橡胶树那样伟岸，仍然奉献着生命中最为绚丽的那抹光彩！

谨以此文献给为共和国橡胶事业做出贡献的奋斗者、爱国华侨及我亲爱的农垦系统的老师同学们！

胶林深处的那颗萤火

　　每周一到周五，南新农场那个高音喇叭总是准点响起"嗒嗒嘀嘀嗒……"的司号声，很像部队吹响的冲锋号集结号，激昂而悠远，喇叭声是在提醒人们上班和下班时间到了。

　　我不是农垦人，却和农垦人有着千丝万缕的关系，因为农垦系统内有我的亲人。在那个峥嵘岁月，他们奋斗在胶林深处，让火热的青春激情燃烧，让似水年华熠熠生辉！

　　公花是我表姐，早年跟父母生活在南新农场八队。我与她走得很近，不仅仅来自血缘，更多的是打小就建立的姐弟情。她长我六岁，我一岁时，母亲在临春小学当教师，由于没人帮带，二舅便让她辍学来照顾我，她二话不说来到临春小学。小小的她就这样操起了家务，担起照料我这个胖墩墩小弟弟的责任。毕竟还是孩子，加上我太胖了，公花姐时常是连背带拉地扯着我，有时摔倒了我们会抱着哭，这一哭，却加深了我们的姐弟之情。

　　时光飞逝，转眼间，公花姐就到了工作的年纪。十六岁那年，她被南新农场分配到十五队当胶林段管员。她尽管没有割胶收胶的任务，却要分管一大片的胶园。时常两头摸黑奋战在胶林深处，挖胶坑种胶苗，除草施肥，驱虫打药，采摘胶果，柔弱的身躯撑起了繁重的工作。

　　三亚台风多，每年 7 至 10 月份，至少有七八场台风在三亚登陆。胶林多在坡地，没有可抵挡台风的大型物体。台风从海岸呼啸着直赴胶林，依仗着强大的力量，肆意地蹂躏着胶林。那一棵棵胶树有的被连根拔起，滚到另一边去；有的被拦腰折断，撕扯出犬牙状的裂口来；有的被掠光了树枝树叶，东倒西歪地成了光杆司令。胶树的残肢断臂塞满了胶园的每个角落，给人留下一幅惨不忍睹的景象。而台风后的抢修重种又是胶管员必须面对的首要任务。只见公花姐冒着六七级的阵风，拿着长山刀和锄头直奔她的胶段，劈树枝，挖树头，搬树干……等忙完这些还得在树坑里补种胶苗，在艰苦的劳动中，付出了太多的艰辛。

平日里，胶林寂静得让人心慌，甚至令人窒息。但这并不打紧，人们时常还会遇上虫兽的袭击。手臂粗的"过山峰"蛇不怕人，高昂着头，见人就追，公花姐不知被追了多少次，吓得她魂飞魄散，谈蛇色变。还有更可怕的"葫芦蜂"，它们把巢筑在灌木丛里或密集的胶树上，因为蜂巢模样酷似葫芦瓜，因此当地人都称之为"葫芦蜂"。若不小心撞破蜂窝，蜂会群而攻之，并且追着你蜇，让你走投无路。花姐曾无数次被这种蜂追着蜇，脸面被叮咬成大冬瓜，一身的蜂刺半天都拔不完。恶劣的工作环境塑造了公花姐吃苦耐劳坚韧不拔的性格。

自公花姐工作以后，她就少有回家，我快一年见不到她的身影了。出于挂念，我骑着一辆破旧的26寸的单车，摇摇晃晃地走了二十多公里山路，带着母亲装好的一罐榨菜来到十五队。当时天色已晚，公花姐正在生火做饭。见我满头大汗浑身湿漉漉的，她搂着我既心疼嘴里又不停地责备着，说："那么远的山路不把你累坏了吗？"说着，两行泪水竟从她那要强的脸颊上溽溽落下……

晚饭后，我搬来木凳独自坐在庭前。虽然夜还未深，四周却静悄悄的，只有那行低矮的瓦房，有两三户人家的窗户投出几缕暗淡的光来，仿佛在向人们说这里虽是穷乡僻壤，但有人家，有烟火，有人们需要奋斗的事业。

夜渐渐地深了，远处间歇地传来一些山物的惊叫声，有些瘆人。从海边吹来的风把胶林吹得"哗啦啦"响，让夜似乎更寂静了。漆黑的林间，忽然飞来了一只萤火虫，然后是两只三只……不一会儿，整个胶林就塞满了萤火虫，它们追逐着翻滚着，像流星雨般闪烁着。扎堆的萤火划破了夜幕，照亮了天空。

姐夫的出现，很大程度上改变了公花姐的生活工作状况。姐夫是广西人，从部队退伍后插队到十五队。部队几年的磨砺，让他有着铁一般的身板和意志。当时，队里由于没有饭堂，他吃饭成了一大问题。公花姐看在眼里急在心头，便大方地邀他入伙，他腼腆地答应了。从那时起，姐夫便样样抢着干，挖胶坑这样的苦力活他全揽下了。他们时常相伴出没于胶林，你挖坑我种苗，你除草我浇肥，两人配合得琴瑟和谐鸾凤和鸣。日子长了，两颗年轻的心产生了爱慕之情，从革命友谊升华到革命爱情，如同胶林深处的两颗萤火从追逐到结伴，然后黏合在一起。

姐夫是一个责任心事业心很强的人。他把理想种在一个个胶坑里，刺绣在浓密的三叶林上；他把心血洒向了那一棵棵胶树，那一片片胶林，最终结出优良的胶果来。每年年终，队里评先评优，那面锦旗或那页奖状，永远都属于他。在接过锦旗或奖状的那一刻，他那张敦厚的脸上立马洋溢出光彩来，感觉再多的苦再多的累都值得，他的微笑让人感到在他的奋斗征途上又多了一块里程碑。

十年前，姐夫和花姐都退休了，老两口每月领着五六千元的退休金，过着与世无争的清寒日子。前不久，他们从农场那里分得一套房子。入伙那天，我带上两瓶白酒登门祝贺。老两口在套间里安排了几桌菜招待亲人。酒过三巡，姐夫借着酒力侃起当年奋斗在胶林里的故事，情到深处，他挥动着手臂扭动着身子，用肢体语言来宣泄他的情绪。我试探着问："姐夫，你把最美好的青春年华献给了天然橡胶事业，而退休了才拿着不到三千元的工资，后悔吗？"他听了乐呵呵道："每个人都有自己的追求。是那片胶林养育了我。在胶林深处，我找到了至爱，有了幸福的家，我已经非常满足！"

姐夫简单朴实的几句话，让我联想起胶林深处的那颗萤火，努力去绽放自己，让自己出彩！

那年那个学期

　　人的一生是踏着记忆走过来的，不管是美好的记忆还是糟糕的记忆，都是一段经历，就好像一张张相片，表情各异，却凝固了你一生中不可复印的瞬间。

　　1979 年初春，春寒料峭，万物仿佛还没有从寒风中完全苏醒过来。还没开学，我们高中部学生就收到了一个令人沮丧的消息——荔枝沟中学高中部被撤掉，设立初级中学。当时我读高一，才读一个学期就遇上了这么个倒霉事。无奈之下，为就近上学，父亲到南新中学与该校校长沟通，让我们几个地方学生安插读初三。读初三是合理的，因为地方中学不设初三年级，初二毕业就升高中。该校校长与父亲是老相识，所以当即就答应了父亲的请求，并且把我们全安排在初三（甲）班，这个班是重点班，全班才二十多人。这样一来，我们几个同学的读书问题顺利得到解决了。

　　初来乍到，学校的一切既陌生又新鲜，校园不大，却有一个偌大的足球场，芳草萋萋，虫鸣蝶飞；还有歌舞队、武术队什么的。下午上完课，一些男学生就聚集到了足球场，而且人群很快分成了两拨。一声哨声后整个足球场便活泼起来了，中锋边锋后卫各司其职，踢得有模有样。体操场上，体育老师板着脸，一边喊叫一边指点，六七个女同学穿着一袭素白的运动唐装，手握木剑，时而金鸡独立，时而泰山压顶，时而剑指南山……一招一式如流水行云，她们的飒爽英姿把校园点亮了，滑润的肤色注解了少女的青春芳华。

在班上，我很快与同学们打成一片，课余时间大家有说有笑，相互交流学习心得，也不耻于请教，不懂就问，大家互帮互学，形成了一个很好的学习氛围。在学习交流中，我认识了成绩优秀的丹青、埋首苦学的海林、淡然自若的黄武、矮小瘦弱的千山……与他们建立了深厚的友谊。放学了，同学们结伴而行，一路欢歌笑语，在明媚的阳光下，雀跃着嬉戏着，摘下一朵野菊花，逮一只红蜻蜓，把梦抛到天空里。小小少年，有多少梦等着我们去放飞呀！

这个学期，我的确学到了不少东西，可以说是收获满满。影响我最大的应该是教语文兼班主任的郑老师了。我之前对拼音可谓一窍不通，对各种词语组成或者语法也是一知半解。所幸，郑老师从基础教起，教大家拼音字母大小写的写法和读法，以及各类词组的组成，让我的语文基础在短短的一个学期内得到了很大的提升。

那个学期，我感觉劳动特别少，除了课室日常打扫就没别的劳动了，不像地方中学，一会儿修水利一会儿挖洋田的。这让学生们有了更多的学习时间。同时，学校增加了一些别开生面的活动，如军训。在当时军训还是个新鲜事，学校对我们初三（甲）班十分重视，专门从部队请来教官，教我们操列、枪支卸装和射击。不管是操列，还是枪支卸装和瞄靶，每个动作要领同学们都十分投入地去学。

经过半个月的军训，我们可以像军人一样操列、枪支卸装和射击了。到了军训结束前的一天早上，同学们来到靶场，在一百米开外的地方，三人一组持枪卧地，每人三发子弹，持半自动步枪进行实弹射击。我射出2个9环1个8环，属优秀成绩了。有一个叫侯文燕的女同学，人长得宛若她的名字一样，温婉可人，是校武术队的队员。她可没打好，只打出6环和7环，其中还一弹脱靶了，气得站在一旁的她爸侯老师铁青着脸一脸怒色。最后侯同学对教官说枪支准星不准，要求重打。她第二次居然打出了良好成绩。不过你想想，若是在真正的战场上，你还有二次开枪的机会吗？

中考后，我以优异的成绩考上崖县中学，一起考上的还有几位南新中学的同学。我虽然只在南新中学读了一个学期，但同学们淳朴可爱、朝气蓬勃、阳光向上的青春气息，已凝固成美好的永恒记忆！

校园那些事

打开抖音，无意间刷到一个视频：三个打扮有点像牛仔的大叔，抱着吉他弹唱着："沿着校园熟悉的小路，清晨来到树下读书，初升的太阳照在脸上，也照着身旁这棵小树……"多么欢快而又熟悉的歌声，我重放了一遍又一遍。这支《校园的早晨》仿佛是为我们这一代人量身定制的，演绎了我们这代人渴望知识追求理想的美好憧憬，也刻录了我少年时代的过往，有的很青涩，但更多的是清纯美好。跳动的歌声让我的思绪钻进了每一个音符、每一句歌词，搅动了我的心田，触及了我的灵魂，好像插上翅膀飞回到了远去的校园中，勾画出一张张记忆犹新的图片。

平之老师

1979年晚秋，我考上了崖县中学，高中一年级共有三个班，每个班有五十个同学，算是当年学习成绩较好的学生了。那时不分尖子班，我分在高一（3）班。我第一任语文老师是陈平之老师，那年他刚从柳州调动回来。他暨南大学毕业，读中文系。关于他分去柳州工作，在坊间流传着这么一个有趣的故事：他是乐东黄流人，自幼天资聪颖，记忆力超强，有"过目不忘"的美誉。大学毕业季，他看到有背景的同学都分配到好单位，可他的分配去向尚无着落，心里有些焦急了。他心仪柳州，可一个农民出身的儿子无依无靠无背景的，去柳州工作着实就是奢望。怎么办呢？他想出了一个鬼主意，去跟校领导说他家里有两个已过暮年的父母，听说柳州棺木甲天下，想去那备两副棺木为二老送终，尽到儿子的孝道。校方明白他的意思，便一纸"发配"他去了柳州，待他调回崖中时已是年近四十的人了。为确认此事，我问了他几次，他总是笑而不答，就让这个传说成为传说吧。

他去上课很有特点，语文课本是插在裤后袋的，右手握着两支粉笔。到了教室随手把卷得像筒子似的课本往讲台上一扔，然后就不休停地开讲了，课本也未曾打开一下。他课讲得好，总是把课文内容和作者的心境融汇起来讲，让人有很深的记忆。如他解读朱自清的《荷塘月色》，说作者不光是即景写景，而是把作者当时忧国忧民又没有能力改变这个世界的忧郁和心境，化入"淡淡的月色"，摄入"田田的叶子"，飘入"渺远的歌声"里，让人感慨不已。

平之老师学风严谨，从某种角度来说，是他严谨的从教之道带领我走上了文坛。我读书时，写句子写作文总是喜欢把华丽的辞藻堆积一起，觉得华美灵动，但先生总是给个大问号。从此，我改变了文风，用朴实的语言去写作文。如模仿茅盾先生的作品《白杨礼赞》而写作的《椰树礼赞》，因文字表述质朴真实，比拟形象生动而得到先生的赞誉，并作为范文张贴。前不久，给《海南农垦报》邮去两篇散文，一为《雾色下的橡胶林》，另一为《椰树礼赞》，原以为会刊用《雾色下的橡胶林》，却刊用了《椰树礼赞》，先生真有慧眼呀！

兄弟情深

我和二弟年纪相差一岁（实则十四个月）。从体形上看我高大他矮小，但他智商高，做事缜密，小小年纪就以优异的成绩考上崖中读初一了。而我智商低，往往要用两倍于人的功夫去学习，才跟得上人家，并且性情粗莽，做事不拘小节。小时在家，母亲在缝纫社工作，每天都有许多纫好的衣裤，二弟包揽了做针活线的细活，如打纽洞纫裤脚等。而我只配去做担水洗衣、种菜浇瓜之类的粗活重活，谁叫我个头大脑子笨呢？由于二弟聪颖灵巧，所以小小年纪就学会管家了，直到现在家业还归他掌管。只有他来掌管，大家才放心，换我来可能三年变卖祖业，五年流离失所！还真应了"一母生九子，子子各不同"那句古话。

在崖中读书时，二弟管理生活费那是天经地义的事。每个礼拜天，母亲会把我们俩的生活费给二弟，由他来购买六天的饭菜票。记得那时早餐两分钱和一两粮票，中晚餐二角另四两粮票。还好，哥俩早餐都吃教师餐，每餐二角另一两粮票。教师餐吃得好，鸡粥鸭粥瘦肉粥换着吃。但中晚餐就没那么好了。放学钟声一响，同学们不约而同奔向学校唯一的食堂，人太多，挤成一团，人人把饭碗举得高高的，叫喊声如潮水般涌向狭窄的窗口，眼睛里装满了喷着饭香的白米饭和荡着几颗油星的豆芽汤。

好不容易打到饭菜，便边走边狼吞虎咽起来，走不到二三十米饭菜就吃得见底了，感觉还是饿呀。也难怪，当时十七岁的年纪，正是身体发育的时候，且油水缺，那点饭菜肯定不够塞牙缝了。当然也有吃撑的时候。那时打饭打菜的阿姨有好几个，她们轮流做饭煮菜打饭菜。遇到榴花妗和阿英姨打饭菜时，我们哥俩的饭碗总是压得实实的，且汤少菜多，并且汤面上居然还飘动着几片猪油渣儿，真是开荤了。这是我们最开心最快乐的时刻了。于是，哥俩不着急着吃，而是走到操场中央，找个地方坐下，然后细嚼慢咽细细品味这世间最美的味道，真是幸福啊！

兄弟俩总是一起吃住一起出入，给人的印象好似是一对好同学好朋友，很少有人知道我们是亲兄弟。有一个叫红的女孩在中行工作，是二弟的同学，她哥是我好朋友，平时都叫我哥。一次二弟的同学聚餐，叫他参与。我恰好与二弟在一起，他便叫我一起前往。进了包厢，大多数人都认得我，待坐定后二弟跟他们说："这是我大哥。"听他一说空气立马凝固似的，大家纷纷投来疑惑的目光。红姑娘睁着眼睛大声说："不会吧？不像呀！干吗不早说呢？"二弟则调皮地巴扎着眼睛说："你也没问呀！"顿时引来笑声一片。之后，二弟的朋友成了我的朋友，我的朋友也成了二弟的朋友。朋友圈就这么壮大起来了。

花开少年

花与少年是一对磁铁，十七八岁的韶华牵动着少年的心。随着年龄和身体的长大，体内的荷尔蒙让思域开始倾向于异性，并且与日俱增，于是有了朦胧的爱。这是正常的生理现象和情绪倾向，就看你如何去对待这个问题了，没有必要忌讳或回避这个问题。

高中两年，我都当班里的学习委员和团支部组织委员，听起来高大上，其实就是帮老师打下手的，收作业本发作业本，每月的某天收团费，记得团费是每人每月 5 分钱。当时男女生是互不说话的，不像现在的男孩女孩，可以肩比肩手拉手逛大街。有时男女生一个无意的眼神交会，会让女生羞得面如桃花，男生也觉得无地自容，巴不得找个地缝钻进去。男女生就是有爱慕之情，也深藏于内心，在月光下在花丛中在校道上倾诉衷情那是小说电影里才有的情景。

我的前桌是一个女生，长着一张鸡蛋脸，肤色白皙细致，柳叶下扑闪着一对水灵灵的大眼睛，粉红的园领袖衫和白色的筒裤勾勒出优美的身段，凸显青春女性的特质和奔放。平时很文雅，也不说活，整日就是埋头读书。收发作业时，她才冲着我微笑，很短暂，算是表示谢意。到了收缴团费的日子，我会给女团员递去一张纸条，写明缴 5 分钱团费。她每次总是郑重其事地把 5 分钱放在我的桌面上。少女的清丽和腼腆渐渐地吸引着我，有时一天没见着人影，心里便空荡荡的，有一种失落感。我想我一定是喜欢上这个女孩了。我努力去克制自己，不能去多想，我的任务是学习学习再学习，不能因为情爱荒了学业。于是，朦胧的初爱便无情地关上了，理智最终战胜了心欲。

直到高考完毕的那天下午，我走在校道上，突然有个声音在叫我，我回头一看，咦，是她！只见她一脸的飞霞却又落落大方地向我走来，我俩站得很近，可我头都不敢抬，双手只是搓个不停。写到这里，你一定迫不及待地问："结局如何？"我只能这么回答你："有些人有些事一个转身就是一辈子。"就让曾经的美好和憧憬装回到《校园的早晨》这支曲子里吧，让她成为记忆，一生的记忆。

后 记

经过两年的笔耕，终于出了《三亚等你来》这本集子。由于本人文化功底浅，缺乏语言艺术，写出来的东西平淡无奇。故此书仅作为人生轨迹和心路历程的记录而已。

五六岁时，父亲就让我吟诗诵词。他说："熟读唐诗三百首，不会作诗也会吟。"父亲每日教我读一首诗，无奈我这个人健忘，所记诗词很快就在脑子里荡然无存。再稍大一些，大约从小学一二年级开始吧，每逢元旦春节，《人民日报》发表的社论父亲总是让我通篇朗读，尽管读得不顺畅，但我还是会坚持读完。父亲则坐在一边耐心地听我读，读错的地方他即刻纠正。慢慢地，我从阅读中找到了乐趣，并爱上了阅读。读初中时，我便背着大人们偷偷看小说，一些书籍如《青春之歌》《红日》《英雄虎胆》《智取威虎山》《茶花女》及《钢铁是怎样炼成的》等，成了我在那个精神食粮特别匮乏的岁月里的一块块蛋糕，细细品尝，余味无穷。高中毕业那年，我斗胆向《海南日报》投了两篇稿，虽石沉大海杳无音讯，却使我在文化阵地虽败犹荣。

参加人行工作后，因长期搞文字工作，我经常写一些与经济金融有关的信息报道和金融调研，在《三亚晨报》（现更名为

《三亚日报》）上发表。这些稿件虽不具文学色彩，但在一定程度上帮我夯实了文字基础。在此期间，我有幸结识了邢洪飚总编和黎家璇老师。父亲去世三周年时，我写了第一篇散文《我的父亲》。邢洪飚先生看后颇为感动。他让副刊编辑黎家璇老师尽快编排稿件，终得在父亲去世三周年祭日见报。非常感谢这二位老师的诚挚关怀。

邢贞乐先生是我多年的同事，两人性情相近，日子久了便成了朋友，但他更多的还是我的良师。贞乐兄出道早，多年前便着手创作，有大量作品发表在各种刊物上，成为金融系统和海南的知名作家。我是贞乐兄的铁杆粉丝。他的每一篇文章我都是第一位读者。从他那里我学到了一些文学创作的理念和手法。在贞乐兄的鼓励下，我开始着手写一些回忆性的文字发表在《三亚日报》上。这极大地调动和激发了我的创作积极性和创作热忱。两年的时间里，我撰写了大量的诗文，有四十余篇发表在各级刊物上，并顺利地加入了中国金融作协和海南省作协。应该说，贞乐兄是我迈入文学殿堂的引路人。他带领我在这片圣洁高雅的艺术花园找到了一席之地，让我成长并开花结果。

有人问我何为文化艺术，这话题我也是一知半解，道不出一个所以然来。但几年来的创作实践让我对文学艺术有了一些模糊的认知：文学艺术是在纸面上舞蹈着的文字。这句话也将是我在今后的文学艺术探索的舞台上不断寻求艺术完美和艺术升华的背景灯。

其实，我距离高品位的文学艺术尚有巨大的差距，在文学艺术的舞台上只是充当跑龙套的角色，谈不上表演艺术家。但我是个很有福缘的人，在探索文学艺术的道路上，经常得到名家的指导，让我的技艺日见长进，一招一式有了模样。符浩勇导师、唐精蓉主席和朱国昌教授是我的贴心老师。我的每一篇文章，他们都认真阅读，指出文中不足之处，并指出修改方向，对我的文章起到了画龙点睛的作用。在这里，谨对几位前辈的悉心关照表示深深的感谢！

两年多的创作实践中，三亚市作协的文友们、社会各界热心人士以及省内其他市县的同仁们，一直在关心我鼓励我支持我，在此也一并表示诚挚的谢忱！

吴 松